飛鳥
Flying Birds
追愛系女王
瑪琪朵 著
林花 繪

啓程

據說，人將死前，會不斷想起從前的事。
那快要忘掉一個人之前呢？
是不是也會像這樣一直想起關於他的事？

在遙遠的英格蘭，有一塊懸崖，當地的人稱爲天涯海角（Land's End）。
古老傳說，破曉時分當你站在懸崖上，回頭第一眼見到的人，會是你思念很久的人。
思念……即使相愛，也不能成爲戀人。

兩個人的愛情很短，所以一個人的寂寞會過得很慢很慢……
最後，我還是忘記如何忘記你。

第一章　淚空

所謂成長，不過就是曾經流淚擁有過的，現在微笑著失去。

「想我的時候，就抬頭看看天空。」
「這樣就會停止思念了嗎？」
「不會，只是讓眼淚不再流下……」

空氣瀰漫著濃濃消毒水味，日光燈吊在天花板上，白晃晃宛如一張張蒼白臉孔，陰沉沉看著人來人往……這裡是急診室。

總是這樣，有時大半夜冷冷清清，有時約好似的——

「CPR，這裡有兒童窒息！」

「轉診過來的三位車禍傷患，撕裂傷需要緊急縫合，請求支援！」

「內科重症病患五分鐘後抵達！」

檢傷櫃檯不斷傳來的廣播，末日來臨般催促醫護人員的腳步。

「照了X光片後，發現這位手臂嚴重骨折，我已經安排好了緊急刀……」前來支援的骨科值班醫師推走一床病人。

「恁爸先來耶！」不耐久候的另一位病患出聲大叫，「醫生怎麼還沒來！」

「先生，請稍等一下，急診不是按照掛號順序，是按照病情的輕重緩急處理……」

護士小姐的柔聲安撫只換來一串中氣十足的國罵。

「幹！敢叫恁爸等？妳知道恁爸是啥人嗎？我是盧大發吶！」阿伯亮出名號，不外乎他是某某議員的親戚，要求醫護人員優先處理。

剛處裡完一輪連環車禍傷患，才走出手術室正想鬆一口氣，就聽到護士欣雅朝我丟來求救訊息。

「沈醫師，這位盧先生檢傷四級，但要求立即處理……」

我走到阿伯面前，原本已經安靜下來的他瞟了我一眼，隨即又大吼大叫：「啊！痛死人啊！腿要斷了！什麼爛醫院，醫生沒半個，要恁爸等那麼久！」

「盧先生哪裡受傷了？」我客氣地詢問，半坐在推床上的阿伯揮舞著雙手，生龍活虎的模樣實在看不出哪裡受傷。

「嘖！怎麼又來一個護士？阿你們急診醫生全死光了喔？」阿伯不滿地說。

「我就是醫生。」我微微一笑，按捺下心中怒火，上前一步查看阿伯的傷勢，只見小腿處表皮微微滲血，周圍有些烏青，沒有看見其他撕裂傷，清潔傷口、做了初步止血後，便招來護士處理後續。

「什麼包紮一下？青青菜菜包紮一下就好了喔？不用打針、不用吊點滴喔？恁爸健保每個月繳那麼多錢，恁爸要住院啦！」阿伯開始像小孩般要賴吵鬧，看得我想把生理食鹽水灌進他嘴裡！

不想理他，我冷哼，「爲這種小傷住院簡直是浪費床位……」轉身要走的時候，阿伯突然伸手揪住我的衣角。

「講啥肖話？」阿伯怒目圓睜，「恁爸有錢要住院不行嗎？我就是要住院啦！」

「請放手！」瞪著那隻搭上我肩膀的手，我冷聲道：「不然我告你！」

氣氛緊張，一觸即發。

「外部傷口處裡完，再做進一步檢查。沈醫師，妳是這意思吧？」

值班總醫師顏凱不知何時出現，不著痕跡拉開阿伯的手，接著詢問阿伯平時的健康狀況、是怎麼受傷的，盧阿伯答說是散步時突然感到一陣暈眩，重心不穩而跌倒。

「醫生，很痛吶，我是不是骨折？」

「看起來不至於骨折……」顏凱抬起阿伯的腿仔細檢視傷口，思考一會兒便說：「阿伯，這樣好了，我先幫您打個止痛針，爲了保險起見，再送您去做詳細檢查，如果檢查出來沒什麼問題，阿伯身體那麼硬朗，就不需要住院了喔。」

那聲「喔」飄起的尾音，簡直就像幼幼台裡的西瓜哥哥。

「這當然、這當然……」阿伯點頭如搗蒜，一臉乖巧學生貌，「醫生說得有道理。」

顏凱轉身對護士交代，不知爲什麼聲音突然低沉下來，道：「除了驗血和量血壓外，請盡快安排盧阿伯做心臟超音波和頸動脈超音波，晚點把病歷及檢查報告送過來，我擔心可能是……」

阿伯終於心滿意足的離開急診室，這齣鬧劇算是告一段落。

不過就是跌傷，有需要這麼小題大作嗎？我不以爲然地撇撇嘴。

「沈子茉行醫……」顏凱嘴角勾起一抹笑，批評我：「越來越有個人風格了！」

「這算讚美嗎？」

「妳怎麼說，就怎麼算。」他無奈地笑。

「那謝謝喔！」我沒好氣瞪他一眼。

檢傷櫃檯「重症病患抵達」的廣播尖銳地響起，急診室的玻璃門迅速滑開，推入一位意識模糊、衣襟染血的中年男子。

我們急奔到推床邊一看，發現鮮血還不斷從男子口中冒出。

「糟了，是肝硬化的黃先生。」我認出那中年男子的臉。

「昏迷指數七、血壓170／110 mmHg、脈搏60／min……」EMT（緊急救護人員）報出一串數據。

聞言，顏凱下了指令：「先做呼吸道插管再止血，注意別讓病患休克。」

四十多歲的黃先生，因酒精性肝硬化合併大量腹水，每隔半個月都會來急診要求做腹水引流術，以減輕身體的不適，久而久之，急診室的同事幾乎都認得他。

這次送他來急診的是一個年約十六、七歲的女孩，齊肩短髮、稚氣未脫的清秀臉龐，雙眼透露出的早熟讓人心疼。

透過社工的訪談得知，黃先生本來是工業區某間機械廠技師，原本有個幸福和樂的家庭，直到黃先生不慎被機械刀切斷手指，雖然經過緊急手術，卻已經無法像從前那樣靈活自如，遭到工廠老闆惡意裁員後，只能打零工維生。工作不順遂再加上染上酗酒賭博的惡習，時常對無辜的老婆小孩拳打腳踢，黃太太因爲受不了長期家暴而離開，音訊全無。

那年，小女孩才剛從小學畢業。

從此，家庭重擔落在女孩的阿嬤身上。

阿嬤本來應該是含飴弄孫的年紀，卻從來沒有享過清福，每天佝僂著背，推著攤車在離醫院不遠處的路口賣蔥油餅，賺取些微生活費。

剛到這家醫院實習的時候，我總會去買幾塊蔥油餅，有時也跟阿嬤聊幾句。

不是因爲同情，阿嬤說她不需要同情。

阿嬤的蔥油餅很好吃，擀皮包餡全都自己來，餅皮酥軟、蔥香撲鼻，加蛋一張才賣三十五元。

放學或是假日的時候，女孩會跟在攤車旁幫忙塗醬、收錢，靦腆地招呼客人。

偶爾，也會看到黃先生坐在離攤車不遠處的椅子上喝酒。

有次，我去買蔥油餅，渾身上下湊不齊零錢，只好拿出一張千元大鈔。

「對不起，可以麻煩找零嗎？」我說。

阿嬤笑了笑，伸手接過，千元大鈔還沒攥進懷裡，立刻被等在一邊的黃先生搶走！

「今天生意不錯喔，哈哈哈！」黃先生一手捏住鈔票，一手食指往上面彈了彈，開口就噴出滿嘴酒氣。

「那是阿嬤的錢！」女孩抓住黃先生的手臂，但她哪是粗壯男人的對手，兩三下就被推倒在地。

「還不都是妳老子的錢！」男人笑得很猖狂，從女孩口袋掏出幾張百元鈔，還順手抓走一把攤車上的零錢。

「喂，先生，你這樣是搶劫耶！」我看不過去，出聲制止。

「幹！少管閒事！」男人惡狠狠揮著拳頭。

我拿出手機準備打電話報警，阿嬤一邊拉住我，一邊回頭趕他：「快走快走，拿了錢就快走！」

「爲什麼不報警？」我氣得直跳腳，「妳看他這麼惡劣！」

「對不起……」阿嬤不停對我道歉，「我只有這麼一個兒子，他不是壞人……」

「我只剩下這些零錢，先找給妳，」滿布皺紋的手掌在我面前攤開又合十，「拜託小姐不要報警……」

我什麼話都說不出來，因爲突然哽咽。

一年半前，阿嬤因爲過度勞累導致心肺衰竭，送往醫院途中就死了。

當時離急診室不到一個紅綠燈的距離。

阿嬤，只要再撐一下下，一下下就好，只要撐到急診室就有機會救回生命。

到院前死亡，Dead on arrival，簡稱D．O．A．，是我人生第一個眞切體驗的急診室術語。

阿嬤賣的蔥油餅，眞的很好吃。可惜，現在已經吃不到了。

經過急救之後，黃先生的病情總算穩定下來。

穿著高中制服的女孩，著急的詢問：「我爸爸不會有事吧？」

「食道靜脈瘤合併大量出血，是酒精性肝硬化末期……」顏凱微微皺眉，「黃先生已經出現凝血功能異常、感染等症狀。這次當然不比平常做腹水引流術就可以回家，建議馬上住院觀察和做更密切的治療。」

「一定要住院嗎？」女孩欲言又止，表示家裡沒有足夠的錢讓爸爸住院。

「妳是他唯一的家屬，而醫生只能提供建議。」顏凱在診療紀錄上寫字，連頭都沒抬。

「住院之後就會好嗎？」女孩問。

「不一定，我們會盡最大的努力，但是，妳必須要有最壞的心理準備。」他口氣清淡，好像談論的不是一個人的生死，「身爲急診室總醫師，我再確認一次，妳要讓妳父親住院接受治療嗎？」

這樣的人，這樣的父親……也配活著嗎？

不對！這不是一位醫生該有的私人情緒。

我緊緊咬住下唇，把答案留給那女孩。

「要還是不要？」顏凱逼問，聲音顯得有些冷酷。

女孩緊握拳頭又倏地放開，無措的年輕臉龐漸漸變得堅毅，彷彿下了決心。「要！不管什麼代價，我都想救我爸爸！」

「嗯，好。」顏凱在診療紀錄上簽名交給護士，交代著後續事項。

「爸，你一定要趕快好起來。」女孩喃喃喚著，拿起一條毛巾，沾了水仔細擦拭她爸爸身上的血漬及髒汙，動作輕柔而小心，畫面讓人鼻酸。

顏凱走近，點點女孩的肩，像是隨口一問：「我記得妳是念護專的吧？」

「嗯。」女孩輕輕點頭。

「最近醫院人手不足，妳放學之後可以來擔任實習生嗎？」

「實習生？」女孩仰起臉，小心翼翼地問：「可是我……我才專一，這樣可以嗎？而且爸的醫療費……」

「我會請護理站的護士教妳，工作內容不會太複雜。不過，這不是醫院的正規編制，算是工讀性質，也不能算在學校的實習分數裡，但我會給妳工讀費，我想這樣多少可以補貼一點妳的生活費。」顏凱的目光停在病人身上，又接著說：「至於醫療費的部分，可能會是一筆可觀的數目，不過因爲妳尚未成年，我會請院方通知社工單位協助處理……總會有辦法的。」

「謝謝醫生，謝謝……」女孩的眼裡燃起希望的光芒，不停跟顏凱道謝。

有顏凱這位總醫師親自坐鎮，短短兩個小時大家被他操慘了，但是看到急診室從原本兵荒馬亂的滿床狀態，到現在只剩三三兩兩吊點滴的病人，我不禁鬆一口氣，緊繃的情緒稍微獲得緩解，趴在桌上有些昏昏欲睡。

「沈子茉，手伸出來。」顏凱突然走近我說。

「什麼？」我驚醒，差點從椅子上跳起來，以爲自己哪裡做錯了，硬著頭皮慢慢把手伸出去。

幾顆薄荷糖落在手心，燈光下透出澄藍如水滴般的光，我驚訝地抬起頭，對上他帶笑的眼睛。

「妳的血糖太低，吃點甜的比較不容易疲倦。」

「其實，總醫師你算好人，雖然凶了一點、嚴格了一點、龜毛了一點……」我感動地說，剝開透明糖紙，丟一顆到嘴裡，突然想到──「對了，你哪來的經費支付黃先生女兒的工讀費？」

只見他從口袋掏出一本小筆記，嘴角抿出笑意，「R1沈子茉，醫病溝通不良，罰三千元！」擔任住院醫師第一年為R1，擔任住院醫師第二年為R2，以此類推。

「咦？我什麼時候醫病溝通不良？」含著糖果，我有些口齒不清。

「兩個小時前，檢傷四級的那個阿伯。」他斜斜睨了我一眼，「沈子茉對病患說：『這種小傷住院簡直是浪費床位……』」

「那是阿伯先無理取鬧好不好？」我不服氣，稍微提高了點音量。

「在急診室喧譁吵鬧，又罰一千！」

「我哪有喧譁吵鬧？」

「不服總醫師教導，再罰一千！」

好！停！

「哪有這樣……」我欲哭無淚，總算知道顏凱的經費是怎麼來了。

「其實，我真的是好人，只是……」顏凱豎起食指放在唇邊，一笑。「善良的程度有限。」

「總醫生去哪兒了？這些是他要的心臟超音波和頸動脈超音波資料，那位盧姓病人的。」醫檢室送來一份資料。

「沒看到，不在急診室就是去巡房了吧？」我把占據桌面的醫學期刊推到旁邊，勉強清出一小塊空間，「先放這兒好了，我再轉交給他。」

看看牆壁上的大掛鐘，已經接近清晨六點。

脫下白袍，我對另一位R２學姊陸展妍說：「我出去買杯咖啡，很快就回來。」

展妍學姊從成堆的病歷表中抬起頭來，很快看我一眼，雙手仍飛快的鍵入資料，「可以幫我買杯熱巧克力嗎？」

我點頭，轉身離去時，她又喊住我：「子茉！」

「嗯？」我回頭。

「順便幫顏醫師帶一杯黑咖啡回來，不加糖、不加奶精……」她語帶關心地說：「他早上還有一台刀要開，我怕他撐不住。」

我對她笑了笑，表示知道。

玻璃門一滑開，冷空氣夾著點點細雨迎面而來，我不禁打個寒顫，考慮要不要回去披件外套，幾秒過後，決定大步朝對街奔去。

街上很安靜，點點雨絲與將亮未亮的天光交錯成一片濛濛白霧，幾乎快要看不見天空的顏色。

急診室斜對面是一家全天候營業的咖啡店。

到底是不是二十四小時營業，其實我也不是很確定，印象中不論何時想喝咖啡總不會撲空就是。

這家咖啡店裝了大片明亮的落地窗，深色系的木質裝潢彷彿透出咖啡香，翅膀造型的鏤空鐵鑄招牌從底層打上暖黃色的光，彷彿是一雙飛鳥羽翼正朝旅人招手——

快來我身邊棲息吧！

像是漫漫長夜裡的救贖。

每天夜晚從急診室大門望出去，總覺得那雙翅膀懸浮在黑暗中振翅欲飛，彷彿可以帶著我飛到很遠很遠的地方。

可是，這樣的咖啡館偏偏有個聽起來像黑店的名字——End Day Café，末日咖啡館。

老闆不是瘋了，就是個怪咖。

末日咖啡館剛開幕時，著實被我們取笑好一陣子，誰會來急診室附近喝咖啡啊？而且是一家取名爲「末日」的咖啡店？

誰都希望出了急診室看到的是「重生」，而不是「末日」吧！

弔詭的是，大家似乎不介意這個黑色幽默，沒多久，這家咖啡店就把醫院大大小小工作人員變成常客，連偶爾來探病的家屬親友，上演完一幕幕祝你早日康復，不然早死早超生的戲碼後，離去前也不忘外帶一杯「末日咖啡」當伴手禮。

某位病人曾在部落格上寫了這樣的感想——

「出急診室，喝杯咖啡，覺得能活下來眞好……」

因此，末日咖啡館生意越來越好，還吸引不少觀光客慕名前來拍照。

幾乎所有生意好的咖啡店都會兼賣簡餐，末日咖啡館也不例外，大概是爲了配合醫師們不正常的生活作息，老闆很夠意思的全天供應，比起超過供餐時間就只剩冷飯冷湯冷菜再加熱的員工餐廳，末日咖啡館現點現做的義大利麵很快就贏得我的愛戴。

不過，其他人或許不這麼想，總醫師顏凱吃過一次就立刻把末日咖啡館的義大利麵拖入

「地雷」菜單。

「說不出哪裡怪，好像少了什麼。」他抿抿唇，很慎重地思考。

「怎麼會？我覺得不錯啊，」我喜孜孜吸著沾滿白醬汁的麵條，「很合我胃口。」

展妍學姊吃了一口，立刻說：「哎呀，老闆偷工減料沒加黑橄欖。」

「太可惡了，義大利麵沒加黑橄欖，哪叫義大利麵啊！乾脆就叫炒麵好啦。」欣雅端著盤子，直接殺到廚房理論去了。

「那有什麼關係？」我爲自己心愛的食物辯護，「我剛好討厭黑橄欖啊！」

點好咖啡，等在吧檯前。

末日咖啡館有兩個老闆，一個是身材魁梧的鬍子大叔，另一個「聽說」是極品正太般的年輕男子。

原諒我用「聽說」這個不負責任的字眼，以及「極品正太」這種讓人充滿遐想卻又無從想像的形容詞，雖然我閒暇之餘常常自告奮勇幫大家跑腿買咖啡，但大概因爲某種未知的詛咒，我從未見過那位年輕老闆。

儘管有些人信誓旦旦說拍到了照片，但身爲一位冷靜、自制、自律、專業的急診室醫師，要我說出：「唷？有帥哥照片啊，我要看！」、「我也想喝帥老闆親手泡的咖啡！」，還附帶雙手交疊全身扭動的動作……那樣花癡少女般行徑，門都沒有！

所以，好啦，毫無意外，在我面前動作俐索泡咖啡的仍是這位鬍子老闆。

鬍子老闆胸前掛著一條粗大的金屬十字架，穿著黑色長袖襯衫，袖口捲起到手肘上方，隱隱露出手臂肌肉處的刺青，如果撤去吧檯、咖啡機、鍋碗杯盤，換個氣勢磅薄的背景音樂，這樣的角色應該是出現在電視影集《監獄風雲》的場景裡。

聽說，對，又只是聽說……鬍子老闆曾經是黑道大哥，在一次幫派械鬥的過程中，心愛的女人用身體爲他擋掉子彈，鬍子老闆抱著渾身是血的女子衝進急診室，拿槍威脅醫生爲她急救，後來女子死了，鬍子老闆也被員警抓走，關了十幾年出獄後，就在急診室對面開了這家咖啡館……

當年急救女子的醫師是誰？又是誰報的警？鬍子老闆爲什麼要在急診室對面開咖啡店？是爲了尋仇？還是單純懷念女子不忍離去？

種種疑問，宛如八點檔般的狗血劇情，當然不可能去求證，也不可能當眞，聽過之後，大家只是一笑置之，當作苦悶醫院生活的一件點綴。

所以，你知道的，急診室多得是生離死別的故事，更多不負責任的八卦流言。

「三杯外帶，好了。」鬍子老闆把咖啡放進紙袋，粗大手指細心的調整好位置，咧嘴一笑，「總共二百四十元。」

「謝謝。」我把零錢算給他，捧著紙袋準備離開時，突然聽見有人喊我。

「子茉？」

我尋著聲音，很快發現店內角落位置一個男人朝我揚手，是顏凱。

他神色從容，手裡捲著一本雜誌，醫師白袍隨意搭在椅背上，絲毫沒有沾染昨夜急診室的混亂氣息。

「原來你在這兒啊！」我走到顏凱面前，把黑咖啡從紙袋中拿出，推到他面前。「不加糖不加奶精，這是展妍學姊特別交代的，她說你還有一台刀要開。既然學長在這裡，我也省得帶回去了。」

「我已經喝完一杯，剛剛又加點一杯了，」他微笑，「展妍還真貼心。」

看到桌上擺著兩杯咖啡，一杯已經見底，另一杯還冒著熱騰騰的白煙，黑色手機放在桌上，表示隨時等候急診室召喚。

我不禁失笑道：「總有一天，咖啡癮應該要列入醫生的職業傷害。」

「沒辦法，我已經一天一夜沒闔眼了，」他畫了畫眼窩底下那抹淺淺青色，有些自嘲：「不讓自己提提神，我怕我比病人先暈倒在手術台上。」

「能者多勞，學長辛苦了，小心過勞死。」

我挖苦他，換來他深深嘆氣，「你們這些小R1要是爭氣，我就不會過勞死了。」

咖啡香在小小的空間裡流動，氤氳的香味彷彿一雙大手溫柔撫慰我的疲憊。

離交班時間還有半小時，突然不想回急診室，我在顏凱面前的位子坐下，學他一樣把手機放在桌上。

「不回去忙嗎？」

「再忙，也要陪你喝杯咖啡呀。」我念出廣告台詞，故意朝他眨眼。

「好感動。」聽起來真敷衍。

我把糖通通倒進黑咖啡裡。

「嘖，黑咖啡就是要原味才喝得出真滋味。」顏凱看不下去，嘖了一聲。

「我怕苦。」我說，三個字堵住他的話。

他嘴唇微微上翹，一副不以爲然的樣子，「怕苦還喝咖啡？」

「就像人生一樣啊。」我又加了一匙可可粉。

「咖啡跟人生有什麼關係？」

「有啊，你看人一出生就哭，死的時候別人哭，所以人生的本質是苦的，跟黑咖啡一樣。」我正經八百解釋，「總之，要加點甜才會順口好喝。」

他笑起來，笑容明亮溫暖，「小女孩哪來這麼多人生道理？」

「別倚老賣老，我已經不是當年那個沈子茉了。」我微笑。

我不是當年那個你認識的沈子茉了。

你看過十六歲的我，卻沒看到二十六歲的我。

認識顏凱的時候，他還是披著短白袍的實習醫生，我才十六歲，頭髮永遠挑染著不知名的顏色，誇張的黑色眼線，足蹬高跟綁帶皮靴，校裙穿起來比迷你裙還短。

叛逆、驕傲、青春張揚，一副跟全世界過不去的樣子，其實通通只是跟自己過不去。

「哪來的不良少女？」

這是他第一次見到我時，對我的「讚美」。

「你身上還有多少錢都給我……」我站在醫院逃生梯的轉角暗處，正對一個上了年紀的男人伸手要錢，恰巧被他撞見，三個人都嚇了一大跳。

「以後不要叫我來醫院，直接匯錢給我就好。」有點惱怒，丟下這句話，我就跑走了。

男人驚慌卻強裝鎮定的神情，以及離去之前我送他的中指，更加深顏凱腦袋裡不純潔的誤解。

主治醫生召妓？少女援交？是不是仙人跳？要不要報警？顏凱煩惱了好一陣子，後來才知道——

「他是我爸啦！」我連翻幾個白眼。

「不能怪我啊，誰知道平時一絲不苟、正經八百的沈教授居然有這麼一個『台妹』……」他咳了一聲，「『氣質出眾』的女兒。」

店裡播放著慵懶的爵士樂，落地玻璃窗貼上「Happy End's Day」的字樣，穿過那些半透明的白色窗貼，可以看見街燈漸漸熄滅，城市開始有甦醒的樣子。

喝完咖啡，把紮成馬尾的頭髮解開披散在肩上，舒服的靠上椅背，經過一晚上的兵荒馬亂，覺得此刻的靜謐已經接近天堂。

Happy End's Day，世界末日快要來臨了，如果真的有世界末日，真想看看天堂是什麼樣子。

據說二〇一二年十二月二十一日那天，是馬雅曆法預言的世界末日。

科學家、數學家、天文學家用盡一切邏輯、演算法及現代先進儀器，仍然無法證明古馬雅曆法所預言的世界末日是否會降臨。

但，十年前的你跟我，十六歲的我們是如此堅定不移地相信著。

「欸，你相信會有世界末日嗎？」

「相信。」

「如果真的有世界末日，你最想做什麼？」

「到天涯海角流浪。」你說：「我們，一起。」

我們在一起，直到世界盡頭，直到世界末日。

這個諾言真美好，美好到我用盡力氣去相信，以爲你就是此生最後的愛情。美好到我要多堅強，才敢對你念念不忘。

顏凱正在翻閱一本旅遊雜誌，一幀幀風景照片隨著他修長指尖的移動展開，標題大多下得很聳動：「末日前也要去一次的夢幻天堂」、「適合戀人們共度末日的幸福島嶼」、「沒去過就後悔到死！末日必遊景點選輯」。

這本旅遊雜誌是我借給顏凱的。我曾向他表示年底想休長假，請他提早安排急診室人力，顏凱問我休假原因，我只把這本雜誌放在他桌上。

「顏醫師研究半天，」見顏凱看得沉浸其中，十分陶醉的樣子，我忍不住問：「看出心得了沒？」

「照片拍得不錯，看來攝影師做足了功課，去了很多地方取景。」

「我不是問這個，」我打斷他的話，「我是問十二月二十一日世界末日那天，你想好要怎麼過了嗎？」

「妳相信有世界末日？」他不答，把雜誌往旁邊一推，反問我。

「我相信啊，說不定天上會掉下一塊大隕石，說不定地球會突然爆炸，說不定來一批高科技的外星人……」我胡亂謅，「或者像電影《2012》演的那樣，來一場大洪水，全世界進入冰河時期……總之，寧可信其有嘍！」

他「喔」了一聲，突然醒悟，道：「難怪妳年底排了長假，原來是準備去玩樂啊。」

「當然，沒有情人可以死在他懷抱，總要找個風景美、氣氛佳的地方，世界末日那天還死在急診室實在太悲情了。」我很認眞的加了一句附注：「如果能來個『異國豔遇』，那死也無憾了！」

可惜只換來他噗哧一聲笑。

「嗯，那我要找個靠海的小漁村，吃一大堆生魚片，」他推推眼鏡，挺直鼻梁上有月彎似的淺痕，「是『芥末日』嘛。」

「不好笑！」

眼角餘光掃到桌上手機似乎輕輕震動著，我點開，是封簡訊。

顏凱湊近看，下巴一抬，笑得開心，「院長找妳，沈子茉值班時間打混被抓包了！死了，又要被電了，院長那老傢伙看我不順眼，總愛找我碴。

我橫了顏凱一眼，「你向他打我的小報告？」

「我才沒那麼無聊！」顏凱敲敲腕上的手錶，「根據本院不成文規定，院長急call通常三分鐘內要見到人，妳現在還剩兩分三十五秒，走路來不及，小跑步或許還有機會……」

沈子茉是氣質女孩不罵髒話，喔，對了，現在還是個專業人士，不能隨意破壞形象，所以我給他一隻中指代替說再見。

敲了敲門，辦公室裡傳出一聲低沉的「請進」。

我猶豫了一會兒，才推門而入。

「院長，」我禮貌性的說，「請問有何指示？」

「沈子茉，昨晚有件事妳做錯了。」直切重點，依舊是不帶溫度的嚴肅語氣。

我回想了一下，冷靜地說：「雖然昨天晚上急診人數比平時多，但整個流程都很順暢，我不覺得我有哪裡做錯了。」

「是嗎？那看看這份報告。」他抬手指向桌上一份資料。

我打開看，目光落在那些不尋常的數據。

原來，那位我以為只是輕微跌傷卻吵著要住院的盧阿伯，檢查出來的結果居然是暫時性腦缺血發作，也就是俗稱的小中風，是發生嚴重腦中風的重要警訊，如果沒有及時診斷出來並給予治療，就會有永久性中風的危險。

「這個病人表面上是跌倒造成小腿擦傷，但身為一位專業的醫療人員，更該追究的是跌傷原因！」院長盯著我，目光帶著惱怒，「病人因為突然暈眩、失去平衡，四肢不協調造成跌倒，這些妳連問都不問就輕易下了診斷，還拒絕病人的住院要求，沈子茉，妳未免太過草率了！」

「我以後會注意。」沒有辯解，確實是我的錯，我道歉：「對不起。」

「還好總醫生及時發現，要是妳就這麼讓病人回家，若再度發生意外……」

「對不起，這次事件我會寫份報告送過來。」我不甚禮貌的打斷他的話，「請問院長還有別的事要交代嗎？如果沒有，我交班時間到了。」

「很多事不是妳表面上看到的那麼簡單。」他揮一揮手，「轉科吧！牙科、皮膚科、家醫科……隨便哪科都好，子茉，妳不適合待在急診。」

這才是你的目的吧！

「說來說去，你只是想勸退我吧！」我幾乎快冷笑出聲，「分科考試還沒到呢，院長關心這個是不是太早了？」

沉默了許久，他站起身，走到窗前拉開窗簾，陽光從長窗斜曳進室內，試圖帶來光亮與溫暖。

我竟分不清是因爲光線還是因爲歲月，讓他的頭髮蒼白了許多。

這個人，有很多頭銜：臨床醫學博士、主治醫師、醫學院教授兼院長、醫療典範、心臟外科權威……

但，這些頭銜換不到我喊他一聲——爸爸！

或許他也不在乎，從來不在乎。

「不是以『院長』的身分，我要怎麼說妳才會懂……」他緩緩開口，隱隱含著嘆息，「急診很辛苦，我不希望妳太辛苦。」

「別假惺惺，」我咬著下唇，「你明明知道我進急診的原因！」

你明明知道我進急診的原因！

「有人生，就有人死，不是每個送進急診室的人都有機會被救活，醫學是有極限的。」

「但是，爲什麼被放棄急救的是媽媽？你爲什麼放棄？你不是上帝，憑什麼隨便決定別人的生死？更何況她不是別人！」下唇被咬出血痕，一抹血腥味在舌尖化開，好痛……

「她是我的媽媽！你的結髮妻子！」

「如果當時妳是我，也會跟我做同樣的決定。」

「我會證明你是錯的！」直視眼前這個人，我應該叫他「爸爸」的這個人，我想在他臉上看到懊悔不已的神情。

沒有懊悔，他只是一臉平靜，坦然憂傷的凝視著我說：「不要再追究這件事了，子茉，繼續追究下去不會有好處。」

「好處？」抓住他的話尾，我冷哼，雙手抱胸，「沈大院長，是對你沒有好處？還是對我沒有好處？」

「妳到現在還在恨我？」

「我不恨你，爸，『恨』這個字太嚴重了，」我提醒他，「我只是永遠不會原諒你，別忘了，李海澄也是你逼走的……」

最後一句話落下，我明顯看出他的身子微微顫抖，彷彿壓抑住極大的情緒。

這是個巨大的傷，傷在我們心口，永遠無法痊癒，明明知道一碰就會痛得撕心裂肺，爲什麼還要來拉扯？夠了。

離去之前，爸突然確認似的問了一句：「妳這幾天有休假嗎？」

知道他想提醒什麼，我說：「我會找時間去看媽，你別擔心，我從來沒有忘記！」

還想說什麼，最後爸只是微微一笑，扯起眼角，皺紋像秋葉乾枯的脈絡般明顯。曾經意氣風發、彷彿能擊敗一切的父親，竟然也變老了。

「嗯。」爸輕輕點頭，揮手趕我，「妳走吧。」

離去之前，他叮嚀著：「那裡風大，去的時候記得多穿件外套。」

嘩啦一聲，快要抵擋不住，有什麼熱熱的東西從心裡奔流出來，我只能趕緊轉過身，給他一個冷淡的背影。

護士欣雅從走道另一頭跑來，神色慌張，「沈醫師，不好了！」

「發生什麼事了？」我打起精神。

「急診有個病患指名要找妳。」

「指名我？」沈子茉何時變名醫了？居然有病患指名找我？一定沒好事！

「主訴是什麼？」掩飾心裡的忐忑，我問。

「燒……燒燙傷，大面積燒燙傷……」欣雅支支吾吾。

「燒燙傷中心的人來會診了嗎？」

「還……還沒，病人說一定要找沈子茉醫師……」欣雅低下頭揑揑手指，回避我銳利的眼神，「還在急診室大吵大鬧，說別的醫生都不要。」

「大面積燒燙傷的病人能夠大吵大鬧？」我懷疑。

她推著我走，表情扭扭揑揑，「哎呀，反正妳來就對了。」

到了急診室，欣雅指著一個半躺在推床、臉上罩著呼吸器的男性病人。「就他啦！」

病人身上覆蓋著外套，不停顫抖，似乎痛得很厲害。

我心軟了下來，忘了計較病人的臉似乎有點眼熟，瞄了一眼病歷表就開始問診：「開水燙傷？」

病人緩緩點頭，露在呼吸器外的兩隻眼睛虛弱地半瞇著。

「剪刀！」

我戴上橡膠手套，拿起欣雅遞給我的剪刀，輕輕掀開病人身上的外套，白色襯衫溼答答、黏糊糊緊貼他的胸膛，隱約可見衣服底下的粉紅色肌膚。

「看樣子應該是淺眞皮燒傷。」我皺眉，「奇怪，怎麼沒起水疱……」

小心翼翼沿著他的肌肉線條剪開襯衫，邊撕邊剪再加上病人很不配合的不停扭動身體，分散了我的注意力，剪了幾刀才赫然發現裡面是一件紅色貼身衣服！

我愕然，瞬間熱氣上湧，臉紅得說不出話來。

衣服上居然還寫著：I LOVE YOU！

這啥鬼啊！我被耍了！

我眼神凌厲地瞪向欣雅，她半撒嬌、半委屈的解釋：「我是被謝醫生逼的嘛！爲求逼眞，我還特地借他這件貼身紅色牛奶絲內衣，還有人建議說要灑點假血在上面……」

假血?!這告白挺有創意，但是，未免也太噁爛了吧！雖然外科醫師是個白刀子進、紅刀子出的職業，不代表我沒有浪漫少女心啊！

「情人節快樂！」謝旻勳拔下呼吸器，不知道從哪裡變出一束玫瑰花，「子茉，我們重新交往吧！」

「謝旻勳，你發什麼瘋？這裡是急診室耶！」我低吼，突然想到顏凱制定的戒律之一「不准在急診室喧譁」，立刻閉上嘴巴。

「誰叫妳老是避著我，電話不接、簡訊不回，連班都故意跟我錯開！」謝旻勳說得如泣如訴，給他一頂漁夫帽就可以開記者會了。

我左右張望，發現躺在床上的病人紛紛撐起身體、來來去去的醫護人員刻意放慢動作，鄉民看好戲的模樣簡直讓我窘到極點。

「我不是故意把班跟你錯開……」我氣弱的哼。拜託，我根本沒注意你上哪些班好嗎？

「不是故意……啊！」他一點都沒聽出我的言外之音，喜出望外地說：「那我立刻找總醫師顏凱調班。」

你乾脆找死比較快。我在心裡默默接話。

謝旻勳跟我一樣，都是今年剛進醫院的R1，是我的高中同學，也是——

「我們是彼此的初戀，雖然之後各自都有男女朋友，但很快又分手了，兜兜轉轉那麼多年，沒想到醫學院畢業後居然能在同一家醫院工作，我相信一定是冥冥中的緣分……」看到眾人圍觀，謝旻勳表情更加楚楚可憐，硬把玫瑰花塞進我手裡。

沈子茉，妳當年是怎麼了？怎麼會看上這男人？好想把高中時的我拖出來搖晃肩膀。

「子茉，我發現我仍然愛妳。」

那是你自己的事。

「子茉，我們在一起，讓我照顧妳好嗎？」謝旻勳伸出手，手指輕輕撥開我額前的瀏海，附在我耳邊低聲說：「李海澄離開那麼久了，他不會回來了……」

本來想推開他，一聽到那個名字，我瞬間僵硬在他懷裡。

「謝旻勳你太閒了嗎？」終於有人看不過去了。

「學長你別這麼嚴肅，今天是情人節……」

「情人節怎樣？這裡不是讓你把妹的地方，」總醫生顏凱寒著臉走過來，把橡膠手套及一疊病歷丟到謝旻勳身上，沉聲說：「7C12B、7C13A有幾個病人需要換藥，你去處理一下。」

7C12B、7C13A是醫院的燒燙傷病房。

「咦？只是換藥也要我去處理嗎？況且，我今天排休……」謝旻勳說道，依依不捨地望著我。

「不然是我去換藥嗎？」顏凱提高了音量，口氣明顯不爽，「我跟燒燙傷中心的主任講好了，接下來一個月時間，這兩間病房的換藥工作就包給你了，不管你有沒有排休，如果發生病人延遲換藥或是發炎感染，我第一個找你！」

「不是吧！」謝旻勳哀號了一聲，動動嘴唇還想說什麼，在顏凱厲聲一句「還不快去！」之下，只好做了一個會打電話給我的手勢，一溜煙跑掉了。

顏凱從我手中抽走花束，丟進垃圾桶裡，彷彿那花瓣沾了什麼骯髒細菌。

「急診室裡不能有花，可能會有病人對花粉過敏。葉欣雅，麻煩妳立刻拿出去丟了！」

「是。」欣雅端起垃圾桶，飛也似的逃走了。

「沈子茉，妳不是交班了嗎？為什麼還在急診室逗留？」

「我……」我也是受害者啊！

我張口想辯解，卻被他的話打斷：「既然妳精神還那麼好，就去ＩＣＵ（加護病房）幫妳學姊頂半大班吧。」

這個人從來就不是天使，至少現在不是。

我深深吸一口氣，再深深嘆氣，「是，我知道了。」

病床邊，黃先生的女兒仰頭看我，蒼白的臉孔沒有一點血色。

「我爸爸會好嗎？」

「妳爸爸這幾天是觀察期，只要撐過去……」

會好的，別擔心，一切都會過去。打氣的言語因爲女孩接下來的話而凝結在嘴邊。

「我甚至想，如果……」她的聲音漸漸模糊，幾乎快要聽不見，「如果，我爸死了，我是不是就解脫了？」

我聽到自己的聲音遙遠而空洞：「別這樣想。」

「至於盧阿伯，顏醫生說病情已經控制下來沒有繼續惡化，只是……」護士望一眼病房內，小聲地抱怨：「阿伯的情緒很不穩定，一會兒嫌醫院的飲食不習慣吵著要回家，一會兒……」

我輕輕推開虛掩的房門，儘管小心還是弄出點細微聲響，盧阿伯卻恍若未聞，半躺在病床上不斷喃喃自語。

「我的兒子女兒總說他們很忙沒空來看我，」察覺有人走近，老人微微側著頭似乎在尋找我的身影，迷茫的雙眼始終找不到焦距，「吶，護士小姐，妳說如果我生病住院，他們就會來看我，對不對？」

「嗯，他們會來看你的，但是你也要趕快好起來。」我淡淡地指正道：「還有，我是沈醫師。」

我只是醫生，能醫治疾病，不能醫治心病。

我連自己的心病都治不好，憑什麼醫治別人？

靠在牆上，強烈的無力感如潮水般洶湧而來，幾乎快將我淹沒。

「都結束了吧？」

抬起頭，看到一抹微笑舒展在面前。

「嗯，累死了。」我輕輕晃了晃身體，連瞪他一眼的力氣都沒有。

「我也是。」顏凱拿走我手裡的病歷表，無意中觸碰了一下我的手背，我沒有動。

「妳要回家嗎？我可以順道載妳。」他不經意地說。

盡力彎出嘴唇最大的弧度，我說：「可以帶我去媽那裡嗎？」

車子停在郊區一處墓園，不想讓顏凱覺得尷尬，我讓他留在車上。

今天是媽的祭日，我來祭拜。

地平線上，血紅的彩霞成絲成縷綻開，樹木的枝椏在風中搖擺，遠遠近近彷彿彼此交疊著手臂，撐起半片孱弱的天空。

我收回視線，拿出幾樣媽最愛的水果擺在墓碑前，照片裡母親的容顏看起來如此年輕。

這麼多年，就像只有我一個人長大似的。

「媽，我從醫學院畢業了，是全系第三名的成績，妳應該覺得很驕傲吧，可惜妳不能來我的畢業典禮……」

「妳想看我穿上醫師白袍的模樣嗎？」我從隨身大包包裡拿出白袍，披在身上，張開手原地轉了幾圈，指著胸前藍色絲線繡成的名字，「媽，妳看，上面繡著我的名字『沈子茉』，我穿起來是不是挺有架式的？」

「媽，妳會恨爸嗎？」這個問題我問了快十年了，我一定是瘋了，明明知道永遠得不到回應，還一直自言自語。

自嘲笑了笑，收拾好準備離開，突然聞到一陣淡淡香氣，我低頭四處搜尋，看到幾朵茉莉花躺在地上，潔白花瓣沾著露珠，像是一朵朵帶淚的小臉。

茉莉花是媽最喜歡的花。

說不清的無數思緒在腦中盤旋，纏繞成一團死結，我彎腰拾起茉莉花，放進上衣口袋。轉身，看到顏凱站在我身後，我一愣，還來不及反應，帶著他體溫的圍巾已輕輕繞上我的頸際，打一個結，把我拉近他。

他溫暖的手觸到我冰涼的臉頰，我瑟縮一下，他立刻收回來。

寂靜中，彼此的呼吸清晰可聞，顏凱的氣息有些急促，我的心跳也莫名加快。

「好冷。」我說。都已經三月了，卻似乎還看不到冬天的盡頭。

我咬咬唇，將凍僵的手指送到唇邊呵氣，試圖溫暖自己，顏凱拉起我的手，把我的手指一根一根掰開，十指交扣握緊，直到我的手漸漸開始回暖。

「不要對我那麼好，」我把臉埋進圍巾裡，聲音模糊，「我怕我會愛上你……」

他似乎沒有聽見，只是微仰著頭，凝神看著我身後的大片天空。

「想看夜景嗎？」回程的時候，我提議，「我知道這附近有個地方可以看夜景。」

「在這種地方看夜景？」顏凱一臉驚悚，「沈子茉，妳的興趣還真特別！」

「以前跟他來過。」我低聲說。

「怎麼走？」顏凱開啓導航。

「我想想要怎麼走……」我咬著下唇苦思。

「還記得路名嗎？」

「忘了。」

「附近應該有地標吧？」

「喔，」我想起來了，「會經過一片稻田！」

顏凱聞言深深嘆了口氣。

「不然就憑直覺吧。」我趕緊安慰他。

「沈子茉，妳的直覺可靠嗎？」

「你覺得呢？」我朝他投去一瞥。

「算了，當我沒問。」

車子繞過墓園，沿著蜿蜒曲折的山路上上下下，最後停在一片斜坡上。

沒有星星，沒有月亮，夜幕低垂，整片荒野只剩模糊的黑影，凝重而深沉。

深墨色的夜景潑灑開來，遠處有座拱橋，橋身的拱肋鋼梁點綴著燈光，一點一點閃爍不定，車輛行進燈光，鑲嵌出一條條流金般的耀目光芒，像繫在黑幕裡的一件金色腰帶。

「很美。」沉默了很久，顏凱才說。

「嗯。」我望著夜景，夢遊般的說：「一點都沒變，跟十年前一樣。」

「沈子茉。」

「嗯？」

「從剛剛就一直想問，」他深深吸一口氣，探過身來，「我好像聞到什麼花香？」

我在口袋翻找一陣，用指尖撚出幾朵茉莉花，幽微的香氣在狹小的車內空間益發濃郁。

「應該是這個吧……」我猛然抬頭，額頭便碰上一瓣柔軟，如蜻蜓點水般輕輕點觸。

過了很久我才意識到，那是顏凱的嘴唇。

不知道在緊張什麼，我渾身緊繃，連聲音都在微微顫抖：「我撿到茉莉花……」

顏凱輕輕嘆息一聲，笑容極淡，「妳看起來很怕我？爲什麼怕我？」

我呆呆看著他，不知道他這話的含意，卻清晰的看見他的臉慢慢靠近，近到看見他的睫毛根根分明。

身體被壓進柔軟的椅墊裡，幾乎聞到新車內裝淡淡的皮革味，嗆得我頭腦昏亂，他的唇輕輕撫過我的鼻尖，幾乎快要碰到我的唇，卻沒有吻上，彷彿在等待著什麼。

我輕輕呻吟了一聲，他抓得我的肩膀好痛。

「爲什麼怕愛上我？」他問，放開對我的箝制。

爲什麼？

「因爲，」我別開臉，「他答應我會回來。」

顏凱一愣，拉開了一點距離，呼出的氣息卻還是曖昧的掃著我臉頰。

他答應我會回來。

答應？沒有實現的諾言，就叫「謊言」。

第二章　破碎

謊言不是最殘酷的事，最殘酷的是踩著這些碎片前進，卻要假裝不疼痛。

「李海澄？」

「嗯，」我仰起頭，假裝把視線投向遠方的地平線，其實只是不想讓眼淚流下，「他曾說不管我在哪裡，就算是在天涯海角，他都會回來找我。」

「顏凱，相信這樣的諾言，我是不是很傻？」我問。

「不傻，」顏凱揉揉我的頭髮，動作像在安撫一個孩子，嘴裡卻不客氣地批評：「是笨得可以！男人的承諾十條裡有九條是善意的謊言。」

我懊惱的撇過臉，「至少還有一條是眞的。」

「如果他不回來呢？」眼前男人的聲音好溫柔，幾乎快要瓦解我的意志力，他問：「妳就這樣一直等嗎？」

「不會，就等到世界末日那天！」我衝口而出，這樣孩子氣的話連自己都想笑。

「世界末日？」

「嗯，我曾經想放棄等待，可是卻又忍不住想，會不會放棄的隔天他就出現了，這樣的思緒一直反覆循環實在很煎熬，所以我給自己一個期限，就到世界末日那天！在那天來臨之前，我可以盡情的想他、等他、爲他哭泣，在那之後……」加重語氣，彷彿在提醒自己，我說得十分狠絕：「我就永遠把他從我心中趕走！」

「聽起來，我好像被一個期限是『世界末日』的『承諾』給打敗了。」顏凱說，含在嘴邊的笑容帶著難解深意。

「不過，算你幸運，十二月二十一日就是世界末日了。」我想用開玩笑的口氣，可是不知道為什麼聽起來卻可憐兮兮，像在拜託顏凱，「所以，在那天到來之前，請你要努力、堅持、絕對不要愛上我，也不要讓我愛上你！」

「這意思是我被發好人卡了嗎？」

「不是，」我搖頭，表情認真，「我這是在向你告白。」

「好『沈子茉』的告白。」他的手指輕輕從我臉頰滑過，為我拉緊了圍巾，淺淺地微笑起來，「不過，妳跟他到底是怎樣的故事呢？說來聽聽，或許我可以幫妳。」

「怎麼幫我？」

「幫妳找到他，這樣妳就不用等到世界末日那天了。」顏凱真善良，「再幫妳狠狠揍他一頓！」

「找到李海澄嗎？」我閉上眼睛，感覺左胸肋骨底下有個器官在隱隱作痛，「嗯，好主意，找到他之後，我要狠狠揍他一頓，然後問他……」

然後問他……問他當年那個破碎的真相。

是的，我等他，不是因為那幼稚愚蠢的愛情，就算有，也沒辦法讓我支撐過這長長十年光陰流轉。

如果恨他，就可以永遠不忘記他，那我寧願恨他。

同等的愛與同等的恨，界線已然模糊，再也看不清原貌。
那麼，故事要從哪裡說起呢？
既然這個故事已經碎裂得徹底，從哪裡開始都沒差了吧……

十年前的沈子茉，十六歲，品學兼優，是女中學生。
爸爸總是忙著教學研究，還有「救人」。
「救人」這個字眼，我不知道該定義爲動詞還是名詞，總之加在以醫師爲職業的父親身上，還不算太突兀，讓我從小對爸爸有種英雄般的崇敬感。
所以，英雄不需要常常窩在家裡，英雄是受人敬仰愛戴的，不是讓人撒嬌磨蹭的，即使那個英雄是我爸爸也一樣。
媽媽的工作很特別，雜誌圖像編輯、攝影經紀或ＳＯＨＯ藝術家之類，我始終搞不清楚，只知道她的房間掛滿她從世界各地收集來的攝影作品。媽曾說她賣的是「人們心中想到達卻無法到達的風景」，對小時候的我而言，那是個太抽象的解釋，所以，最後我只能在學校調查父母職業欄的表單塡上「家庭主婦」。
我家，那個占地百坪，整潔光亮，在同學眼中算是豪宅的家，有個近乎荒蕪的小後院，除了一株媽媽悉心照顧的茉莉花之外，再也沒有別的植物。
媽媽有時接連好幾天在家，有時一離開就是十天半個月，每當清晨她要出遠門工作，就會摘下幾朵茉莉花放在我的床頭，上學的時候，我會把花瓣小心翼翼放進制服上衣口袋，彷佛心臟每一下跳動都能伴隨茉莉花香。

「子茉，子茉，妳的名字是茉莉花的意思。」

小時候，媽總是抱著我這樣說，她教我唱兒歌，還說她最愛的花是茉莉花。

當時我覺得，我是全世界最幸福的小孩。

然後，我漸漸長大，爸媽的工作也越來越忙碌，雖然不能天天陪在我身邊，但我生日時從來沒忘送我生日禮物，偶爾也會抽出一兩個週末，全家一起外出吃大餐，偶爾也會帶我出國度假。

只是，那個「偶爾」的次數，發生機率越來越低。

就像電視新聞裡的模範夫妻那樣，爸爸媽媽總是溫文優雅、進退合宜，更難能可貴的是從不吵架，除了我知道的那一次……

羨慕嗎？可是，當我去國中同學林苡茜家住過幾天後，我突然很羨慕她家那個充滿油煙味的狹小廚房，爸媽每天在家吃晚餐、看電視互搶遙控器的模樣。

說不上來為什麼，就是很羨慕。

應該是我太不知足了吧，有這樣完美的父母、衣食無憂的生活、堪稱富裕的家庭背景，再奢求什麼就太貪心了。

唯一給他們的回報，就是讓他們有個「完美」的女兒，讓他們不後悔生下我！

我知道這句話聽起來很怪，天底下哪對父母會後悔生下自己的親生骨肉呢？

有的，當這對父母還沒成爲夫婦，卻發現女方懷孕而不得不結婚的時候。跟你說，沈子茉很聰明，還沒上小學就發現了，隔壁阿姨說小寶寶要在媽媽的肚子裡住上十個月，可是爸媽是在一月結婚，我的出生日卻在同年四月，才三個月大的早產兒是不可能生存下來的。

再加上六歲時爸媽吵架吵得很凶那次，媽哭著說她後悔了，早知道打掉了、不應該生下這孩子、不應該跟爸結婚，有誰知道當時小小的我躲在衣櫃裡，害怕得渾身顫抖。

原來我的出生是不被期待的！好怕被丟棄，好怕被後悔！

可是，這不是我的錯啊，我能怎麼辦？

只要努力念書、乖巧聽話，讓爸媽爲我驕傲，這樣他們就不會吵架，就不會覺得後悔了，對吧？

於是，我考上女中，高一下學期時，更成爲學校儀隊隊長候選人。

女中儀隊隊長選拔從來不馬虎，不但在校成績要名列前茅，儀態、動作要求嚴格，以及需具備領導統馭能力。

所以，你知道的，當時我的小小人生是如何努力維持驕傲與完美。

這樣的人生是怎麼腐壞的呢？

喔，或許不能說腐壞，應該說披覆在外層的完美假象何時被戳破的呢？

像泡泡一樣，「啵」一聲，魔法消失。

什麼美好都不剩，只留下不堪的原形。

「欸，妳們聽說了嗎？展妍學姊想提名沈子茉當儀隊隊長……」

「沈子茉？一年忠班的班長嗎？那女生一入學我就注意到她了，長得還滿漂亮的……」

嗯，謝謝。

「普普而已吧，一副高高在上的樣子讓人看了就討厭。」

討厭我的理由可不可以換一個？我不跩，只是不常對人笑而已。

我微微牽起嘴角，左手舉起手機當作鏡子，右手撥了撥額前瀏海，鏡面玻璃反射出一張清秀卻掛著淡漠表情的臉龐。

我那是氣質啊，氣質。

「人家當然有高傲的本錢啊，誰不知道她是榜首成績考進來的……」

「僥倖而已啦，我之前跟她念同一所國中，她每次模考的排名都還在謝旻勳跟苡茜之後……」

「欸，聽說她跟謝旻勳在一起了耶，好不要臉！明明是苡茜先喜歡謝旻勳的……」

「眞的？謝旻勳到底看上她哪一點啊？那個做作女……」

大概，他就是看上我的做作吧。

「上個禮拜體育課自由活動的時候，苡茜叫沈子茉來跟大家打排球，她理都不理，跩得要死，一點都不給我們面子！」

「我還記得有次我請她吃金莎，她居然說她不喜歡吃，不喜歡吃幹麼還收一堆男生的巧克力收得那麼高興！」

有嗎？什麼時候的事？

莫名其妙被討厭了呢，沈子茉。

我無聲無息的輕笑一聲，其實無所謂，早就習慣了。

紮起馬尾，深吸一口氣，推開更衣室的門，隨著我故意弄出的乒乓聲，門外窸窸窣窣的碎語瞬間靜止。滴水不漏的安靜，其實只是漏洞百出的欲蓋彌彰，遮掩和平假象下的撕裂。

短短幾秒，這個世界就被粉飾得風景明媚，彷彿所有裂隙不曾存在。

「子茉，妳這個手機吊飾好漂亮，哪裡買的？」

「對了，捷運站附近新開了一家鬆餅店，巧克力口味看起來超好吃的樣子，練習完之後，大家去吃吃看好不好？」剛剛說曾請我吃巧克力卻被我回絕的女生，現在正用熱絡的口氣詢問我：「子茉，要不要一起去？」

「好，」我直視林苡茜的眼睛，語氣真誠，「我最喜歡吃巧克力了！」

附送一個甜美笑容，明顯感覺到林苡茜表情一僵。

女中儀隊是學姊學妹制，主要由高二學姊指導，每個禮拜六下午在體育館練習。

體育館每級樓梯的轉角處開著一扇小小的氣窗，露出一方藍色的天空，天氣晴朗的時候，陽光就從氣窗投下一塊塊金黃色的光磚。

我踩著光磚前進，跟著大家走下樓梯，不著痕跡落在一群吱吱喳喳隊伍的後面，這樣不再受人注目的位置讓我暗暗鬆了一口氣。

高二的陸展妍學姊緩慢走在我後面，像故意在等我。

人群終於從門口散去，而我們還剩幾級階梯，學姊輕聲對我說：「子茉，我跟老師提名妳當下任儀隊隊長。」

我驀地停下腳步，假裝很驚訝的樣子，其實，剛剛早就聽那些八卦女說過了。

「謝謝學姊，」而後我還是回了一句很「做作」的話：「我怕我沒那麼好，會讓師長們失望。」

「能當上女中儀隊隊長是莫大的光榮，表演時是眾人矚目的焦點，將來還有很多機會代表學校出國或接待外賓，」學姊拍拍我的肩膀，像是要說服我般，「是很多女中學生夢寐以求的機會。」

展妍學姊是現任儀隊的隊長，也是所有女生夢寐以求的形象。亮麗的五官，高䠷勻稱如模特兒般的身材，齊耳短髮露出弧線優美的頸項，健康的小麥膚色，雖然是美女，笑起來毫無不做作扭捏，讓她就算各種光環加身，也不遭人忌妒。

陽光般閃亮、坦蕩、「被期待」的存在。

其實，我忌妒她，忌妒她從來不被人忌妒。

「林苡茜的呼聲比我高，而且她人緣比我好，選她應該是『眾望所歸』……」眾望所歸這句成語說出來時，我都想笑了，卻奇怪自己爲什麼沒有笑出來。

倒是學姊噗哧一笑，「哎呀，我管她是不是眾望所歸！現任隊長有權決定下屆儀隊隊長。沈子茉，我可是看好妳！」她俏皮的朝我眨眼，「別忘了我們的交情可不是一般般！」

我爸跟展妍學姊的爸爸都是同家醫院的主治醫師，是老同學也是好朋友，說起來，我跟學姊的交情果然不淺。

「我相信妳可以的！」學姊說，「沈爸爸和沈媽媽一定會很高興的！」

當我們走出鬆餅店，已經接近黃昏，鉛藍色的濃雲低沉懸浮在城市上方，天色逐漸黯淡下去，只在地平線流淌出一抹血紅色的光，一群飛鳥拍振著翅膀擦過高樓邊緣，朝不知名的遠方飛去。

「子茉，妳的長髮眞漂亮……」林苡茜經過我時，伸手摸了摸我的髮梢，近乎耳語說：「聽說儀隊隊長要剪成短髮呢。」

「苡茜，走了啦！」

「好。」她向前跑了幾步，又回過頭來朝我揮手，聲音清脆甜美道：「子茉，禮拜一學校見！」

眞虛僞。

「再見。」我抬起頭望向天空，好希望能有一雙翅膀，能夠飛得高高，逃得遠遠。可是……要逃去哪裡呢？

「子茉，妳要去補習嗎？」展妍學姊問，「還是回家？」

「回家。」我說。

「家」這個字念起來讓我有些猶豫，彷彿要把尾音那個「ㄚ」拖得長長，才能說得肯定，不讓別人懷疑。

一道閃光無聲無息劃過天空，又迅速隱去，好像快下雨了。

還是回家吧。

雖然，我現在不太確定常常只剩我一個人在的那幢建築物，算不算一個「家」。

目的地快到了，腳步卻越來越沉重，到了離家不遠的距離，我慢慢停下腳步。

平日總是隱沒在夜色裡那幢豪宅，意外的，今天居然以滿屋的光亮迎接我！我懷疑的揉揉眼睛，摸出鑰匙打開門。

「子茉，愣在那兒幹麼？趕快去放書包，手洗一洗來吃飯了。」媽端著湯，從廚房走出來，笑容可掬的對我招呼。

「好。」其實，我不餓。

「今天吃什麼？」坐在餐桌旁，我故作輕快的問。

「是子茉最喜歡的白醬培根義大利麵，還有玉米濃湯喔！」媽說，盛了一碗湯放在爸面前，爸用湯匙喝了幾口，湯熱騰騰冒著白煙，爸的表情卻始終冰冷。

吃了幾口飯，我問：「媽，妳覺得我剪短頭髮會不會好看？」說完，還把髮尾往上彎折起，模擬剪完短髮後的樣子。

「工作室接了一個國外電視台的大企畫，」媽說，這句話顯然不是針對我的問題，「媽必須要跟著出國工作，這次要拍攝的地點橫跨五大洲，但是經費有限，所以我可能好一陣子沒辦法回台灣。」

「我們爲了這次的企畫可是準備了好幾年，現下好不容易所有資金都到位了，」媽興高采烈的說，「說不定還有機會拍到極光，所有的過程都會製作成紀錄片，我們還預計在世界各地舉辦攝影展……子茉會爲媽高興吧？」

嗯，很高興。

「子茉長大了，都念高一了，自己照顧自己應該可以吧？」

嗯，可以。

「院子裡媽種的那株茉莉花，也要拜託子茉幫忙照顧嘍！」

好像一去不回似的，我乖巧的點點頭，卻偷偷打了一個寒顫。

「好一陣子，是多久？」爸終於開口。

「幾年吧！」媽隨口回道，把一塊肉夾到我碗裡，「多吃點，子茉這陣子好像瘦了很多。」

「匡」一聲，爸的湯匙重重磕在瓷碗邊緣。我跟媽抬起頭來。看不出任何情緒，他淡淡的說：「秀理，我們聊聊吧。」

我近乎粗魯的把碗筷往旁一推，站起身說：「我吃飽了。」

回到房裡，把書包裡的課本倒出來，胡亂塞幾本到大包包裡，把手機、鑰匙、筆袋全部丟進去，將包包甩在肩膀上，彷彿那是我全部的家當。關上房門，還沒接近客廳，耳朵似乎又開始嗡嗡作響，看到爸和媽還各自坐在餐桌兩端聊天，或談話，或爭吵……算了。我把耳機塞進兩邊耳廓，盡可能貼緊，直到五月天狂野又溫柔的歌聲占滿耳內。

帶走迴盪的回憶　你像流浪的流星　把我丟在黑夜　想著你
你要離開的黎明　我的眼淚在眼睛

下定決心我決定　用恆星的恆心　等你　等你

〈恆星的恆心〉，詞曲：阿信

在主唱阿信略帶嘶吼的嗓音中，我朝他們大聲喊：「爸，媽，我去圖書館念書了。」

轉過身去，關上耳朵，沒看到沒聽到，討厭的事就不會存在了，對吧？

還有，媽，其實我討厭白醬培根義大利麵上面的黑橄欖。

「這次家長座談會子茉的媽媽又沒去啊？妳爸媽對妳不管不顧，妳還能那麼優秀眞是不簡單……」

「沈子茉，不是我在說，妳媽弄什麼攝影工作室，三天兩頭往國外跑，不知道的人還以爲妳媽跟別的男人出去玩了……」

「名醫傳包養？沈子茉，妳爸好幾個禮拜沒回家了吧？小心喔……」

沈子茉才十六歲，還是個孩子，所以，拜託你們閉上嘴巴，我不想知道成人世界的骯髒醜陋！

果然下雨了。

雨勢不大，綿綿的，滴在臉上有頃刻的清涼感。

我很快放棄騎自行車的念頭，披上一件外套，搭公車到市立圖書館，花了比平常多一倍的時間。

「妳在哪裡？我去找妳好不好？」謝旻勳傳來簡訊。

「圖書館。」我簡短回他三個字，把手機丟回包包裡。

雨滴在我的白色外套上暈染出一塊一塊灰色的水斑，我找了一個靠牆的閱讀桌，把外套甩了甩搭在椅背上，開始念書。

白天儀隊訓練的疲憊感不斷侵襲而來，沒多久，我的臉就貼著英文課本相親相愛去了。我睡得那麼沉，以至於一睜開眼，看到謝旻勳不知何時挨在我身邊睡著時，還失神發呆了好一會兒。

他額前頭髮還有些溼漉漉，微微發抖像隻小狗般蹭著我的手臂尋求溫暖，我才發現這個男孩把他的外套蓋在我身上，在冷氣不要錢的圖書館裡，自己只穿著一件單薄的短袖T恤。

「欸，」我用食指戳戳謝旻勳，有些尷尬的說：「你什麼時候來的？」

他抹了抹臉，半瞇的眼隱藏不住濃厚的睡意，連聲音都有些睡醒後的慵懶：「沒多久前吧。」

我低頭看看手錶，時針跟分針提醒我，圖書館快到休館時間了。

「眞糟糕，今天預定的進度還沒念完。」我邊收拾書本，邊嘆氣。

「沒關係，我們明天再來吧。」謝旻勳拎起我的包包，還想順勢牽起我的手，我穿上外套，把手藏進外套口袋，技巧高明的避開了。

困在圖書館的屋簷下，我考慮著要冒雨衝向公車站牌，還是要等雨小一點再離開。

雨還在下，無窮無盡，好像永遠不會流完。

「我有帶傘。」沒牽到我的手雖然讓謝旻勳有些失望，但當他發現可以一手撐著傘，一手攬住我的肩，還是忍不住揚起笑容，「氣象報導說這一整個禮拜都會下雨。」

「雨是天空的眼淚。」

很小的時候，媽把我抱到窗台前看雨，說了這句話，我伸出短短的小手臂，咿咿呀呀朝空中揮舞，轉頭看見媽媽的臉上也有雨。

雨是水蒸氣隨風升空形成雲，雲又形成雨降落到地面，國小四年級自然課「水的三態及水循環」學到了。

還好，我不像媽那樣多愁善感，我的腦袋理性到近乎冷酷，應該是遺傳到爸。

想到什麼似的，我問身旁的男孩：「你晚上不是要補習？」

「為了妳，我蹺掉了。」他略帶得意地說，雙眸裝滿期待，「沈子茉，妳獎勵我一下好不好？」

說實在，謝旻勳是大多數女孩心中的白馬王子，功課好、長相好，個性也很好，雖然帶點傻氣，但是我知道這股傻氣是源自於這年紀男孩該有的率性與天真。

國中時很多女生都很迷戀他，包括林苡茜。

當時，他和林苡茜的成績分列全年級第一、第二名，是基測男生組、女生組榜首的熱門預測人選，也是師長同學眼中「金童玉女」的神話組合。

「蹺課還敢要什麼獎勵？」我別過臉。

可惜，這個神話組合被沈子茉打破了。

國三下學期，我轉進這所國中，沒多久就和謝旻勳在一起。

「不可以喔？」用著可憐兮兮的口氣，他突然朝我臉頰親來，重重的帶點霸道，趁我來不及反應，他的唇迅速往下移動，用力吮了我的唇瓣一下。

這個單純的男孩，終於偷吻到喜歡的女孩，現在臉上滿是開心的神色。

上唇似乎還沾著他的唾液，我忍住用外套袖子擦掉的衝動，嘆了口氣，「謝旻勳，我們分手吧。」

我們分手吧。

我的音量不大，參雜著滴滴答答的雨聲，聽起來有些模糊。

「什麼？」謝旻勳的笑容瞬間凝滯，「妳剛剛說什麼？」

「我說，我們，分手。」我冷靜的解釋，「就是我們結束了，不用再見面了。」

「為什麼？」謝旻勳眨了眨眼，有些無辜指著自己，「我做錯什麼惹妳生氣了？」

「你沒有做錯什麼！」我退後幾步，卻被他一把拉進懷裡。

場景：下雨的夜晚，大街上。

燈光：街燈忽明忽滅。

男女主角就位，鏡頭由遠而近帶入男主角撕心裂肺的嘶吼，臉上不知是雨還是男兒淚，女主角卻一臉漠然，彷彿是事不關己的路人。

我努力維持面無表情，一邊在腦袋中飛快回憶從小到大看過的狗血偶像劇，這時候女主角應該說「×××，你是個好人，只是我們不適合」或「○○○，你很優秀，可惜我配不上你」之類的台詞。

「謝……」我還來不及把×××、○○○替換成謝旻勳的名字，就被他硬生生打斷。

「我沒有做錯什麼……」謝旻勳激動的大叫：「那就是妳做錯什麼了？」

「沈子茉，妳做了什麼對不起我的事？不然爲什麼要跟我分手？」他一臉不可置信。

「是啊，是我對不起你。」我的口氣聽起來很欠揍，如果剛好被那些八卦女聽到，不知道又會被議論成什麼樣子。

「妳愛上別人了？」

「沒有。」

「快跟我說是誰？」

「眞的沒有。」

我推開謝旻勳快步往前走，他跟上，扳住我的身體轉向他，然後用力抱住我，雨水漸漸把我們的衣服打溼，我的臉頰貼在他重重起伏的胸膛上，雖然緊緊被懷抱著，卻感受不到彼此的溫暖。

「放開我！」我低喊，「謝旻勳，你理智點！」

謝旻勳手指有些發抖，捧起我的臉，像隻被逼急的小獸般狠狠咬住我的唇，我一直咬緊牙關，不讓他暴戾的舌闖進我的口中，直到火辣的刺痛感襲來，我嘗到一抹血腥味，混合著雨水還有淚水，鹹鹹的。

我被他吻出了血，他才放開我。

「子茉，不要跟我分手好不好？」十六歲男孩巴不得獻上自己的眞心，再三保證：「我這輩子只喜歡妳一個！」

你的這輩子還很長，不要只喜歡沈子茉一個！

爲了不讓他繼續執迷不悟下去，我只好告訴他眞相：「謝旻勳，你聽好了，我會跟你在一起，只是因爲林苡茜也喜歡你，而我討厭林苡茜。」

我這樣會不會有報應？我跟謝旻勳在一起，只是要讓那些我討厭的女生又羨慕又忌妒。更何況跟謝旻勳談戀愛，還激起那些青春期男生賀爾蒙過剩的競爭心態，我收到的巧克力及情書增加了兩三倍，追我的人更多了。

林苡茜說得沒錯，沈子茉是個心機女！

「既然已經讀高中了，我也徹底打敗林苡茜成爲下屆儀隊的隊長，」我聽到自己殘忍地說：「謝旻勳，我現在對你已經失去興趣了。」

「那，那……妳的意思是……」謝旻勳結結巴巴了半天，好不容易擠出一句讓他痛苦萬分的話：「妳從來沒有喜歡過我？」

「有，」我踮起腳尖，附在他耳邊輕聲說，耳語般的氣息讓他渾身一顫，「喜歡過。」

曾經喜歡過，但我清楚明白那不是「愛」。

因爲喜歡過你，所以不想繼續把你當成跟林苡茜競爭的一顆棋子。沈子茉還算善良吧！

謝旻勳只是瞪大眼望著我，眼神很迷茫，彷彿我的話是全世界最難解的數學題。

再見了，謝旻勳，你長大以後一定是個帥氣的男人，就算沒有沈子茉也一樣。

我把包包甩在肩上，豎起衣領，加快腳步離開他的視線。

雨鋪天蓋地的落下，每一滴都像利劍般打在身上。

終於狼狽回到家，爸媽不知何時離開，餐桌早被收拾得乾乾淨淨，只剩一碗失去溫度的玉米濃湯孤零零待在桌面，沒有刻意營造的幸福假象，這樣觸手可及的黑暗與冰涼反而讓我鬆一口氣。

手機鈴聲細微的響起，我還來不及接起就斷了，仔細一看，手機裡好幾通未接來電，都是媽打來的。

按了回撥鍵，媽的聲音在我耳邊歡快的響起：「子茉？終於到家啦？」

「嗯，剛剛到。」

「你爸被醫院急call回去了，好像有病患的手術出了問題，妳也知道醫院沒你爸不行……」

「嗯。」

「媽剛好也接到一個緊急電話，所以……」媽歉然道，「妳不會怪爸媽吧？」

其實，沒關係的，可以不用跟我解釋這麼多。

我走進房間，打開燈，看到床上躺了一隻毛茸茸的泰迪熊大玩偶，胖胖的脖子上繫著紅色緞帶蝴蝶結，睜著黑色鈕扣眼睛，眼神空洞的望著我，好像在說：我跟妳不熟，別碰我。

「我記得，妳說過想要一隻泰迪熊當生日禮物。」媽說。

我的確說過想要一隻泰迪熊當生日禮物，不過那是好幾年前的事了。

眼角餘光瞄到一封粉紅色信封放在泰迪熊的旁邊，打開一看，裡面一張小卡片簡短寫了「子茉生日快樂」，字跡潦草到幾乎看不清底下署名的「爸爸」那兩個字，還有好幾千塊的圖書禮券。爸的禮物向來走務實風格，至少比泰迪熊玩偶實用多了。

我把泰迪熊抓起來塞進衣櫃，回到書桌前，打開電腦，登錄拍賣網站，打上幾個字：圖書禮券八折拍賣，商品狀況全新，無使用期限。

媽的聲音從手機傳來，有些擠壓變形，彷彿從另一個空間傳來，我漫不經心的嗯嗯應著，隱隱約約聽到汽車引擎運轉的聲音。

「媽，妳專心開車啦，不要一直跟我講話。」我說，手指不停在鍵盤上敲著，盤算著賣掉禮券之後，能將這筆錢捐給流浪動物之家。

是否繼續新增拍賣？

是。

泰迪熊玩偶一元競標，商品狀況全新，三千元以上免運費，競標截止時間……

「那碗玉米濃湯媽還放在餐桌上，晚餐的時候看妳沒喝幾口就跑出去了。」媽仍不斷說著，「如果想喝隨時可以拿去微波，喝不完的話記得放冰箱，還有義大利麵……」

有些受不了，那句話還是衝口而出：「媽，我跟妳講過很多次了，我討厭義大利麵裡加黑橄欖！那味道眞的很噁心！」

「這樣啊……」媽沉默了很久，久到我以爲手機失去訊號，媽才說：「子茉，剛剛吃晚餐的時候，妳問我的問題我似乎還沒回答。」

「嗯？哪個？」

「妳問我，如果妳剪成短髮會不會好看？」

「嗯。」

「媽覺得，覺得呀……如果子茉是短髮……」

如果子茉是短髮……？

媽沒把那句話說完，一陣刺耳的喇叭聲從手機裡頭爆出來！緊急剎車聲、碰撞聲，清晰得彷彿就在我眼前。

腦袋一片空白，幾乎無法呼吸。

子茉短髮會好看嗎？齊肩還是要剪到耳後？瀏海要剪嗎？

媽，妳快回答我！妳怎麼突然不說話了？是不是手機又沒訊號了？

回答我的只有雨聲，一聲又一聲把我的心淋到冰涼。

不知道站了多久，直到手機簡訊的滴答聲鑽進耳膜，我才渾身一顫，慢慢蹲下身去，將掉在地上的手機拾起，握在手心。

謝旻動傳來簡訊：「忘了跟妳說生日快樂，雖然妳說要跟我分手……」

沈子茉，十六歲生日快樂。

我有沒有說過我的生日在四月一日？

所以我討厭過生日。

沈子茉，愚人節快樂。

「您所撥的號碼無回應，請稍後再撥。」

我撥出一通又一通的電話，媽始終沒有接，不安的感覺像無形雙手掐住我的喉嚨，隨著時間的推移逐漸收緊，將我的呼吸越扼越緊。

幾乎快要透不過氣來，我披上外套，決定去媽可能會去的幾個地點尋找。

才走出房門，客廳電話尖銳的響起，我接起時，幾乎快要遏抑不住雙手的顫抖。

「請問是江秀理女士的家屬嗎？」

「是，我是她女兒。」

「這裡是醫院，妳媽媽出車禍了，現在正在急救。」

情況不樂觀……但，我們會盡最大的努力。

「急診開刀房裡是沈醫師的夫人，聽說出了嚴重車禍……」

「怎麼會這樣？沈醫師知道嗎？」

「院方說先不要通知他，讓他專心處理心臟外科的緊急刀，搞不好到現在還不知道……」

「沈醫師手邊那台刀是是心臟瓣膜移植吧？唉，他救活過那麼多人，希望他的夫人沒事才好……」

媽被送到的急診室，剛好是爸工作的醫院。

但是，爸，你在哪裡？

瑟縮在手術室外的長椅上，以爲自己會嚎啕大哭，但我沒有，我只是雙手抱膝，眼睛緊盯著醫院地板，日光燈照在地板上聚集出一處最亮點，反射進我的瞳孔，眼睛睜得發疼，卻還是流不出一滴淚。

隔著金屬門板，媽在另一頭，已經跟死神搏鬥了將近四個鐘頭。

「噹」一聲，手術室的門終於打開，我的心臟瞬間緊縮，扶著牆壁勉強讓自己站起來。

「沈子茉小姐。」

一位醫生走出來，站在我面前遮住大半光線，口罩隱藏了他臉上的表情，只露出一雙目光深邃的眼睛，不知道他帶給我的是好消息還是壞消息，我很害怕，用力咬著下唇，才沒讓自己渾身發抖。

「我們已經盡了最大的努力，也嘗試過各種急救措施，但傷患仍然沒有恢復生命的跡象……」

沒有恢復生命跡象。

「雖然已經盡了全力……」那個年輕醫生說得很緩慢，一字一頓試圖讓我理解，「但總醫生說不忍心讓傷患再繼續痛苦下去，決定拔管。」

「拔管是什麼意思？」

「請妳做好心理準備。」那醫生沒有回答我的問題。

我要做什麼心理準備？

他的話突然讓我感到憤怒，我大喊起來：「什麼叫『不忍心讓傷患再繼續痛苦下去』？什麼叫『決定拔管』？要不要拔管是醫生決定的嗎？你們不是說會盡全力嗎？不要騙我！我爸也是醫生，那些急救措施我多少聽過一些，葉克膜呢？你們做了嗎？」

我曾在爸的書房裡看過幾篇醫學論文，情急之中這個專有名詞就從我口中鑽出。

但是，我的裝腔作勢一下就被看穿，眼前男人只是沉靜的注視我，眼神遮掩不住濃濃的同情與憐憫，讓我意識到拔管之後即將面對最壞的結果。

「讓我見我媽一面好不好？」我哀求著，「就一面，讓我跟她說說話……」

我推開醫生，想往手術室裡闖，才剛邁開腳步，就被他用力抓住手腕，一個踉蹌差點跌進他的懷裡。

「對不起，這不是我能決定的。」

「你不是醫生嗎？爲什麼不能決定？」我問。

他點點頭又搖搖頭。也是，過分年輕的樣子看起來像沒經驗的實習醫生，大概是被推派出來跟家屬溝通的倒楣鬼吧。

「那總醫師是誰？我去拜託他救救我媽，我媽媽不能就這樣死掉，我還想要她陪我去剪頭髮……」我幾乎快要崩潰，「不然找我爸爸來吧，他也是這醫院的醫生，我聽人說我爸很厲害，曾讓很多性命垂危的病人起死回生……」

「不用找了，總醫生就是沈柏鈞，是妳爸爸，」他垂下眼睫，低聲說：「拔管就是他做的決定。」

一陣暈眩感襲來，我晃了晃身體，他伸出手扶住我的手臂，視線越過他的肩膀，我看見爸從手術室裡走出來，有人在安慰，有人在嘆息，還有人在高喊：「沈醫師，請準備轉下一台刀！」

「請接受總醫師的判斷，並且面對妳母親離開的事實。」

眞殘忍。

轟隆一聲，碎裂得那麼徹底，我的眼前一片黑暗，什麼都看不到了。

「沈柏鈞總醫師將與德國柏林心臟中心合作，成立執行人體試驗的醫學中心，引進新一代醫療技術，對眾多患者提供了最積極、最先進的治療……」

「本院在沈總醫師帶領及各科同仁的努力之下，器官移植手術已突破一萬五千例，成績卓然有成，直逼國際水準。」

「沈醫師一方面積極推動心臟移植，另一方面也召集科內醫師成立體外維生系統小組，運用新科技來搶救更多各類心肺衰竭的病患，獲選『醫療典範獎』當之無愧！」

「子茉，爸爸很厲害吧！」爸爸牽著小小的我的手，如此意氣風發。

「嗯！」我用力點頭，仰起臉蛋，驕傲地說：「爸爸是超人！會永遠保護媽媽跟小茉！」

爸爸是超人，忙著救人，救了很多人，卻救不活我媽媽。

「子茉長大了，都念高一了，自己照顧自己應該可以吧？」

「院子裡媽種的那株茉莉花，也要拜託子茉幫忙照顧嘍！」

「媽覺得，覺得呀……如果子茉是短髮……」

媽，我好像沒告訴妳，我爲什麼要剪短頭髮？

那是因爲我當選儀隊隊長了，儀隊隊長要剪短髮，國慶日那天還會在總統府前表演，成千上萬的人會看到妳女兒風姿颯爽的模樣。成千上萬的人都能看見……

但閉上眼睛的妳，永遠看不見了。

好像做了一場夢，夢見自己越來越輕盈，長出翅膀變成一隻飛鳥，以為可以在天空自由飛翔，卻渴求光明不斷朝向太陽飛去，接近極度光亮的邊緣瞬間被灼燒成一塊焦炭，然後，越來越沉，像陷入大氣層的隕石正無可挽回的墜落，用自身燃燒的光芒點綴冰冷黑暗的夜空，最後埋入沙地，變成一顆小小的、卑微的石塊。

原來終於有一天要黯淡、要失去、要面對、要學會只能接受。

「請接受總醫師的判斷，並且面對妳母親離開的事實。」

只是這個成長過程太殘酷，殘酷到令我難以接受。

不知道躺了多久，依舊渾身無力。

我微微睜開眼，整個病房掩埋在恍若末日的昏暗裡。

哭不出來，眼睛很乾，身體石化般僵硬，聽覺卻異常清晰，隔著病房薄薄的門板，走廊上的竊竊私語一字一句聽得如此分明。

「沈醫師的夫人終究沒救成，但諷刺的是，他後來的移植手術成功了……」

「不知道沈柏鈞在想什麼，依照臨床經驗，不拔管的話至少還可以撐個幾天。」

「眞可憐唷，孩子連最後一面都沒見到……」

「聽說，董事會曾答應沈醫師若是這次移植手術成功，便要升他當院長。」

「有這回事？難不成是……怎麼會有人這麼狠心……」

「噓，別講了，他來了……」

門被推開，光線一下子湧入病房，已經適應昏暗環境的眼睛無法承受過多的明亮，我把自己蜷縮在陰影裡，眨著眼想看清來人的容貌。

「子茉，妳醒了？」

喔，原來是我爸爸。

「要不要吃點東西？」他用溫柔而慈愛的語氣說，「護士說妳好幾天都沒吃，只靠營養針，這樣下去身體怎麼受得了？」

彷彿看到什麼可怕的東西，我慌亂地後退，直到背脊抵著冰涼的牆壁。

「口渴嗎？」

我搖頭。

「不舒服嗎？」

我只是搖頭。

「還是要喝點溫水？」他從保溫瓶倒了一杯水，遞到我面前。

「不要！」我終於尖叫，揮開水杯，水杯摔在我們之間，玻璃四處飛濺。

「你這個殺人兇手！」我用盡全身力氣大吼，「不要假惺惺！」

「子茉，妳冷靜點聽爸說……」

爸伸出手，我用力推開他，尖叫：「你是魔鬼！你不是我爸爸！你根本就不愛媽媽！你只愛你的地位跟前途！」

長年以來深埋在內心的恐懼終於爆發。

那恐懼混雜著委屈、自卑、忌妒、謊言，快要接近恨，卻因爲他是我的父親而無法眞正去恨。

爲什麼只有我在痛苦？這樣不公平啊！

所以，我選擇去傷害，要看到他也被狠狠刺傷，拉扯出鮮血淋漓如同自己一樣的傷口。

「你根本就不愛她！」我口不擇言地吼著，「你不愛她爲什麼還要娶她？爲什麼還要生下我？」

果然狠狠擊中要害，爸別過臉，不敢看我，只說：「妳這孩子說什麼傻話。」

「你不敢聽嗎？哈！我偏要說，大家都說你在外面早就有別的女人了，」如果眼神可以殺人，我希望將眼前的人千刀萬剮，「爲什麼不早點跟媽離婚？別說是因爲我，我無所謂啊！一個空殼般的家不如不要！」

「現在媽死了，沈醫師，恭喜你解脫了啊！終於可以甩掉我們母女倆了！」

「子茉，妳聽爸解釋好不好……」

你要解釋什麼？解釋你爲什麼急著拔管？解釋你爲什麼急著讓媽早點死？

我甚至連媽的最後一面都沒見到！

你是魔鬼！你不是我爸爸！

媽死了！媽死了！

都是你害的！

都是你害的！

你滾！滾！我不想看到你！

爸往後退了幾步，看我的眼神越來越黯淡，好像我是一個瘋子。

「你不走是吧？」失去理智，我歇斯底里的吼了一句：「好，那我走！」扯掉手腕上的點滴針，掙扎著從床上起身，當赤裸的足尖一觸到冰涼的地板，我立刻癱軟在地上，感覺突如其來的尖銳疼痛侵蝕末稍神經，低頭一看，原來是剛才被我摔破的水杯，玻璃碎片散布四周，晶瑩剔透反射出微微冷光。

在眾人的驚呼聲中，我咬著牙關前進，每走一步，鮮血就從腳下汩汩流出。有人擋住我的去路，一陣天旋地轉後，我被人打橫抱起，丟回病床上。

「給她注射鎮定劑。」丟下這句話，爸落荒而逃。

恍恍惚惚中，有一雙強健的臂膀架著我的手，感覺到一股尖刺般的冰涼扎進肌膚，像毒藤蔓般迅速蔓延至全身，我緩緩闔上眼，似夢似醒間，聽到有人不斷在我耳邊輕聲說：「對不起，是我害的……」

對不起，我無能為力……

我該怎麼彌補？

被困了幾天，趁爸不注意時，我從醫院溜回家。

正準備要開門，翻遍衣服口袋跟包包，怎麼找就是找不到大門鑰匙。記得那天出門的時候，我把鑰匙丟進包包裡，還眼睜睜看它在空蕩蕩的包包裡叮噹彈跳了幾下才安靜的躺在底層，卻不知道何時消失了蹤影。

嘴角勾起一抹輕笑，我遲鈍的領悟到，或許很多事物就像這樣，總在漫不經心裡完美消失了蹤影。

例如，生命。

包包裡只剩幾枚銅板，連去麥當勞點杯可樂混到爸下班的錢都不夠，我茫然無措的蹲在家門口，不知道該怎麼辦，不知道要去哪裡，微微汗溼的掌心裡，手機畫面停在通訊錄，亮了又暗，暗了又亮。

盯著通訊錄裡的聯絡電話，不禁在心底嘲笑自己：沈子茉，妳居然連一個朋友都沒有！謝旻勳？腦袋快速閃過這個名字，但很快就被否決掉，為了這點小事找前男友連我都會唾棄自己。

「嗨！」一道低沉好聽的男聲在我頭頂響起，「妳叫沈子茉吧？」

我嚇了一跳，迅速站起身，一位年輕男子站在我面前，離我幾步的距離，二十幾歲的模樣，穿著整潔的白襯衫，袖口鬆鬆的挽起，面容雋朗斯文，正過分認真的端詳著我。

「你怎麼知道我的名字？」我拉拉裙子，意識到剛蹲坐在地上的不雅。

沒有回答我的問題，他的唇微微彎起上揚弧度，或許這笑容沒有什麼幸災樂禍的意味，但顯然我的窘況已經落在他眼裡。

「妳為什麼蹲在家門口？」他問。

「我在曬太陽做日光浴不行嗎？」我有些狼狽地瞪他一眼。

他沒有立刻反駁我，只是下巴朝向天空一抬，順著他的姿勢，我看到一輪太陽隱沒在烏雲邊緣，天空像滴進了深藍色的染料，瞬間暈開一大片陰沉。

「快下雨了。」他好心提醒我。

呿，我幹麼要跟一個陌生大叔在自家門口抬槓？

「我、我要進去了。」我往包包裡一陣亂掏，假裝在尋找那根本不存在的鑰匙。

「鑰匙不見了嗎？」他問，向前幾步，「需要幫妳叫鎖匠來嗎？」

「誰說我要回家了？」我停住動作，後退幾步，說：「我、我突然想要去找同學討論功課，不想回家了！」

如果不是這張斯文好看的臉龐，我發誓我一定抄起包包往他臉上砸。

爲了趕跑他，我裝腔作勢的強調：「我男朋友快來接我了，他是跆拳道黑帶的，你再繼續糾纏我，我就叫他打得你滿地找牙！」

跆拳道黑帶當然只是唬爛，而且謝旻勳已經是「前男友」了，但我相信只要一通電話，他一定二話不說就跑來。這傢伙雖然白癡白癡，但以高中生來說還算健壯的身材，若是眞的跟眼前斯文男槓起來，誰輸誰贏很難講！

誰知道眼前男人絲毫不爲所動，又往前一步，繼續朝我無害的微笑，那模樣像在說：小妹妹別怕，叔叔不是壞人。

我不知道你是不是壞人，但看起來絕對不像好人！

「現在的青少年怎麼動不動就要揍人？」他笑，「妳的腳好點了嗎？還會不會痛？」他問，和藹得像住在我家隔壁的大哥哥，目光往下移動，落在我的腳上。因爲纏著繃帶，我不得已穿著拖鞋回家，暴露在外的腳趾隨著他的目光不安的扭動。

糟，難不成被他發現我幹走醫院的拖鞋了？

「這種撕裂傷要注意保持乾燥，暫時不要走太多路，也不要去一些不良場所遊蕩，外面細菌多，傳染病也多，雖然只是玻璃劃的小傷，但如果沒有照顧好，小心……」

「幹……」你屁事！我才發了開頭介於ㄎ跟ㄍ之間的喉音，就被他接下來的話打斷。

「小心傷口反覆發炎潰爛，下次送到醫院說不定就要截肢了。」他說。

「什麼……截肢？」被他唬得一愣，我問。

「截肢是一種醫療行爲，就是先把傷口潰爛的部位附近用結紮的方法綁住，防止出血，接著用擺鋸鋸斷骨頭及肌肉，再用人造假皮包住截肢的地方……」他右手五指併攏往空中一畫，連說帶動作，講解得眞仔細。

聽出他不冷不熱的語氣下藏著明顯的恐嚇，我低頭看看自己細嫩白皙的小腿，黏得好好的腳踝，往下卻是怵目驚心的帶血繃帶，一層一層包裹著腳掌，本來不覺得痛，聽他這麼一講，腳底彷彿有千萬隻蠕蟲鑽動，還微微抽痛起來。

「我不認識你。」我倒抽一口冷氣，眼神戒備，「你到底是誰？爲什麼知道我的腳是被玻璃割傷的？」

「我是顏凱。」

「沒聽過，不認識。」我後退幾步，指著他鼻子，「啊！我知道了，你是變態大叔，跟蹤狂！」

「什麼大叔？」他不滿地說，「小孩子沒禮貌，我今年才剛從醫學院畢業。」

這不是重點吧？就算拿掉大叔的稱呼，也還是變態跟蹤狂啊！

「你到底是誰？」我一副「你再靠過來，我就對你不客氣了喔」的模樣。

他伸手遮住挺直鼻梁以下的部位，露出一雙深邃的眼睛，然後挑了挑濃眉。

「想起來了嗎？」

我歪著頭打量他一會兒，「喔」了一聲，總算認出來了。原來他就是那個告訴我壞消息又奉爸命令向我注射鎮定劑，還把我綁在病床上好幾天，逼我吃藥、逼我打點滴的壞醫生！因爲在醫院他總是戴著口罩，一時之間才沒認出他來。

「找我有事嗎？」我口氣不善，「我現在傷好了，也沒發瘋，你又想對我幹麼？」

「妳別這麼怕我，我對沒生病的人沒興趣。」他失笑，「我來是要給妳這個……」

顏凱舉起左手，我才發現他拿了一個黑色紙盒。

「這是妳媽的……」他含住話尾，把紙盒放進我手裡，淡淡地說：「護理人員清理的時候發現的。」

很感激他沒說出口的那個名詞——遺物。那是媽的遺物。

我緊緊抱著紙盒，怕再度失去般，緊緊摟在胸口。

「快下雨了，別到處亂跑。」

好心大叔替我叫來鎖匠開了門，本來以爲他會就此離去，沒想到他居然趁隙跟著我進了家門。

沒空搭理他，我跳著腳，在家裡四處亂繞，想找出點吃的喝的。

餐桌上有一鍋媽媽留下來的玉米濃湯，隱隱飄散出酸腐味，我忍住嘔吐的衝動，把它蓋上鍋蓋。

「別忙了，不用特別招待我。」看到一個半殘廢四處張羅，大叔似乎於心不忍。

「誰說要招待你了？」終於從櫥櫃裡翻出一碗泡麵，看看保存期限還沒過期，我發出一聲歡呼，拆開包裝把麵丟進碗裡、撕開調味包、倒開水，動作流暢，一氣呵成。

香噴噴的麵條還來不及送入口中，就被人整碗端走，倒入馬桶，按下沖水鈕，嘩啦一聲流入下水道。拜，我的味味A。

從驚愕中恢復清醒，我把筷子湯匙往桌上重重一拍，氣急敗壞地喊：「你幹麼啊？」

「泡麵有防腐劑，熱量高又沒營養，吃多了對身體不好。」顏凱理所當然地說。

「我肚子餓了啊，不吃泡麵我要吃什麼？」

「這倒是個好問題，」他微微皺眉，嘖了一聲，「小孩子眞麻煩……」

又不是只有小孩才會吃喝拉撒睡，更何況我不是小孩，我十六歲了！

顏凱在我家裡繞了幾圈，又站在廚房對著冰箱思考了幾分鐘，讓我差點以爲他能變出一桌滿漢全席，才聽到他傳來一聲幽幽嘆息，說：「叫麥當勞外送好了。」

請問顏大叔，速食能比泡麵營養到哪兒？

「妳吃兒童餐就好了吧？附餐改沙拉？飲料換成牛奶？」他邊打電話邊問。

「我要雙層大麥克套餐，薯條加大，可樂加大。」我是有禮貌的孩子，不忘補上一句謝謝，順便確認：「大叔要請客嗎？」

「嗯。」

結果，我啃著小漢堡，叉著冷凍蔬菜配牛奶，瞪眼看著坐我對面、付錢是大爺的大叔吃雙層大麥克。

兩口三口解決完餐點，我蹺著腳在客廳看電視，按著遙控器，幾分鐘之內從節目表開始一台一台切換到鎖碼台，又從鎖碼台切回節目表，含蓄的表達我的不耐煩及恕不招待，暗示不速之客沒事的話可以滾了。

顏大叔盯著我腳丫看了半天，眼神冷颼颼，看得我渾身起雞皮疙瘩。

「坐好。」他命令道，口氣有點嚴肅。

「你想幹麼？」我暗叫不妙，心想不會是引狼入室了吧？

「妳腳上的傷口好像發炎了，現在乖乖坐好讓我換藥。」

「不用不用！」我直搖手，「我自己會處理！」

「妳自己要是會處理就不會搞成這樣了。」他手一橫，恐嚇我：「我可不想我的病人被截肢！」

「沒這麼嚴重吧……」

我吞吞口水，心不甘情不願挺直背脊端正坐好，顏凱俯下身來，半跪在地板上，烏黑的頭髮幾乎抵到我的下巴，帶著男性洗髮精的淡淡香氣。

他抓住我的腳踝，小心翼翼解開繃帶，血液已經止住了，凝固成黑色一片，傷口肉瓣因爲反覆拉扯而翻出皮外，現在失去繃帶的保護，赤裸裸暴露在空氣中。

他的手指溫暖，撫過傷口附近的肌膚時，一股熱氣從腳底上升，瞬間瀰漫至咽喉、臉頰、耳垂。爲了甩掉這種灼熱感，我踢了踢腳，卻被他抓得更緊。

「不要碰我。」我低聲說，不自在的縮了縮身體。

「別動。」他微微蹙眉，仍舊垂著頭觀察傷口，「這是爲妳好……」

眼前不是跟我嘻嘻哈哈打鬧的同齡男孩，而是一個成年男人，背部線條剛硬，白襯衫底下肌肉隨著呼吸隱隱起伏，渾身散發的成熟氣息在我心裡牽起從沒有過的異樣情緒，心跳得很快，我感到緊張、防備、抗拒還有……莫名生氣！

「我說不要碰我！」我提高音量，弓起身體，用力推著他的肩膀，惱怒地說：「截肢就截肢，干你屁事！你們這些醫生就只會裝模作樣，眞正在意的只有金錢利益跟地位名聲，才不會管病人的死活！」

顏凱沉沉的凝視我，眼睛在日光燈下幽黑深邃，在他的瞳仁中我看見自己的憤怒。於事無補的，憤怒。

「什麼叫爲我好？我才不相信！一群自私自利的傢伙！通通只是爲你們自己好！」

「就跟我爸一樣，你們這些噁心的大人！我永遠都不想變成你們那種樣子！」

顏凱沒有回話，耐心的等待我用盡最後一絲力氣，他才從容打開雙氧水，一手又重新握住我的腳踝，放在他的膝上。

「沈子茉，妳其實是個被寵壞的孩子！」他說，聲音隱隱透著薄怒，「妳說對了，我才不想管妳的死活。」

「那就不要管我！」我撇過頭。

我沒有被寵壞，我只是倔強。

「要不是沈院長特別交代我務必要治好他寶貝女兒的腳傷，再加上我的評鑑分數跟升遷還捏在他手裡，我還眞不想理妳！」

他猛力將雙氧水倒在我腳上的傷口，白色泡沫不停翻滾如同燒沸的開水，彷彿還聽見

「嗶剝嗶剝」的聲響。

痛，眞的很痛。

我死死咬著嘴唇，不讓自己痛叫出聲，手一陣亂抓後，緊緊掐住顏凱的肩膀，傷口有多疼痛指尖的力道就有多重，隔著薄襯衫，指甲幾乎快要深深陷入他的肌肉裡。

被我這樣死命掐著，顏凱嘴唇微抿，一絲彎起來的弧度都沒有。

疼到說不出話來，只能狠狠瞪他，因爲忍著痛，我的額上泌出細細密密的汗珠，臉色想必十分慘白，顏凱沒有因此停手，反而更加殘忍的往傷口傾倒掉將近半罐雙氧水，直到泡沫漸漸平息，再也不會感到疼痛。

傷口不疼不代表痊癒，只是疼痛的感覺被痲痺了。

他看我一眼，假惺惺問：「痛嗎？」

我冷哼一聲當作回答。

然後，顏凱仔細上了藥，跟消毒時的粗魯不同，此時他神情專注，托著我的腳掌纏繞上一層又一層乾淨的紗布，動作溫柔而小心。

「小孩子嘴巴要甜一點，下次別再叫我大叔，叫我顏醫生或顏大哥都可以。」顏凱站起身，拉順身上被我扭出好幾個結的襯衫。

「還有，不好意思，剛才好像弄痛妳了，」聽不出任何歉意，他解釋道：「徹底消毒再包紮才會痊癒得快，妳可別跟沈院長告狀說我趁機欺負妳。」

「還眞敢講。」我頹然的躺進沙發，口裡喃喃念著：「我恨透了你們這些虛僞骯髒的大人！」

「那妳要記得，以後千萬不要變成妳討厭的那種大人。」他唇邊勾起一抹極淺的笑，說：「至少要像我一樣誠實。」

「你走開。」我說。

第三章　流星

幸福像高掛天空的星星，我們永遠觸摸不到卻又渴望追尋。

媽走了。

爸從來沒有流露出傷痛，即使面對我，還是一如過往面無表情，但是，或許連他自己也不知道，在某些極度疲倦的時候，總有無可辯駁的哀傷及懊悔從他臉上一晃而過。

守靈的時候，我沒有掉過一滴淚，只是麻木的垂著頭，隨著家裡長輩行禮如儀的跪拜。空白著腦袋，不敢去想，不願再想，怕更多醜陋的事實讓我無法招架。

車禍的原因警方很快調查出來，天雨路滑，視線不佳，媽闖紅燈與橫向超速的小客車相撞，對方是一對新婚夫婦，妻子從此成為植物人。

一場車禍，破碎了兩個家庭。

爸爸很快跟對方家屬達成和解，和解不過是給活人看的形式，死人跟植物人是不會有意見的。

而我，幾乎沒辦法待在那個處處充滿回憶的家，只要一看見爸就不斷提醒自己，其實是爸爸放棄救媽媽，對我而言，那跟殺人兇手無異。

我常常在街上漫無目地遊蕩，來來回回走很長很遠的路，或者在網咖混上一整天，回家倒頭就睡。

逃避。也只能逃避。

腳底的傷或許沒有好過，不過無所謂，我再也不會知道疼痛是什麼感覺，似乎那一次受傷就麻痺了全身所有的痛覺。

麻痺了，不痛了，從此再也不會流淚，不會難過。

隨著媽的離去，身體裡好像有個開關，從此被關上。

媽出殯那天早上，時辰還沒到，我躺在床上，總感覺有什麼事還沒完成，目光搜尋房間一圈，落在顏凱大叔那天給我的黑色紙盒上。

差點忘了還有這個！

我跳下床，打開紙盒，首先印入眼簾的是一個Gucci長皮夾，打開一看，除了現金、證件，還有幾張信用卡。我取出信用卡，一張一張按照上面的客服電話打去銀行。

「我要幫我媽辦理停卡。」

「對不起，停卡需要本人來銀行親自辦理。」

「我媽死了，死人不會說話、不會走路你懂不懂？你讓她怎麼親自去辦？」我冷笑，掛掉電話。

看吧，大人的世界就是這麼荒誕可笑！

突然，一張泛黃照片從皮夾底層滑出，是兩男一女的合照，背景是綠草如茵的操場，儘管照片有些褪色，邊緣還有點捲角，但三個人青春炫目的笑容彷彿定格在這張照片中，栩栩如生。

我很快認出中間那個漂亮女孩是媽媽，左邊搭著她肩膀的是年輕時的爸爸，媽右後方有個俊美男子，或許是同學、或許是朋友、或許是學長學弟，總之我不認識。

如果現在出現的話，也是個帥大叔吧，我不可能會沒有印象。

我翻過相片背面，角落處有一排小字，字跡娟秀寫著：致攝影社好友。

這張再普通不過的朋友合照，卻因爲右後方那個陌生男子俯身靠近女孩，彷彿訴說著什麼的姿勢，讓這張照片有了祕密。

我把相片和皮夾放在一邊，從盒子拿出一只手機，摔裂的機身可以想見車禍當時撞擊力道之大，按了好幾次開機鍵，手機畫面仍是一片無聲無息的黑暗，應該是壞了。

最後是一只銀白色的耳環，不知道是什麼材質，鏤空出線條簡潔的翅膀造型，長度不到一公分，小巧別緻，我卻從沒見媽戴過。

奇怪的是，耳環應該是一對，怎麼就剩一只？

我晃了晃紙盒，還翻過來倒扣在桌上拍一拍，也仔細檢查紙盒黏貼的縫隙，確定就只有一只耳環。

一只壞掉的手機、一張藏著三人青春期祕密的相片、失去另一邊羽翼的翅膀耳環，這些，就是媽留給我的「遺物」。

我站在鏡子前，捏著耳針小心翼翼把耳環湊到耳垂處，或許我應該先去穿個耳洞。

有人說穿了耳洞下輩子就不能當男生，但是，管他男生還是女生！最好下輩子不要當人，當人太辛苦了。

如果有下輩子，我想當隻飛鳥。

不要束縛，自由飛。

「妳知道柏鈞爲什麼不肯救江秀理？」

「那是因爲江秀理打算拋家棄女，跟別的男人私奔，被沈柏鈞抓到了……」

「子茉那孩子也是她帶球嫁，誰知道是不是跟別的男人的種硬賴在我們沈家上。」

「Bitch，婊子。」

「活該。」

「噓，小聲點，別被聽到了。」

面無表情繞過客廳裡一群等著送媽出殯、我叫不出稱謂的親戚們，不理會身後那十幾隻戳著自己的食指，我推開大門，頭也不回朝外面走去。

我在街上遊蕩很長一段時間，快接近中午時，才在不起眼的巷弄裡找到一家韓式飾品店，俗豔的粉紅色招牌下寫著「免費代客穿耳洞，保證無痛」幾個小字，店面不大，沒什麼客人，一個年約四十歲塗著鮮豔口紅的女人坐在高腳椅上，正無聊的四處張望。

「保證無痛」這四個字讓我猶豫了一下，通常越保證什麼的，越是此地無銀三百兩。

看見我在門口徘徊，老闆娘熱情的招呼我：「小姐要買耳環嗎？我們昨天剛進一批新款，都是賣到翻的正版韓貨，要不要看看？機會難得錯過可惜！」

「我沒有要買耳環。」我搖頭，指指門外的看板，「我看到外面寫『免費代客穿耳洞』……」

「啊，這個其實是……」老闆娘一愣，解釋「免費代客穿耳洞」的意思是要在店裡買一副耳環，老闆娘再用耳釘槍當場幫妳打入耳朵。

個。」

「可是，」我從口袋裡掏出那只翅膀耳環，「我已經有耳環了，我只想穿耳洞戴上這個。」

老闆娘面露難色，我扁扁嘴，語帶哽咽說：「這個耳環是我男朋友送我的，本來是一對，他說在我十六歲生日那天要帶我來穿耳洞，但是幾天前……他，他車禍去世了……嗚嗚嗚……就只剩下這一只耳環……」淚水從眼眶滑落，晶瑩的懸在下巴尖，我聲音輕顫：「這是他留下來的遺物，無論如何我都想戴在身上……」

聽起來很耳熟，沒錯，是我從某齣連續劇抄來的台詞——這是他留下來的小孩，無論如何我都想生下來……

沒想到沈子茉頗有戲劇細胞，如果我轉學去念藝術學校，沈柏鈞知道後應該會氣到心臟病發吧？

老闆娘哭得唏哩嘩啦，從櫃檯後抽出幾張面紙擤擤鼻涕後便不再囉嗦，問：「妹妹，妳要穿左耳還是右耳？」

「左耳。」

「這種特殊耳環要用手穿的方式喔，幸好妳今天遇到桂姊我，技術老道經驗豐富，保證不會發炎不會痛……」

「啵」一聲，還來不及察覺就失去了什麼，從此，一只銀白色的翅膀棲息在我的左耳耳垂上。

道了謝，走出飾品店，看著櫥窗裡的倒影，總覺得哪裡不對勁。

不應該讓這麼漂亮的耳環被長髮遮住，於是，我朝髮廊走去。

髮型師叫阿遙，留著短短微刺的頭髮，技術熟練的剪掉我的長髮後，還建議我挑染。

「隨便你弄吧！」實在不想思考，我說：「你覺得適合我就好。」

他幫我選了藍色，折騰了好幾個小時以後，我終於有了一頭夢寐以求的俏麗短髮，由黑漸層到深藍色的底髮染上幾絲天空藍，襯得銀白色翅膀耳環更加顯眼。

「等等，這樣應該會更搭。」他吹了一聲口哨，剪去我大腿以下的褲管，抽出截面邊緣的鬚鬚，呆板保守的牛仔長褲變成短熱褲，一旁的助理小妹還興奮的替我化了煙燻妝。

我看著鏡子裡煥然一新的沈子茉，滿意極了。

然後，阿遙問我願不願意在髮廊打烊後跟他去吃宵夜。

「或許還可以喝點小酒？」吹乾頭髮的時候，阿遙有意無意碰著我的左耳，帶來痲痲的痛感。

「OK啊。」我朝他一笑。

回到家時，已經過了午夜。

這棟建築物仍然願意提供我棲身之所，只要我不介意它無法再供應溫暖。

「妳還知道回來？」

當我摸索著打開客廳大燈時，突如其來的低沉嗓音嚇我一大跳，不過我很快冷靜下來。我看到坐在沙發上的沈柏鈞，我稱爲父親的那個人。

「妳知道現在幾點了嗎？從早上就不見人影，妳跑哪裡去了？妳知道妳媽媽下午出殯嗎？」

我敷衍的「嗯」一聲，從他面前走過。

「沈子茉，我在問妳話！」

「還差五分鐘就要凌晨二點，出去逛街了，知道。」我一口氣回答完他的問題。

「妳……」他氣得站起來，走到我面前。

「我怎麼了？」我反問，覺得好笑，彷彿贏了一場遊戲，有些沾沾自喜的得意。

「妳喝酒了？怎麼打扮成這副德性？還有妳的頭髮是怎麼一回事？」他指著我，手指由下往上，惡狠狠的模樣彷彿隨時會忍不住搧我一巴掌。

「剪了，燙了，還染了。怎樣？爸，我的新造型不賴吧？」

伸手不打笑臉人，我笑得無邪。

「對了，我還去穿了耳洞。」我撥開貼在左臉頰的頭髮，露出耳朵上那只單翼翅膀。

「沈子茉，妳才幾歲？」他快要抓狂，「弄成這樣是要出去賣嗎？」

出去賣？

我一愣，隨即輕笑出聲，「就算出去賣也是給沈大院長您丟臉！」

「啪！」一記耳光，隨即臉頰一陣熱辣辣的痛，我知道我已經徹底激怒他。

他一把抓住我的手腕，拽著我進浴室，「立刻去恢復成原狀。」

「頭髮已經剪了，耳洞也穿了！」我一字一句，理智地問：「要怎麼恢復原狀？」

趁他發愣的當下，我稍微一用力就掙脫了束縛，順便在傷口撒點鹽，「爸，你以前對我不聞不問，從來就沒有管過我，現在用不著因爲媽死了就急著想表現父愛！」

「沈子茉長大了，會自己照顧自己。」我冷冷地說，「不用你操心！」

幾個禮拜過後，我跟爸說我要搬出去，能夠甩掉這個老是挑戰他心臟強度的女兒，他應該也鬆一口氣吧。

我租到一間舊國宅的小套房，離學校有點遠，沒有電梯，頂樓加蓋，下雨天的時候，彷彿一伸手就可以觸摸到那些低垂的雲朵。

住處離學校遠有幾個好處，例如一放學我就可以避開那些八卦女的惱人應酬，遲到的時候更有理由，蹺課更加光明正大不怕被人發現。

這排舊國宅側邊緊臨一棟新蓋大樓，國宅與大樓的位置恰巧成爲一個倒L字形，新大樓正面臨向一條馬路，而我租的地方剛好在倒L字形的轉角處，透過房間一扇窗戶還可以看到隔壁大樓房間的陽台，陽台似乎種了茉莉花，有風的時候甚至能隱隱約約聞到陣陣花香。

巷口有家「全家就是你家」，二十四小時營業，泡麵、零食、菸酒一應俱全。

小孩子裝模作樣只能靠言語，成人世界的裝模作樣則需要一些工具來輔助，例如菸和酒。

別問我是怎麼學會抽菸喝酒，你不會想知道的。

媽不在了，爸對我心灰意冷，我不知道我的優秀要表現給誰看，也不知道我的表現會讓誰覺得驕傲。

既然已經失去飛翔的目標，那就讓自己墜落吧。

過去十六年努力扮演好孩子、資優生、模範生的角色，從來不讓人操心的沈家掌上明珠，從來沒人知道我極度厭惡這虛僞的一切，現在我想換個頭銜，慶祝自己終於長大。

你好，我是「壞孩子沈子茉」，請多多指教。

壞孩子沈子茉很快就有小粉絲。

早上上課的時候，被一陣唏哩嘩啦的雨聲吵醒，維持側臉趴睡的姿勢，我勉強睜開一條眼縫，微微敞開的窗口灑進幾顆雨珠，撞在我的臉頰上開出一朵一朵小水花，我抹抹臉，有些清醒了，慵懶的撐起下巴，看到前方的林苡茜回過頭來，張著唇形示意我關上窗戶。

「又不會淋到妳。」我無聲回她，伸出一隻手故意把窗戶開得更大。

台上老師仍然滔滔不絕講著課，我毫不在意伸了一個大懶腰，捏捏發痠的肩膀，心想：早知道是這種不冷不熱的陰雨天氣，應該蹺課回家睡覺去。

無視老師朝我丟來不屑的目光，我闔上課本，把課本收進書包的同時，順便撈出一只吱吱悶叫不停的手機，瞇著眼睛一條一條刪去簡訊。

「子茉，爲什麼一直不接我電話？看到簡訊至少回覆我一下吧。」

因爲你很煩。

「我知道沈媽媽去世了，妳一定很難過……」

廢話。

「別總是一個人承擔這一切，妳哭的話我會心疼……」

呸，噁心。

「子茉，見我一面好不好？」

不好。

「妳再不理我，我就去妳家找妳！」

我搬家了。

「子茉，妳是不是在躲我？」

你說對了。

「下雨了，我願意陪妳淋雨，拭去妳眼中的淚……」

這是從哪段歌詞抄來的吧？

「沈子茉，今天放學後妳別亂跑，我去學校堵妳！」

這個粉絲可眞是瘋狂。

分手一個多月，一天將近十封，算算三百多封簡訊，似乎在挑戰手機記憶卡的極限，尤其是最後的十封簡訊，每隔五分鐘發一次，讓我佩服這小子不屈不撓的毅力之餘，也爲我手機電池的壽命感到憂慮。刪掉謝旻勳的簡訊居然快花掉我整節課的時間！

嘆口氣，我握著仍舊發燙的手機，發出一封簡訊，對方很快就回了。

看看手錶，還有十分鐘才下課。

窗外的雨勢不知何時漸漸變小，我將手伸出窗外，手心朝上，感覺雨滴像棉絮般緩緩飄落，彷彿風一吹就消逝不見。

可以走了。

我站起身，把書包甩在肩上，朝教室門外走去。

「沈子茉，還沒放學妳背著書包要去哪裡？」身後傳來老師的咆哮。

「老師，」我回過頭，懶洋洋的說：「我好朋友來，身體不舒服，想提早回家……」

「別找藉口！」頭頂微禿、戴著厚重眼鏡的老伯伯將粉筆往講桌上重重一拍，「好朋友來就叫她等一下，跟妳身體不舒服有什麼關係？爲什麼要提早回家？」

我環視全班同學，女孩們捂著嘴，都是一副想笑又不敢笑的模樣。

「別的好朋友可以等，但是這個好朋友不能等，」我撥撥額前瀏海，「老師你回家問你老婆就知道了。」

「沈、子、茉！」

「啊！差點忘了，師母說不定已經到更年期，好朋友永遠不會來了。」我聳聳肩，一臉無辜向林苡茜求救：「苡茜，麻煩妳跟老師解釋一下『好朋友』的意思，我先走了。」

不知道誰終於笑出聲，頃刻間同學哄堂大笑起來。丟下臉上一陣青一陣白的老師跟林苡茜，我邁開步伐，走出教室。

爲了躲避守在校門口的警衛，我選擇從圍牆爬出去，好在我腿長，加上儀隊舉槍訓練出的臂力，攀著牆壁突起的地方爬出去並不費力。

只是，這次我失誤了。

「沈子茉！」

在攀越牆壁時被人中氣十足的喊一聲，是很容易嚇一跳的，裙襬被勾住簡直是理所當然的事情。

我氣急敗壞的抬頭，叫我的正是那個瘋狂粉絲。

謝旻勳穿著學校夏季運動服，斜站在不遠處，叼著一根香菸，裝模作樣的吞雲吐霧，一副壞學生的模樣，胸前的「建中」字樣，怎麼看怎麼刺眼。

叫我的名字時，他還被自己吐出的煙圈嗆到，咳了好幾聲後，一雙黑溜溜眼珠不住前後左右張望，深怕被別人看到。

「白癡，明明就不是那塊料，還學人家抽什麼菸？」我從鼻孔哼一聲，瞧他生硬的姿勢，和我熟練的動作完全不能相比。

看來，當壞孩子也是要有天賦的。

「子茉！」他甩掉手中的菸，開心的跑向我，「我來解救妳了。」

「不……」「用」這個字剛從唇邊擦出，謝旻勳就猛力把我從圍牆上拉下來，伴隨「嘶」一聲布料撕裂的輕響，我的制服裙被扯出一個大洞。

我無言，對他猛翻白眼。

「糟糕，裙子破了怎麼辦？」謝旻勳抓抓耳後，懊惱地說：「子茉不要生氣，我不是故意的。」

他脫下外套，手忙腳亂圍在我的腰上。

「沒關係，我有帶便服。」忍住扁人的衝動，我解下外套還給他，聞到外套沾染的菸味，不禁皺眉，「你幹麼抽菸？」

「妳不覺得我變得比較有男人味了嗎？」他有些得意。

「並沒有。」我殘酷的否定，又對他說：「不要再抽菸了，這樣並沒有讓你看起來比較帥好嗎？」

「是喔？沒有比較帥……」謝旻勳一臉挫敗，「那看起來至少有成熟一點吧？」

「還是像個小屁孩。」

「可是，我聽說常有男生來接妳放學，那些男生騎重型機車，有的還刺青，看起來……」他停頓了一下，彷彿在思索該用什麼形容詞，「都不像學生，而且還抽菸，我就在猜妳是不是喜歡看起來壞壞的男生？」

「你聽誰說？」我挑挑眉，橫了他一眼。

「林苡茜說那些男生都是混混，還說妳跟他們玩在一起，妳是、妳是……」

他不敢說下去。

「我是什麼？」

Bitch，婊子。

B開頭的英文單字，就在某天早晨我到學校時，理所當然的出現在我的座位上，很粗魯的被人用黃色粉筆書寫著。

淚在眼眶裡打轉，最終還是憋著沒掉下來，眞該慶幸自己堅強過人。

上課前，我用抹布沾水一遍一遍擦拭，黃色粉筆屑雖然已經抹去，但那筆畫痕跡幾乎已經深深刻在深褐色桌面上，再也無法消去。

像刻在身上的印記，在我看不見的背後，就有人拿食指戳著我的背脊。

就像那些大人們在媽媽背後的議論。

「子茉，如果妳喜歡壞壞的男生，我願意爲妳改變！」謝旻勳急急地說。

「不需要。」我覺得很不耐煩，「你不需要爲我改變！」

說完，我低著頭快步往前走，謝旻勳卻一直跟在我身後。

「子茉，妳要去哪裡？」

「別一直跟著我！」我轉身對他吼。

路人不時朝我們投來異樣眼光。今天是非假日，現在又是上課時間，兩個背書包、穿高中制服的學生在街頭糾纏，書包上的校名又如此惹眼，他們大概覺得這種行爲不配「好學生」的頭銜吧！

嘖嘖，第一志願的學生居然逃課？

這些目光就像我裙襬破的大洞，隨著我走路、跑步，令我覺得難堪，因此經過一家麥當勞時，我就像得到救贖般，趕緊進到女廁換上新裝扮。

脫下制服，那令人驕傲的綠色制服不應該出現在一個逃學的女學生身上，我換上一件白色洋裝，搭上今天穿去上課的藍色帆布鞋。

換好衣服，悠悠哉哉吃了一支蛋捲霜淇淋才走出麥當勞，發現謝旻勳還站在門外。

「你怎麼還在這裡？」我無奈，這傢伙怎麼甩都甩不掉啊。

「等妳啊。」他說得理直氣壯。

「現在還不到放學時間，」我暗示他，「你不回去上課，可以嗎？」

「我們今天學校園遊會，教官說沒事的同學可以提早回家……」

我瞪他。

「好啦，其實教官是說沒事的同學要留下來打掃，我趁機溜出來，子茉妳看……」謝旻勳大概又想說「爲了妳，我什麼都肯做」。

「那叫蹺課！」我打斷他的話。

「妳自己不也蹺課？」

「我跟你不一樣。」我說。

「哪裡不一樣？」

很不一樣，從沈子茉打算當個壞孩子開始，一切就很不一樣了。

「我們不是同一個世界的人。」我說，這句話聽起來眞矯情。

「什麼意思？」謝旻勳果然一愣。

我深深嘆氣，沒有回答他的話，一直往前走，走到路口，路口紅綠燈閃爍，車子轟隆轟隆疾馳而過，眼看快要變成紅燈的最後幾秒，我仍然沒有止住腳步的打算。

「子茉，別再往前走了，已經閃紅燈了。」謝旻勳著急的拉住我的手腕，我失去重心摔進他懷裡。

「很危險耶！」他喘著氣，臉色因爲著急而漲紅，一把抱緊我。

不能心軟，沈子茉，自己墮落就算了，千萬不能拖人下水。

我順勢勾住謝旻勳堅實的臂膀，踮起腳尖吻他的額，很輕柔的、不色情的親吻。是告別之吻。

就這樣，在一個紅綠燈交會的路口，我向一個單純美好的世界告別。

謝旻勳睜大了眼，睫毛不住顫動。

「就到這裡，別再跟過來，」我放開他，低聲說：「我現在的世界，你進不來。」

踏出人行道的剎那，允許行走的綠燈讀秒結束，紅燈亮起，是一個禁止通行的警告，我牙一咬往前衝，汽車從我身邊呼嘯而過，噴濺起地上的雨水，夾雜不堪入耳的咒罵聲、喇叭聲，再怎麼小心閃躲還是在我的白色洋裝上留下點點汙痕。

馬路的另一邊，阿遙在等我。

「白色很適合妳。」阿遙讚美我。

「可惜被濺到髒水了……」我拿著面紙，低頭擦去洋裝上的汙漬，那點點黑色仍舊頑強的沾附在白色上，提醒我這件白色雪紡紗洋裝已經不若初時潔淨無瑕。

那些黑色的汙點還在逐步擴散，隨著毛細現象滲透進肌膚，經過血液循環到心臟，彷彿連自己也變得骯髒不堪。

「沒關係啦，看不出來就好。」阿遙毫不在意，遞給我一頂安全帽。

「阿遙，你從哪裡找來這個清純學生妹？」跟阿遙同行的朋友說。

「妹妹妳幾歲？」他看看我身上的書包，「哇，女中的耶！現在不是上課時間嗎？逃學出來玩不好吧？」

「哥哥帶妳去不會被學校老師發現的地方玩，好不好哇？」

他伸手想摸我的臉，一道金屬光芒從空氣中畫過，一把瑞士刀就橫在他的鼻尖，距離幾釐米幾乎就要戳中他鼻尖。

這把小小的、功能簡單的瑞士刀是展妍學姊送我的禮物，儀隊練習時，表演槍總免不了掉落而四分五裂，此時用瑞士刀附的螺絲起子就可以進行簡單維修，我總是隨身攜帶，沒想到在校外居然可以派上用場。

「滾開！」我冷冷的說。

「唷，看不出來還挺凶的！」他摸摸鼻子，自討沒趣的離開。

「今天想去哪裡玩？」阿遙問我。

「去看海。」我說。

城市的天空終於不再流淚，只是仍舊灰撲撲的，被交錯的電線切割成一片一片，像破抹布般晾在天上，還隱隱發出久雨過後的霉味。

不下雨了，但太陽躲到哪裡去了呢？

坐在阿遙重機後座，所有的景色不停往後退，由清晰漸漸模糊。

沿著濱海公路疾馳而去，我們停在海邊。阿遙似乎說了幾個笑話，我連敷衍的笑容都懶得給，逕自朝前方走去。

海浪拍打岸邊礁石，水氣似乎沾溼睫毛，只要一眨動眼睫就會模糊成一圈一圈淡金色的光暈。

夕陽逐漸淹沒在海平面上，海天交界之處變得朦朧而不眞實，倒影在海面上，被海浪扯出細碎的金光。

突然聽到一聲快門喀嚓聲，我收回視線，看到一個男孩站在我右前方，手上的相機還沒從他臉上移開，相機鏡頭裡的虹光清楚映出我的倒影。

想到剛剛有一雙眼睛正盯著自己，一股緊張的燥熱湧上來，瞬間燒紅雙頰。

「喂，你在拍誰？」我問了一句廢話。

「妳。」那男孩說。

男孩移開遮住大半張臉的單眼相機，藏在凌亂瀏海後的濃黑眉毛斜斜挑起，讓他臉上的表情多了桀驁不馴的味道。

男孩有張極俊美的臉，白皙臉龐透出清冷的氣質，細長雙眼蘊著清澈的眼神，高挺鼻梁下兩瓣弧形飽滿的唇，連夕陽都爲他輪廓分明的五官描上金邊，獵獵海風吹得他身上的白色外套像翅膀般不停飄動，襯著大片藍色海洋，眞像個掉落人間的天使。

當他的目光對上我的，微微一笑時，我就像一隻突然被強光照射的小動物，一動也不動，只能瞪眼直視他。

笑起來有顆小虎牙，看起來跟我同齡，頂多大我一、兩歲，這張臉孔似乎似曾相識，我卻想不起來曾經在哪兒看過。

「我們認識？」

「我們有過幾面之緣，妳忘記了？」

「你是誰？」

「當時我說要爲妳拍照，妳還問我是不是要追妳。」

母親去世後，我一直渾渾噩噩的，很多事想不起來，或者說不夠重要到必須記得，趁我陷入思索，他舉起相機，又按了幾下快門。

我霎時驚醒，冷下臉質問他：「你爲什麼拍我？」

「不可以嗎？妳那時又沒反對，我就當妳答應了。」他一臉無辜的反問，說話的同時一顆潔白可愛的小虎牙若隱若現。

「你是變態嗎？當然不可以！」我又羞又惱，「快點把相片刪掉！」

「只是測光而已，有必要這麼生氣嗎？」沒有要道歉的意思，他低下頭察看相機螢幕，「爲什麼要刪掉？我覺得拍得很好啊。」

「幹，叫你刪就刪，囉嗦什麼！」阿遙生氣的飆出髒話，握著拳頭向前一步。

男孩輕巧的後退幾步，舉起相機自賣自誇：「不然大哥你跟她合拍一張吧，我的拍照技術很不錯唷！」

他漫不經心的態度一下子就激怒了我，我趁隙奪過男孩手中的相機，本來只是想刪掉相片，沒料到力道過猛，單眼相機瞬間從我手中脫飛出去，狠狠撞在礁石上，碎裂成好幾塊！

慘了。

我彷彿聽到我的心喀噔了一聲。單眼相機很貴吧？

不是我的錯，誰叫你要偷拍我！

我瞄了一眼男孩微怔的表情，既然已經決定要當不良少女，此時我只能裝流氓，假裝我是故意摔壞他的相機，再惡狠狠的補上幾腳，說：「這是給你的教訓！以後別再惹我！」

阿遙撲向那男孩，朝他揮去一拳，「幹，就叫你別亂拍老子的女人！」

阿遙的拳頭擦過男孩的臉龐，他頭一偏，覆蓋住耳朵的黑色髮絲飛揚起的瞬間，我看到一抹銀光閃過。

男孩倒在礁石上，嘴角流出一絲血液，他用舌頭拭去，宛如小獸般自我療傷，然後歪歪頭，嘴角勾出一抹淺淺的笑，那笑容稀薄得幾乎沒有任何溫度，更像一種嘲笑，嘲笑我的張牙舞爪。

爲了掩飾自己心底的不安，我將視線從他臉上移開，冷哼：「活該！」

男孩不發一言，蹲在地上摸索著，最後在一堆相機殘骸中找出一片記憶卡。小心翼翼拂去記憶卡上面的塵土，他站起身說：「還好這沒壞。」說完，把記憶卡放進外套口袋。

阿遙還想衝上去揍他，卻被我拉住了。

「算了，」突然覺得很疲憊，我說：「算了，不過是被拍了幾張照片，別理他。我們走吧。」我拉著阿遙離開。

回程的時候下了一場雨。

一回到租屋處，我立刻鑽進浴室，看著鏡子裡狼狽的自己，服貼在耳際的短髮滴滴答答滴著雨水，白色洋裝已經溼透，薄如蟬翼般緊裹著日漸發育成熟的身體，有些難受，索性脫掉衣服準備洗澡。

我把亂髮撥到耳後，棲息在左耳上孤單的翅膀，在浴室昏黃的燈光下，隱隱發出清冷的光芒。

腦海中不斷重複，彷彿電影畫面停格在那一瞬間：海邊那男孩被打倒在地，飛揚起髮絲，露出他右耳上的耳環，也是翅膀的形狀。

跟媽留給我的那只耳環，似乎……一模一樣。

打開蓮蓬頭，熱水不斷沖刷下來，我仍然冷得渾身止不住顫抖。

或許是我看錯了，畢竟那一瞬間太過短暫，我只隱隱約約看出耳環模糊的輪廓。

就算一樣，說不定只是巧合！

沈子茉，別想太多了。

分不清誰先誰後，今年的夏天跟雨季幾乎同時來到。

有時天空晴朗得連一絲雲絮都沒有，大片金光吻著樹葉，才走過一個長長走廊，就看到烏雲投下的陰影，沒多久雨就無聲無息落下。

假日的時候，儀隊仍要到校練習，頂著豔陽，有時候我更希望來一場大雨。

展妍學姊看了我的新造型，只淡淡丟給我一句話：「別的我不管，至少把頭髮染回來，別讓我太爲難。」

花了幾千塊才弄出這顆藍色挑染的俏麗短髮，至少也要讓教官寄出幾張「貴子弟服儀不整」的記過通知單給沈柏鈞頭痛才算值回票價吧。

但，衝著展妍學姊眼裡的擔心，我只好把外層誇張的挑染部分剪掉。陽光照耀下，躲在黑髮裡的藍色若隱若現，至少不那麼招搖，只是頭髮削得更短更薄，讓我看起來簡直就像個國中小男生。

我的學業成績退步很多，我知道展妍學姊在老師面前說了我很多好話，如果不是她力保我，恐怕我早就被刷下儀隊了。

這天，練習完已經有點晚了，我確定所有人都離開，才在更衣室裡換了便服。

走出校門，卻驚訝的發現展妍學姊在等我。

她看到我，一臉更驚訝的樣子。

「子茉，妳怎麼打扮得……」

半透明的豹紋絲質襯衫，僅能剛好遮住臀部的黑色皮短褲，腳上是一雙紅色高跟鞋，假睫毛捲翹到幾乎快碰上眉毛，珠光色嘴唇，我打扮得很新潮、很時尚、很不像高中生……很像出去賣的。

「噓。」我豎起食指放在唇邊，拉著她快跑離開校警探詢的視線。

「朋友約我去夜店玩，學姊要不要一起去？」我慫恿展妍學姊，「很好玩的，而且聽說今天是Ladies' night，店家免費招待女生喝一杯調酒。」

「夜店？」展妍學姊嚇了一跳，「那種地方好像不適合學生去吧，我看我們還是不要去比較好……」

「唷？沒想到學姊這麼保守，新聞上說，現在連大學生都會去夜店辦迎新舞會了，」我勾住她的肩膀，像個無賴引誘單純少女，「而我們只是提早幾年去體驗大學生會做的事，再說現在是週末，放鬆一下沒什麼呀。」

「可是，萬一被學校發現怎麼辦？出入不良場所是要記警告的……」展妍學姊似乎有點動搖。

「我們只是去一下下不會被發現啦，再說，誰告密就表示她也在現場，才不會有人做這種損人不利己的事，」我湊到她耳邊，壓低聲音說：「我之前出去玩也遇過某些女中學生，大家彼此心照不宣，見面都假裝不認識。偷偷跟妳說，那幾個看起來很乖的學姊，其實超會玩……」

「咦，眞的嗎？有哪些人？天啊……簡直看不出來……」

展妍學姊終於被我說服了。

我拿出化妝品，就著昏暗的路燈光線幫學姊畫妝，還隨手把她過長的粉紅襯衫下襬打成一個蝴蝶結，露出一點腹部肌膚。

展妍學姊原本就是個美女，經過一番打扮，清純中帶著些許性感，肯定讓那些夜店男人神魂顛倒。

阿遙開了一台藍色跑車來接我，除了他之外，副駕駛座還有一個男人，朝我們吹口哨。

夜店隱身在一條陰暗小路的盡頭，霓虹燈招牌在黑暗中一閃一閃，深怕沒人注意到它的存在。

「外面這條路是有名的『撿屍路』，凌晨三點過後常常會有很多屍體倒在路邊……」副駕駛座的男人突然回過頭，朝展妍學姊曖昧的笑一下。

「撿屍路？屍體？」展妍學姊臉色瞬間刷白。

「你別嚇我學姊啦！『屍體』是指在夜店喝到掛，醉到不醒人事的人。」我噗哧一聲笑出來，還好來之前有先上網爬過文。

「學姊，妳待會兒別喝酒就好。」我拍拍展妍學姊的手背，安撫她。

停好車，走到這家名叫「Genesis」的夜店，迎面而來的是一幅巨型壁貼貼在外牆上，畫中全裸男人的手臂虛弱地枕在左腳膝蓋上，渴求什麼似的向前方伸出指尖，我看了一眼，立刻聯想到米開朗基羅在〈創世紀〉裡的一幅溼壁畫，順著畫中男人的手勢，原畫中上帝所在的位置被挖出一個門，設成夜店的入口。

我失笑，Genesis中文意思就是「創世紀」。

推開大門，震耳欲聾的音樂聲在小小密閉空間裡翻滾不息，光線氤氳成霧，中間有一個小舞池，圍繞著舞池是一座座半開放的包廂，視線所及的地方，男男女女交疊曖昧的身影不斷湧動，末日般淫靡浮亂的景象與店名恰好形成完美反諷。

「阿遙，今天又帶妹妹來玩了啊？」入口處幾個抽菸的年輕人嘻皮笑臉的跟阿遙打招呼，我們經過時，其中一人還輕佻地把煙噴在我臉上。

「唷，是新面孔，美女今天第一次來嗎？」

「嗯。」我點頭。

「老規矩，這罐空了才能進去。」一條肌肉糾結的粗大手臂拿著一罐啤酒，橫在我面前，擋住我們的去路。

「子茉，怎麼辦？」展妍學姊拉拉我的衣袖，神色緊張。

我笑了笑，接過啤酒，把琥珀色的液體倒進櫃檯旁的菸灰缸，菸灰缸淺淺的浮起一層深灰色的菸灰。

「看！空了喔。」我倒轉啤酒罐，還晃了晃，一滴酒都沒剩。

趁眾人目瞪口呆之際，我從剛剛噴我煙的人手中抽走菸頭，按在泡滿啤酒的菸灰缸裡，輕而易舉的把菸熄滅掉。

「下次再噴我煙，我會直接把酒倒在你的髒嘴上。」我說，帶著甜美笑容，口氣卻十分凶狠。

「哈哈，這女的夠嗆，老子喜歡，待會兒陪哥哥們喝幾杯。」

「幹！我警告你，別碰老子的女人！」阿遙啐了他一聲，得意地說，話裡掩飾不住濃濃占有欲，勾住我的脖子，還把臉埋進我的短髮裡蹭了蹭。

「怎麼又把頭髮剪短了？」他在我耳邊小聲的抱怨。

沈子茉從來就沒有說過要當你的女人！

我厭惡的推推他，微微撇過臉，目光不經意飄到吧檯後方，立刻就被吸引住了。

長形吧檯裡有兩個調酒師，吸引我的是其中一個頭戴棒球帽的調酒師，他正在甩弄雪克杯，壓低的帽簷在他臉上落下一片陰影，讓人看不清他臉上的表情。

只見調酒師倒出一杯泛著藍綠漸層顏色的奇異液體，映著吧檯崁燈，最上層透出貓眼綠，中間是寶石般的翡翠綠，底層是宛如海洋般寂寞安靜的深藍色。

他俐落的撒上碎冰塊，再從杯口中央倒入糖漿，旋轉成淺藍色絲狀，徐徐沉入杯底，鋪上檸檬片，點火，火焰在杯口蔓延開來，剎那開出一朵妖嬈的花。

邪氣，卻誘人，像是惡魔的飲料。

除了副駕駛座的男人外，阿遙還約了幾個人，那些人有的頭髮挑染、有的手臂刺青，坐在半開放式的包廂裡，嘻嘻哈哈喝酒抽菸，說著不入流的玩笑。

「欸，子茉，我覺得這裡好可怕……」展妍學姊不斷皺著眉，站起來，說：「我們回去吧！」

「咦？現在嗎？」我的眼睛仍依依不捨黏在吧檯上那一杯杯從沒見過的漂亮調酒。

「現在就要回去了？很不給面子喔！」有人舉著啤酒擋在我們面前，嘻笑道：「喝完這三罐就放妳走！」

阿遙的朋友立刻搶過啤酒一口氣喝光，在眾人一陣「英雄救美」的起鬨聲中，說要載學姊回去。

「那，我先回去了。」學姊低聲叮嚀：「妳小心一點。」

早知道後來會發生「那件事」，我絕對不會讓學姊跟阿遙的朋友一起離去。

世上沒有早知道，知道的時候，一切都已經來不及了。

「好，妳也是。」當時我只是敷衍著，「到家時給我個電話。」

展妍學姊一離開，我藉故上洗手間離開包廂，走到吧檯邊，指著那杯透出藍綠色澤的調酒，提高音量問：「喂，這杯是什麼？」

周遭喧鬧的音樂瞬間淹沒我的聲音，調酒師恍若未聞，繼續清洗雪克杯，準備調製下一杯酒。

我用手指叩叩吧檯桌面，更大聲的問：「喂！我問你這杯調酒叫什麼？」

「Around the world（環遊世界）。」他簡短回答，低頭瞄了我一眼。

一切就是那樣微妙，吧檯位置較高，我略為仰頭，而調酒師低下頭，猝不及防視線與我相撞，我就這樣一眼望進他眼底的清澈。

「啊！是你？」我驚呼一聲。

是那天在海邊偷拍我相片又被我摔壞相機的男孩！冤家路窄就是了！

「嗯，」不像我那麼驚訝，他淡淡微笑，「歡迎來到Genesis。」

「你在這裡工作？」我問。

他「嗯」了一聲，旋身從身後的酒櫃裡拿出一瓶伏特加。

「白天是攝影師，晚上是調酒師，」帶著說不清是揶揄還是挖苦的口氣，我說：「你活得還真是多彩多姿啊。」

「白天蹺課，晚上來夜店，」微微露出小虎牙，他反將我一軍，「彼此彼此，妳過得也算多彩多姿。」

不理會他的嘲笑，我撫撫額前的瀏海，故意問他：「欸，你的相機後來修好了嗎？」

「沒有，妳要賠我修理費嗎？」他斜斜睨我一眼。

「三個字送你……」我冷冷哼一聲，豎起一根食指在他面前。

「我願意？」他接著話。

「你、做、夢！」我搖著手指說。

此時，一個身材魁梧的男子走過來說：「小海，來兩杯Screwdriver（螺絲起子）。」

原來男孩叫小海。

「好。」他把冰塊丟進玻璃杯至六分滿，加入一點點伏特加，將柳橙汁倒滿，最後動作俐落的切出一條螺旋狀的柳橙皮放在杯口邊緣裝飾。

兩杯「螺絲起子」跟「環遊世界」很快就被人端走了。

陸陸續續來了幾個點單，小海忙碌起來沒空理我，我恰好可以在一旁偷偷觀察他。

小海戴了一頂骷髏頭圖案的棒球帽，臉頰兩側的頭髮蓋住耳垂，髮絲的縫隙隱隱約約透出一點銀色亮光，看不出耳環的形狀，我盯著他看了半晌，突然有一股衝動想脫掉他頭上的棒球帽，拂開他的頭髮，仔細看清楚他的耳環是不是跟我的一模一樣！

爲什麼他會有這只翅膀耳環？

耳環應該是一對，但媽只留給我單只耳環，我查過拍賣網站，也曾拿到飾品店去詢問，從來沒有看到一模一樣的，現在另外一只居然出現在一個陌生男孩身上？

是巧合嗎？湊巧買到一樣的？在哪裡買的？還是他跟媽媽認識？

如果認識，他跟媽媽是什麼關係？媽媽朋友的兒子？耳環是媽送他的？

還是那天媽車禍前，他見過媽媽？甚至去過車禍現場？所以撿走了？

無數疑問在我腦海不斷成形、凝固，黏稠稠的幾乎讓我無法思考。

「我的臉上有什麼嗎？」一抹不易察覺的笑懸在小海的嘴角，「一直盯著人看很不禮貌吧。」

「你那天偷拍我照片，這樣也算『有禮貌』嗎？」

「呵，」他輕輕笑起來，「還眞會記仇，就說我當時只是在測光了……」

「偷拍就是偷拍！」我很快的反擊他，「別狡辯！」

「好吧，就當我偷拍吧。」不想繼續爭辯，他聳聳肩，倒了一杯可樂，推到我面前，

「做爲賠罪，我請妳喝可樂吧。」

「可樂？」我很不屑，「我來夜店可不是要喝可樂的！況且今天是Ladies' night，不是會免費招待女生喝一杯調酒嗎？」

「是沒錯，但是……」他點點頭，懷疑地問：「妳成年了嗎？」

「那當然！」十六歲的沈子茉答得很順，鎮定的反問：「需要看身分證嗎？」

「要，最近員警查很嚴。」

我拿出身分證，手指剛剛好捏住出生年分的地方，在他面前虛晃幾下，「看清楚了嗎？我『十八歲』生日剛過。」

「嗯，看清楚了，」他笑，「妳叫沈子茉。」

我一愣，視線透過凌亂的瀏海，輕輕觸碰眼前男孩慧黠的表情。

什麼員警查很嚴？騙人的，這傢伙只是想騙到我的名字！

我悻悻然的把身分證丟進包包，暗自懊惱，向來聰明絕頂的沈子茉居然也會上當？這個人絕對是個把妹高手。

「沈子茉小姐，說吧，妳想喝什麼調酒？需要幫妳介紹嗎？」他臉上太過親切的微笑，怎麼看都寫著「不安好心」。

「不需要，」警戒心陡然升高，我仰起頭，「給我一張Menu就好。」

小海拿出一張薄薄的黑色護貝紙，攤在我面前，因爲夜店燈光昏暗，上面的字是用螢光筆寫成的，看著龍飛鳳舞的筆跡，我不禁皺眉。

好吧，其實不完全是因爲Menu上的字跡，而是上面有看沒有懂的調酒名稱——血腥瑪麗、黑色俄羅斯、高飛球、深水炸彈、B52轟炸機……這些都是啥鬼啊？

性感海灘？喝了會變性感嗎？

居然還有鹹狗？吃起來是鹹的嗎？

我咬著下唇，目光不斷在紙上游移，看著上面令人匪夷所思的文字苦苦揣摩著。畢竟是第一次喝調酒啊，我可不想隨便，問調酒師吧，又好像會被人看扁……

小海兩手平放撐在吧檯上，俯身下來，附在我左耳邊近乎耳語地問：「其實，妳是第一次來夜店吧？」

眞的有這麼明顯嗎？

突然拉近的距離讓我嚇一跳，當他微溫的呼吸輕輕吹起我耳邊的碎髮，某種說不出的細微柔軟情緒從心尖撓過，癢癢的、熱熱的。

我咳了一聲，爲了掩飾心中的慌亂，隨手一指，落在Menu上的某處，「這個，就這個。」

「Angel's kiss（天使之吻）啊？」他低頭看了一眼，依然維持耳語的姿勢，甚至壞心靠得更近，我左耳上冰涼的金屬翅膀耳環彷彿也染上他嘴唇的溫度，變得柔軟溫暖起來。

「嗯，」我點頭，努力讓自己的聲音聽起來冷冽，「少、少囉嗦，你不是要請我喝嗎？快點弄一杯給我。」

「在夜店的吧檯邊，要男生送女生Angel's kiss，沈子茉……」小海沉沉笑了一聲，「是妳想要我吻妳呢？還是妳想讓我吻？」

是妳想要我吻妳呢？還是妳想讓我吻？

白癡，這兩句話的意思不是一樣？

咦？不對！不對！我被調戲了！

不良少女沈子茉的字典裡可沒有「嬌羞」這兩個字。

「我看起來有這麼隨便嗎？」我冷冷丟出這句話，還附送他一雙惡狠狠的眼神，但是臉頰上飛起的紅暈卻讓我的質問聽起來軟弱無力。

「寶貝，原來妳在這兒啊。」阿遙突然冒出來，不知道出於什麼心思，我任由他伸手撫摸我的唇。

見我沒有拒絕，他更親暱的摟住我的腰，問我：「寶貝，想喝什麼調酒？」

那一聲聲「寶貝」叫得我頭皮發麻，只好胡亂應著：「隨便，你決定就好。」

阿遙顯然沒有認出小海是那個在海邊偷拍我的男孩，看了他一眼便說：「喂，給老子來兩杯長島冰茶。」

長島冰茶雖然取名「冰茶」，卻是使用伏特加與可樂調製出具有紅茶色澤與口味的調酒，最奇妙的是，喝起來像紅茶般清甜，還帶點檸檬的酸味，讓人不知不覺一口接一口。

漸漸的，所有意識彷彿逐漸飛離我的軀體，我任由阿遙摟著、吻著，雙手不安分的在我身上游移。

不是視若無睹，而是毫不在乎。沒有靈魂的軀殼，怎樣墮落都無所謂了吧？

ＤＪ放起舞曲，迷幻又狂亂的音樂癱瘓我的腦袋，酒精把我的身體癱軟在阿遙懷裡，舞池裡絢爛的雷射光束不停旋轉，男男女女交疊纏繞的身體變得越來越透明，彷彿骨血裡流動的欲望隨時就要噴薄而出。

「沈子茉，妳跟老子玩了這麼久，總該讓老子嘗嘗甜頭吧？」阿遙附在我耳畔，噴出危險的酒氣。

「嗯？」

「別緊張，出來玩就要放開一點，遲早會遇到這種事……」

迷迷糊糊中，我被阿遙強行拉進一間小包廂，被他壓在沙發椅上動彈不得，他如饑似渴咬住我的唇瓣，伸出舌頭在我唇齒間肆虐。

「不要！」意識到接下來會發生的事，我害怕極了，用盡力氣拚命抵抗，手中的瑞士刀兩三下就被他搶走，不但沒有遏止他眼底的欲望，他的手反而更加大膽滑上我胸前，撕扯我身上的襯衫。

「婊子，是不要？還是不要停？」阿遙笑得齷齪骯髒。

「拿開你的髒手，不要碰我！」我開始尖叫。

夜店包廂不算隱密，來來去去的人影在霧面玻璃門外晃動，察覺有人停下腳步，我大聲呼救。

「叫那麼大聲，是想把人都叫來圍觀嗎？」阿遙邪佞的笑了幾聲，「喜歡叫，待會兒讓妳叫個夠……」

他一手緊緊覆住我的嘴巴，另一隻手肆無忌憚探進我的短褲裡，我驚恐的瞪大眼睛，沒有多想張口就咬，緊緊咬住他的手肉，直到一股腥臭味迅速在嘴裡瀰漫開來。

「幹！」

他痛叫一聲，反手甩了我幾個巴掌，我的腦袋嗡嗡作響，只覺得臉頰上一片火辣辣的疼痛，嘴角的血混合著淚水流淌，我無力的垂著頭，眼神渙散中看到周圍聚集著一群人在哄笑，有人叫囂、有人舉起手機拍照，就是沒有人救我。

「上她！上她！上她！」

那些人都是阿遙的朋友。

從來沒有這麼恐懼過，像一隻孱弱負傷的小獸落入嗜血狼群裡，一向高傲自負的我從來沒有想過，「孤立無援」這四個字用在此時、此地、此景竟是如此危險可怕！

我絕望的閉上眼。

惡夢，一定是惡夢，數到三，睜開眼就沒事了。

再度睜開眼，看到的仍是一張張猙獰猥褻的臉孔。

「碰」一聲，包廂門突然被踹開，傳來一聲大喝——

「員警臨檢，通通不要動！」

像一顆炸彈丟進來，男男女女抱頭鼠竄，人影流動中，有人用手肘狠狠砸向阿遙的脖頸，阿遙悶哼一聲軟倒在我身上，我推開他，套上高跟鞋，報復似的往他身上踩了好幾腳。

「快走！」

還來不及看清是誰救了我，我就被那人拖著跑出夜店。

不知道跑了多遠，也不知道後面是否有人在追趕，無法往後看，只是不停往前奔跑，高跟鞋尖咬進腳趾裡，我痛得眼眶泛淚，好幾次幾乎快要跌倒，但前方的人卻緊緊牽著我的手，硬把我拉起來，直到我們兩人再也跑不動，癱倒在地上。

眼睛餘光瞄到那帶著我奔跑的男孩似乎沒有好到哪裡去，他臉色蒼白，雙手撐地半跪在地上，大口大口的喘氣。

我深深呼吸，剛才被侵犯的恐懼還沒有完全消散，四肢麻木不聽使喚，只好扶著電線桿慢慢站起來，走了幾步再也忍不住，靠在水溝邊緣嘔吐起來。

男孩走到我身邊，輕輕拍著我的背脊，像在安撫一個無助的孩子，暈黃的路燈下，他耳邊的銀白色翅膀耳環熒熒發光，像天使的羽翼。

救我的人是小海。

但是，不知道爲什麼，我現在最不想見到的人就是他！

臉上是被搧了巴掌留下來的紅印，嘴角的血凝固成一條歪歪扭扭的血痕，像一條醜陋的毛毛蟲。襯衫被撕破，一邊袖子被扯下，裸露出胸前大片肌膚，白皙肌膚上那些怵目驚心的抓痕及紅印還隱隱泛著痛楚，不時提醒我剛才那場惡夢的眞實性。

高跟鞋在奔跑的途中早就不知散落何處，我赤裸著腳，腳上血跡斑斑，像被丟棄在臭水溝邊的破娃娃，好醜、好髒、好噁心，我只想趕快找個地方把自己藏起來。

「妳家在哪裡？」他隱隱嘆口氣，「要不要請家人來接妳？」

家？

當小海問出口的時候，心一下就被刺痛了。

沒有家，我沒有家。

曾經名爲「親情」的那些，現在是無論如何都不敢去面對的黑暗深淵。

對於媽的死，我隱隱約約感到愧疚，那天最後跟媽通電話的人是我，明明知道媽在開車，我還跟她頂嘴，故意說一些讓她難過的話，害她分心出車禍……

我居然連一聲「媽，我愛妳」都沒能來得及說出口，她就永遠消失了。

連手機都還來不及掛斷，就這樣在我面前活生生的……死了。

眞正的殺人兇手其實是我！

每當這樣的念頭浮現，我就痛苦得無以復加，夜深人靜時，那一句句曾經傷害媽的話彷若在鞭笞我的心臟，痛得我蜷縮在房間角落，恨不得把自己縮得小小的，縮成沒有骨血、沒有感覺的單細胞。

所以，我只能把媽的死都歸咎於爸爸。

都是因爲爸沒有救媽！

只有這樣想才能讓自己好過一點，讓自己不再那麼愧疚。

已經記不得是哪次晚歸、哪次我又激怒爸，如同事先預料的一樣，他一個巴掌猛烈的劈了過來。

我咬著烏青的嘴唇，死死緊咬著，不哭，也不說一句話。

爸似乎有些後悔，撫著我臉頰一直說：「對不起，對不起……」

「『對不起』這三個字你要說給媽聽，不是說給我聽。」我咬著牙說出這句話，甩掉爸的手。

「我沒辦法再住在這個家裡了。」於是，我頭也不回的離開。

也就是那時候開始變壞的吧。

沈子茉變壞的速度連我自己都始料未及。

不愛念書、不愛寫作業，跟師長頂嘴、抽菸喝酒、蹺課混網咖、泡夜店、染髮打耳洞、打扮得花枝招展跟流裡流氣的人交往，通通只是想讓爸覺得痛苦、覺得丟臉。

爲了再也得不到的親情而懲罰爸爸，最後卻狠狠懲罰到了自己！

「那妳總有住的地方吧？」小海微微皺眉，「妳住哪裡？我送妳回去。」

我咬著下唇，雙手環抱住自己，不停搖頭。

小海脫下外套覆蓋住我的身體，當白色外套帶著他的體溫一觸碰到我的皮膚，我像觸電般忍不住渾身顫抖，用力推開他。

「走開，不要管我。」我低吼，卻連聲音都在發顫。

「都已經這樣子了，妳還在逞強什麼？」帶著不容抗拒的力量，小海抓起我的雙臂，硬把我塞進外套裡。

「妳有力氣推開我，然後衣衫不整的在大街上亂晃，我可沒有多餘的力氣再幫妳趕跑下一個壞蛋。」他用外套裹住我的身體，然後拉上拉鍊。

「爲什麼要多管閒事？」我捏著拳頭，感覺指甲尖陷入掌心，倔強地忍著淚。

他難道不知道他眼底滿滿的同情只會讓我覺得難堪嗎？

小海沒有說話，只是安安靜靜凝視我，漆黑深邃的瞳孔裡蘊著一點光亮，彷彿從大片黑暗裡透出的淺淺微光。

極近的距離，近到在他的眸光中我看到自己的狼狽，我不自覺後退幾步，他卻伸手輕輕托起我的下巴。

小海的手指修長而乾淨，滑過我的臉頰時傳遞過來的暖意，燙得我幾乎全身都要燒灼起來。最後，他的手指停留在我的左耳耳垂，用很輕、很溫柔的力道，接近撫觸般揉捏。

一只銀色翅膀棲息在我的左耳，跟他右耳上的一模一樣。

「妳相信命運嗎？」他問。

「不相信。」我緩緩搖頭，頭卻很重、很鈍。

「但是我相信，」他微微一笑，「我覺得，我們的相遇不是巧合。」

不管我們相不相信，命運還是讓我們遇見，最終也會把我們帶向未知的遠方。

我恍恍惚惚看著他，看著眼前男孩很認真的自我介紹。

「沈子茉，妳聽好了，我叫李海澄，海洋的『海』，澄清的『澄』。」

然後，聽到他說：「記住這個名字，因爲我們還會再見面。」

男孩的聲音彷彿遊走在夢境邊緣，聽起來那樣渺遠而不眞實，大顆大顆眼淚不知道何時滾落，只看到他的手離開我的臉龐時，手指上已經沾滿晶瑩的水珠。

第四章　晴海

愛情只流下一滴眼淚，卻在我們心裡泛濫成海。

「妳相信命運嗎？」

「我叫李海澄，海洋的『海』，澄清的『澄』。」

「記住這個名字，因為我們還會再見面。」

命運？

那啥鬼啊？你以為你在看言情小說還是偶像劇啊！

「妳不認為這是一種宿命嗎？」

我認為這是……屁啦！

李海澄的白色外套披在我身上顯得過長，袖子還鬆垮垮的多出一截，我毫不客氣捲成一坨，用右手袖子抹乾眼淚，順便撈起左手袖子擤擤鼻涕，再脫下來，甩在他身上。

擦掉眼淚，我很快恢復清醒，冷靜地問：「欸，李海澄，你幾歲了？」

「快十八歲了。」

「喔，快十八歲……意思就是你也是個未成年。」我撇撇唇表示十分不屑，「難怪剛才員警臨檢時你要逃跑，原來是怕被抓啊。」

「『也是』個未成年？」李海澄眉峰一挑，抓出我的語病，「所以妳也未成年，竟敢拿著身分證來騙酒喝？」

「糟糕，被你發現了，看來你也不笨嘛！」我也學他挑眉，「是又怎樣？叫員警來抓我啊！」

不理會我幼稚的挑釁，他嘆口氣，將手伸到我面前，「我送妳回家吧！」

「別碰我！」我後退一步，冷冷問道：「你為什麼會有這只耳環？」

「我為什麼要告訴妳？」他的口氣讓我起了疑心。

「是買的嗎？在哪裡買？還是別人送你的？誰送你的？」

「無可奉告！」他嘴角浮出一點漫不經心的笑，「妳也有一只，看來我們是命中註定的緣分啊！」

「不過就是一只樣式普通的耳環，路邊攤隨處可見，改天見別的女生戴，你也會認為是命中註定的緣分嗎？你也會這樣一個一個抓起來問？」

「不會，因為是『妳』，我才會如此認為。」李海澄抬眼看我，雙眸裡一閃而過的某種光亮，讓我莫名心一跳。

鎮定，沈子茉妳是個聰明女孩，別被騙了。

這個李海澄呀，不是涉世未深的天真男孩，就是遊戲人間的情場老手！

不過就是端著一張好看的臉把妹，夜店男人是什麼齷齪樣，難道剛剛沒看過？

「李海澄，你都快十八歲了，你有點腦行不行啊？」我立刻打斷他的話，大聲嘲笑他，「你是單純還是愚蠢啊？你以為每個女孩子都吃你那一套嗎？」

「哪一套？」他雙手環胸。

「還裝傻？你想把我就直說吧！」我誇張地笑彎了腰，「之前在海邊，你說我們見過面，其實只是想搭訕我吧？在夜店裡，你假裝要看我的證件，知道了我的名字，然後因為員警臨檢碰巧救了我，趁我驚慌哭泣時來安慰我，說一些『命中註定』的鬼話，說要送我回家，是不是還想騙我跟你上床呀？」

「海邊的相遇不是第一次，還有更早……」

「笑死人，你該不會想說前世相遇吧？」我忍不住打斷他的話，「很老梗欸你，虧你還是混夜店的！」

「對了，你好像還沒問過我的手機號碼，有什麼招數儘管使出來吧，讓我見識見識……」

他停頓了幾秒才回答：「我好像知道妳的手機號碼。」

「怎麼可能？我又沒跟你說過。」我強裝鎮定，「你從哪裡知道？」

「無可奉告。」

「你怎麼會有我的手機號碼？」我沉下臉，「你跟阿遙他們是一夥的？」

「當然不是。不過，我也不是很確定是不是這個號碼。」李海澄從褲子口袋拿出一只銀白色的手機，頭一歪，帶著戲謔的微笑說：「不如我撥看看。」

只見他食指點點手機，不到五秒鐘，五月天就在我懷裡唱起〈擁抱〉，主唱阿信略帶嘶吼的歌聲在寧靜的黑夜裡迴盪，聽起來格外柔軟曖昧：

等你清楚看見我的美　月光曬乾眼淚
哪一個人　愛我　將我的手　緊握
抱緊我　吻我　喔　愛　別走

〈擁抱〉，詞曲：阿信

我的手機鈴聲響了。
李海澄咳了一聲，臉上的笑容慢慢擴大，「原來，妳也喜歡五月天啊？」
阿信我愛你，但是我發誓再也不會拿這首歌當手機來電鈴聲！
「沈子茉同學，妳怎麼不接電話？」李海澄搖搖手機，笑道：「這樣很沒禮貌喔。」
我瞪了他一眼，低頭看見地上我們兩人的影子斜斜重疊在一起。
「還有，妳弄錯了一件事，員警臨檢不是『碰巧』，是我打電話叫他們來的，不把場面弄得更混亂，憑我一個人根本救不了妳，」他微微一笑，「可是，妳好像很不領情？」
不對，我知道這很不對。
某個開關正緩緩開啓，發出喀答喀答的聲響，可是，到底是哪裡被開啓呢？
一旦開啓了，所有的疑問會得到解答嗎？還是像打開潘朵拉的盒子，反而奔湧出更多陰暗混亂呢？
李海澄……在這之前從來沒有在我的人生出現過，只見過兩次面，比路人還熟一點點，連朋友都稱不上，說不上來，總隱隱約約覺得，我的人生會從此跟他糾纏不清。

不知道這人會爲自己的生命帶來什麼翻天覆地的變化，我很害怕也很不安，下意識想逃。沈子茉十六歲的人生已經夠混亂了，不需要再有人來攪局！

「多管閒事！」冷哼一聲，我轉身就走。

沒有回頭，但是我知道隔著幾步的距離，李海澄跟在我身後。

直到我回到租屋處，上樓開了燈，透過窗戶看到他仍佇立在街燈下，朝我揮手。

「沈子茉，再見！」他說，「我會再來找妳的。」

我「刷」一聲拉上窗簾。

手機裡躺著一通未接來電，是展妍學姊打來的，可能是想通知我她已經回到家了吧，我想鬆口氣，卻不知道爲什麼很不安。

非常不安。

突然下起了一場大雨，劈里啪啦打在窗戶玻璃上，在寧靜的夜晚聲聲震動著耳膜，驚天動地的聲響讓人有種錯覺，彷彿某個堅硬安全的地方就要被敲出裂痕。

我把手機拋到床上，躲進浴室，蓮蓬頭水柱開到最大，嘩啦嘩啦的水聲瞬間淹沒窗外雨聲。我顫抖著手，倒出將近半罐沐浴乳，包裹在潔白泡沫裡，奮力刷洗自己的身體，彷彿連五臟六腑也要掏出來刷洗乾淨。

沈子茉，沒事了。

一定會沒事的。

光線流進窗台，瀰漫過窗簾邊緣，滴在我的睫毛上，我抬手遮住陽光，用力眨了眨眼，朦朧間一抹花香沁入鼻腔，淡淡的，淺淺的，彷彿重疊著回憶，彷彿聞到每個清晨媽媽放在我床頭的茉莉花香。

天亮了。

補充說明，現在是禮拜一，而我已經快遲到了。

我居然在不知不覺間昏睡了將近兩天。

很想光明正大的蹺課，但是再蹺下去大概會被學校直接掃地出門，沒有以念書爲藉口，爸是不會答應讓我繼續住在外面的。況且以供應衣食無虞的金錢誘惑下，他開出唯一的條件是，我必須維持住優秀女中學生的光環，不能讓他丟臉。

對那些功成名就的父母而言，孩子只是用來裝飾他們的人生，骨子裡怎麼腐敗都無所謂吧，外表看起來仍然光鮮亮麗就好！

眞虛僞。

我倒回床上，眼睛瞪著潔白的天花板。

「妳相信命運嗎？」

莫名又想起這句話，如同咒語般，那男孩的臉在腦海中慢慢浮現。

什麼命運？什麼宿命？我呸！

這個世界既虛僞又莫名其妙！

我用力甩甩頭，翻了幾次身，身體仍牢牢黏在床上，像被嚼爛的口香糖牢牢黏住地板，這才叫「命中註定」！

翻出手機，反反覆覆按了幾個鍵，還沒等到接通最後都被我按掉了。

超不想上學，我想請假，腦中飛快轉了幾個念頭，可是……

過馬路被車撞是一個月前的藉口，出水痘不能見光是上上上個禮拜的藉口，感冒發燒疑似流感需要自我隔離是上上個禮拜的藉口，生理期來痛到想殺人是上個禮拜的藉口……我扳著指頭算，這個禮拜呢？

嘆口氣，我認命的鑽進浴室刷牙洗臉，穿上制服，看到細細紅紅的抓痕從衣領、袖口、裙襬處隱隱約約露出來，雖然不明顯，還是讓我心驚膽跳了一下。

暗自思索等一下到校是不是要先去找展妍學姊，也不禁慶幸學姊那天沒有留到最後。

到了學校，時間抓得很準，七點四十九分又五十九秒，我大搖大擺從教官面前走過。

「沈子茉，給我注意點，十次遲到就送妳一支警告！」教官敲敲遲到紀錄簿。

「謝謝教官提醒。」我說，附送他一個高中女生該有的朝氣笑容。

趁著第一節課鐘聲尚未響起，校園仍舊鬧哄哄的當下，我繞去二年級教室找展妍學姊。

學姊坐在靠窗的位子上，一手扶著額頭，一手在筆記本上寫字，認真得連我走近她都沒有察覺。

「展妍學姊！」我站在窗外輕喊，晃了晃手中的早餐，「學妹給妳送愛心早餐來了。」

她沒有抬頭，也沒有說話，只是不停寫字，直到我敲了幾下玻璃，她才猛然抬頭。

「學姊，我買了妳最愛吃的……」還沒把話說完，低頭瞄到她的筆記本，早餐差點從我手中滑落。

筆記本滿滿都是怵目驚心的紅色線條，深深的、狠狠的刻劃著，彷彿是一道道血痕，鮮紅色墨水就從血痕邊緣滲出來。

「啪」一聲，她用力闔上筆記本，收進抽屜。

雖然只是短暫幾秒，但我看清楚了，那是一個英文單字——Bitch！

我立刻呆住，半天說不出話來，夜店裡被侵犯的不堪，一幕幕如潮水般湧進腦海，我不禁輕顫起來。

「要上課了，妳為什麼還站在我們教室外面？」展妍學姊臉色蒼白，雙眼布滿血絲，嫌惡似的說：「還不快走？」

拖著沉重的步伐，我昏昏沉沉走進教室。

「真難得，沈子茉今天居然準時來上第一節課？」

「欸，我跟妳們說，有人去夜店玩好像看到……還有拍到照片……」

「太可怕了吧，妳怎麼知道是她……」

「照片大家傳來傳去都傳瘋了好不好？只是那些照片看起來都很模糊，我也不是很確定……」

「真的假的？做出這種事，簡直丟盡我們學校的臉，如果學校知道了不曉得會如何處置……」

「至少大過跑不掉吧？會不會被勒令退學呀……」

是我的錯嗎？錯的是夜店那個想侵犯我的爛人吧！

爲什麼說得好像全部是我的錯？

細細碎碎的耳語開始在身邊飄來蕩去，探詢的視線以我爲焦點，從四面八方投射過來，我下意識拉高衣領、壓住裙襬，企圖遮掩那些躲在制服底下的不堪印記。

我發了好幾封簡訊，展妍學姊始終沒有回我。

輕輕闔上眼，展妍學姊筆記本上的血紅線條就浮上腦海。

恐懼瞬間像荒草瘋狂蔓延起來，我蜷縮在座位上，盯著桌面發呆，幾乎不敢去猜想。

「欸，沈子茉，妳作文交了沒？」學藝陳詩涵走到我面前，敲敲桌子拉回我的注意力，劈頭一句搶白：「老師說全班就剩妳一個還沒交！全年級就我們班沒交齊！妳自己想丟臉也不要害班上啊！」

「我交了。」我深吸一口氣，抬起頭來，語氣平靜，「我記得我交給蔡宜婷，請她轉交給老師了。」

「蔡宜婷，沈子茉的作文咧？她說她交給妳了。」陳詩涵轉向坐在我右後方的國文小老師蔡宜婷，口氣略帶責備：「妳怎麼沒有交給老師？」

「我沒收到，」蔡宜婷怯怯看了我一眼，很快垂下頭，小聲地說：「沈子茉根本沒交給我啊。」

「怎麼可能？我上個禮拜四就交給妳了！」我皺皺眉，思索了一下那天的情況，「我記得，當時妳說妳要拿作業去給國文老師，問我要不要順便交作文，我說沒關係，我自己交去就可以了，可是妳最後還是拿走了我的作文，是這樣沒錯吧？」

「我、我哪有這樣說？」不知道從哪兒得到勇氣，蔡宜婷突然提高音量：「妳別誣賴我！我什麼時候拿走妳的作文？」

「有，妳、拿、了！」我一字一頓地說。

「妳有什麼證據說是蔡宜婷拿走的？」坐在附近的同學紛紛加入圍剿我的行列。

「對嘛，對嘛，拿出證據來啊！」

眞可笑，東西是蔡宜婷拿走的，爲什麼是我要證明？

「當時有誰在場？」陳詩涵目光繞了圍觀的同學一圈，想也知道所有人都搖頭。

「借過借過。」有人拿著飲料擠過座位走道，大力撞了我桌子一下，桌子傾斜，一疊稿紙從抽屜裡探出頭。

怎麼會在抽屜裡？那天蔡宜婷明明拿走了啊！

「看吧，還好端端在妳抽屜裡，我明明就沒拿。」蔡宜婷委屈的嘟起嘴，「幹麼對人家那麼凶……」

「沈子茉說謊！」同學開始議論紛紛，指責我的不對。

說謊？到底是誰在說謊？

逮到我的小辮子，這群女人總是很有落井下石的精神。

我抽出作文稿紙，沒有被畫髒、沒有被撕破，只是不知何時躺在我的抽屜裡。

「對不起，我忘了。」我面無表情把稿紙拿給陳詩涵。

「嘖，怎麼會有這種人？分明就是自己的錯還賴在人家身上。」

「不知道在踐什麼。」

陳詩涵瞪我一眼，扭頭走出教室。

從來沒有這一刻，我是如此期待上課鐘聲響起。

「欸，沈子茉，妳有收到我的簡訊嗎？」林苡茜坐在我前面的椅子，反身過來趴在我桌上，一副跟我很親暱的模樣。

「什麼簡訊？」

「英文老師說今天早上要考英單還有片語，不只是期末考的範圍，而是整學期教的都要考，上個禮拜妳早退，我怕妳不知道這件事，還特地發了簡訊通知妳。」

「沒有，我沒有收到。」我扯扯嘴角，客套地說：「不過還是謝謝妳。」

「是眞的沒收到還是假的沒收到？」聽到我跟林苡茜的對話，蔡宜婷給我一個白眼，「林苡茜，妳幹麼那麼好心，不要理她啦！」

「沒看到簡訊嗎？眞糟糕耶，那妳待會兒考試怎麼辦？」

是我的錯覺嗎？林苡茜的同情怎麼聽起來假惺惺。

「不關妳的事！」我冷冷道，豎起課本隔開她的臉，順便隔開一聲聲「看吧」、「她就是這樣的人」。

「我是好心提醒妳耶，不領情就算了。」上課鐘響了，老師還沒來，林苡茜也不想離開，繼續道：「欸，那妳聽說了嗎？上禮拜有人發黑函的事，校長整個人因爲這件事都快爆炸了……」

不想理她。

「聽說那黑函不只寄給所有儀隊隊員的家長，甚至還寄給家長會跟教師會。」林苡茜仍舊不屈不撓跟我聊天。

「喔？」我略爲揚眉，問：「黑函寫什麼？」

「可精彩了，滿滿三大張批評校長的不是，最後還嗆聲說要告到教育部去。」

我默不作聲。

「師長們查了半天，現在都在懷疑是某個儀隊隊員匿名發的，」她壓低聲音，問：「沈子茉，妳覺得誰最有可能？」

「妳既然知道得那麼清楚，」我反問她：「那妳覺得誰最有可能？」

此時英文老師一腳踏進教室，林苡茜不再說話，只是回座位前，給了我一個含意不明的笑容。

「各位同學，麻煩把課本還有筆記本收起來，題目很簡單，主要是測驗大家的英文基本功。」英文老師邊發下試卷，邊叮嚀：「作弊是不勞而獲的行爲，跟偷竊一樣。記住！有實力考上女中的學生是絕對不作弊的！」說完，還瞟了我好幾眼。

我其實不太喜歡這個英文老師，脾氣不太好沒什麼笑容，講話腔調陰陽怪氣，兩三句話裡隱隱含著嘲諷語氣，常常讓人聽著渾身不舒服。

她似乎也不太喜歡我。

大概是有次她把G發了個類似「雞」的音，全班女生都抿著嘴憋笑，而我卻忍不住笑出聲讓她很沒面子，也有可能是某次她懷疑我作弊，卻因爲抓不到證據而不了了之，從此之後她老愛找我碴，上課時常點我念課文或回答問題，當我念得稍有閃失或回答不完整時，她就反過來對我冷嘲熱諷，不外是「榜首考進來也不過爾爾」、「運氣是一時，實力才是永遠」、「聰明反被聰明誤」之類的屁話。

「沈子茉？」

我趴在桌上專心寫考卷，快寫完的時候，聽到班導師喊我名字，她身旁跟了一位衣著高雅的婦人，兩人並肩站在教室門口。

還沒等到我回答，那位衣著高雅的婦人似乎有些不耐煩，推開班導師，逕自走進教室裡，問：「沈子茉同學是哪位？」

我沒有應聲，舉起了左手，右手仍不停寫著考卷。

見我一副無所謂的模樣，那婦人臉色更加難看，「跟我到校長室，我有話問妳。」

「現在是上課時間，就算是校長，也不能影響到學生的受教權。」寫完最後一題，我放下筆，慢慢抬起頭，「對吧？校長。」

「給妳臉還真不要臉，既然這樣，我就在這裡直接問妳了！」她氣勢洶洶地問：「說！攻擊我的黑函是不是妳發的？」

初夏明晃晃的光線從窗外照射進來，把教室照得光耀明亮，我卻沒有感受到一絲溫暖，每個同學都在看好戲，眼角餘光中我看見林苡茜勾了勾嘴角。

「不是我。」我站起來，竭力不讓自己的聲音發抖，「但，如果您早已經認定是我做的，那又何必來問我？」

「妳……」校長一時語塞。

「她不會承認的，」英文老師在一旁冷笑，「這孩子仗著有幾分聰明，最愛狡辯了。」

「我當然是有證據才會來找妳。」紙張捏在校長手中猶如秋風裡的葉子般簌簌發抖，彷佛連上面的文字都要被抖落，「妳自己看看！這是不是妳寫的？我們已經查到黑函裡的內容跟妳網誌裡的文章一模一樣！」

「喔，原來是那篇……」看了幾眼，我大概知道是怎麼回事了，淡淡解釋道：「我的確寫過那樣的網誌，不過寫完沒多久我就把文章的內容鎖起來了，應該是被人破解了。」

「好哇，妳承認是妳寫的吧！」英文老師立刻打斷我的話，「妳難道不知道那些內容會對校長的形象造成多大的傷害嗎？還不趕快跟校長道歉！」

「我又沒錯，爲什麼要道歉？」我覺得好笑，「我只承認網誌是我寫的，又沒說黑函是我發的，我的網誌被人破解了，沒有經過我同意，還莫名其妙被製作成黑函到處散發，我覺得我才是受害者耶。」

「不管黑函是不是妳發的，捏造這種汙衊師長的言論就是不對！教育理念是按照妳說的算嗎？考試制度是妳說改就改的嗎？我看妳根本只是在那邊興風作浪，唯恐天下不亂！才幾歲的孩子就妄想當改革家，」校長笑吟吟的聲音盤旋在整個教室上空，「那麼有志氣的話，校長就送妳兩支大過，看兩年後的推甄申請有哪所頂尖大學還敢要妳！」

不知道是誰在小聲竊笑，我的手心被自己的指甲掐得生疼，一滴眼淚凝結在眼眶裡，硬忍住沒有掉下來。

「申請不了，我就用考的！」我驕傲的抬起頭，直視眼前這些大人，「指考我照樣能上台大！」

「我教女中這麼多年，從來沒見過像沈子茉這樣的學生！品性頑劣，再聰明也是個敗類！」英文老師尖銳的聲音深深刺痛我的神經，「虧她父親還是知名醫學院的院長，見到女兒這兩支大過一定會很失望！」

「沈子茉，我看妳快跟校長認錯道歉吧，別跟自己的前途過不去，」班導師是個懦弱的女人，臉色瞬間頹敗如死灰，「兩大過可不好玩，弄不好萬一被退學……」

「沈子茉，道歉啦！免得事情越鬧越大，對自己沒有好處。」

「快點道歉啦，不要跟校長硬槓，儀隊隊員被記過傳出去很丟臉耶……」

認錯、道歉、認錯、道歉……

竊竊私語聲瞬間翻騰起來，是同情、是嘲笑還是鄙夷，我通通不想聽，因爲沒有一句是帶著善意的。

我昂然站立，臉頰乾乾的沒有流下一滴淚，聽著嘲諷聲字字句句把我的心淋到溼透。

夠了，眞的夠了！

我沒有錯，爲什麼要道歉！

「我、沒、有、錯！」我冷靜而從容，慢慢舉起一隻手臂，直直指向窗外，一字字說得如此清晰：「如果硬要逼我道歉，我就從明德樓跳下去！」

「住口！」校長臉紅一陣白一陣，氣得渾身發抖，「看看妳這行爲偏差的樣子，叫妳家長來學校和我談談，我非得讓他們爲這件事負責！」

突然，一陣急促雜亂的腳步聲由遠而近，伴隨著喝斥聲，從走廊另一頭傳來。

「對不起，打擾了！」一個男孩出現在教室門口，逆著光朝我招招手，「沈子茉！出來！」

男孩身穿某間職校的白色制服，臉上掛著陽光般燦爛的微笑，就這樣闖進我大雨滂沱的世界……

是李海澄！他居然跑到我們學校來了！

他有些著急的看看身後，見我還愣在原地，索性進入教室，抓住我的手就跑！

「走了！」他說。

去哪裡？

「欸，我的書包還沒收拾……」我說，不住回頭望。

「裡面有什麼重要的東西嗎？」李海澄問。

我一愣，盯著他臉上的笑容。

沒有！什麼都不重要！什麼都比不上離開這裡重要！

「你是哪個學校的？好大膽敢闖入女校！不要跑！再跑我報警！」教官張牙舞爪地威脅著。

「站住！沈子茉，妳要去哪裡？我要通知妳家長！」老師歇斯底里地尖叫著。

「不要臉，上課上到一半居然跟男生跑掉了……」同學不懷好意地議論著。

不重要！都不重要了！

「我叫李海澄，職校的，這個女中學生我借走了！」

男孩這樣說，於是其他的聲音我再也聽不到了。

李海澄緊緊牽著我的手，我們奔跑起來，跑過一圈又一圈的樓道，越過操場，風呼呼的從耳邊吹過去，撩起前面男孩的髮絲，陽光下，棲息在他右耳的翅膀耳環隱隱發光，像要飛起來似的。

我想起來我的左耳也有一只翅膀。

單翼的鳥不能飛，但是，如果我們緊緊牽手成爲一對翅膀，是不是就能夠飛翔？

「有公車！」

跑出校門，爲了甩掉緊跟在後的警衛，我們隨意跳上一輛公車，兩個人癱倒在最後一排座位上。

上車的時候，司機還從後視鏡裡瞄了一眼我們身上的制服。

李海澄靠在椅背上喘氣，伸手爬了爬凌亂的瀏海，我注意到他額上有一塊烏青，手腕上還有一圈明顯泛紅的抓痕。

「欸，你受傷了？」

察覺到我探詢的視線，他炫耀似的把手直伸到我眼前，笑了起來，「闖進校門時差點被抓住，妳們學校的教官好凶狠啊！」

「我叫李海澄，職校的，這個女中學生我借走了！」

想到他撂在眾人面前的話，我也噗哧一聲笑出來，李海澄理直氣壯的口吻，好像只是到隔壁班揪人出來打球。

「白癡喔，哪有闖進女中還自己報上姓名跟學校的？」我推開他的手，「你以爲是到隔壁班借人打籃球嗎？」

「不然咧？說我是『湘北高中』、『流川楓』他們會相信嗎？」他轉轉手腕，嘴裡抱怨：「而且女中的警衛超囉嗦，我說要找人，讓他看了證件也求了半天，就是不肯放我進去，好像妳們女中學生一個個都是總統的女兒，寶貝得跟什麼似的。」

「誰稀罕當總統女兒，」我不以爲然，從鼻孔哼出一句：「將來我可是要當總統！」

「喔？所以能跟未來的總統大人一起搭公車，我應該覺得榮幸是嗎？」

「嗯哼。」我又哼。

「沈子茉，妳好幽默。」李海澄伸手揉了揉我的頭髮，一副欠揍的痞樣，「唷？還有押韻哩……」

我瞪他，附送他一隻食指。

「嘖，妳比錯了啦，是中指，中間那根手指……」沒有生氣，李海澄好心糾正我。

「沒有錯啊，食指是這樣用的，嘿嘿……」準確無誤戳中他的鼻孔，換來一聲令我滿意的哀號。

「對了，你怎麼知道我念女中？」我拿出面紙擦擦手指。

「猜的。」他捂著鼻子說。

「我不信。」我打了他一下，「講眞的！別開玩笑。」

「我原本打算一間一間高中去找，排除男校，沒想到第一間就找到了。」他笑，「我還眞幸運！」

「瘋子！」

「我也這樣覺得。」李海澄聳聳肩，一臉滿不在乎的神氣。

「你到底找我幹麼？」我戒備地說，「你可別再說什麼『宿命』還是『一見鍾情』的鬼話，那些甜言蜜語你拿去騙騙別的小女生還行，對我可不管用！」

第一次在海邊相遇，他偷拍我，而我摔爛他的單眼相機；第二次在夜店相遇，是一團我再也不想憶起的混亂回憶，撇開前兩次不算愉快的相遇，我實在找不出這傢伙闖進女中找我的理由。

「說真話嗎？」

「當然。」

李海澄突然收斂起臉上笑鬧的表情，凝視著我許久，被他看得渾身發毛，我不自在的重重咳一聲。

「因爲，我想認識妳。」他說，聲音明顯低沉。

很讓每個女孩怦然心動的一句話，但不包括沈子茉。

好吧，我承認我還是有一點點心跳加速。但是，就只有一點點而已喔。

「爲什麼會想認識我？」爲了掩飾突如其來的「一點點」心慌意亂，我凶巴巴地問。

「不知道。」他的眼神似乎很認眞，「就是……很想認識妳啊。」

「李海澄，你最好說清楚你的企圖，不然我要下車了！」我作勢按下車鈴。

「我很認眞的！」

「你到底想幹麼？」

李海澄眉梢輕輕一挑，又回復戲謔般笑容，「沈子茉，我們私奔吧！」

「私奔」這兩個字他說得這樣坦坦蕩蕩，彷彿是個邀請，就好像是在說：沈子茉，我們去郊遊吧！

「蛤？」應該要立刻拒絕的，我卻呆滯了一下，「你說什麼？」

「私、奔。」他重複。

「神經病！」我立刻按了下車鈴，「我又不認識你！」

「那待會兒就多認識認識我一點啊。」他笑。

痞子。

我倏地站起身，卻被他一把抓住。

「妳的錢包跟悠遊卡還放在學校吧？」他提醒我，我這才想起來剛剛上車是他幫我刷的悠遊卡。

沈子茉呀，妳遲早會被自己風風火火的衝動個性給害死！

我悻悻然坐回位子。

「就今天，一天就好！」他豎起食指，聲音微微發顫，卻帶著不容抗拒的力道，「不要拒絕我。」

他的眼睛清澈如水，映出我呆若木雞的樣子，他輕輕一笑，我的影子就在他的瞳孔裡搖晃起來。

怔了半天，醞釀千萬句話，從我口中說出的只剩這一句：「那，我們現在要去哪裡？」

「不知道。」李海澄很乾脆的回我這三個字，就舒服的把背靠著椅墊，雙手枕在頸後。

「不知道？」我簡直快暈倒。

「下車再說吧！」

半個小時後，李海澄拉著我下車，下車處的候車亭裡有一張公車路線圖，五顏六色標示出通往各處的交通路線。

迷茫的看著路線圖，我又問李海澄：「去哪兒？」

我一定是瘋了！我居然在上課時間跟一個才見面三次的男生從學校「私奔」！

而且連私奔之後要去哪裡都不知道?!

「閉上眼睛。」微涼的手指覆蓋住我的眼睛，雖然有些突兀，但服貼在眼皮上的溫度卻給我異樣安心的感覺。

好像不再那麼慌了。

李海澄站在我身後，蒙住我的雙眼。

「不要看路線圖，伸出妳的手，憑感覺隨便指一個地方。」他的聲音在我耳畔輕輕響起，「沈子茉指到的地方，就是我們要去的地方。」

我愣了好一會兒，眼睛在他掌心裡眨了眨，看到的是一片全然的黑暗，連自己都不懂為什麼要配合他玩這種無聊遊戲，手卻已經不聽使喚舉起，指了指路線圖上的某一處。

「走吧。」

「咦？」

「公車來了，剛好是我們要去的地方。」

還來不及看見自己指向的地方，李海澄就牽起我的手跳上一班公車。

車廂很老舊，看起來不是通往市區的公車。現在不是上下班尖峰時段，也不是假日，偌大車廂內只有幾個老人在打盹，大概為了響應節能減碳，車上甚至沒有開冷氣，車窗半開半掩，風吹過去就發出喀啦喀啦的聲響。

公車搖搖晃晃在城市裡穿行，街道兩旁的招牌看板緩緩後退，陽光從參差不齊的建築縫隙間掠過，無數光影在空曠的車廂內跳躍。

不知道為什麼，這樣的場景讓我想到宮崎駿卡通裡的龍貓公車，載著迷惘的人們穿越城市、穿過樹林，然後不知不覺長出腳奔跑起來。

我坐在靠窗座位，看著窗外景色，初夏的陽光曬在肌膚上微微發熱，風輕揚起我的短髮，像羽毛般撲在臉頰上，癢癢的，卻很舒服。

李海澄靠在我的肩膀上，閉上眼似乎是睡著了。

即使睡著了，他仍然緊緊握著我的手，好像怕我趁機逃跑似的。

但……為什麼我一點也不討厭？

而且，居然還有一種「只要跟他在一起，去那裡都沒關係」的感覺？

沈子茉，這樣不可以！妳跟他總共才見了三次面，妳連他的家庭背景都不知道，他是職校的學生而妳是女中的學生，他在夜店打工……理智不斷在說服我。

此時車子顛簸了一下，李海澄慵懶的瞇起眼看了我一眼，一抹笑容淺淺從他嘴角蕩漾開來，就是這個表情讓我徹底打消把我的手從他手心抽出來的念頭。

沈子茉，妳完蛋了。

轉了幾班車，將近兩個小時後，我們來到一座山城。

「九份？」我驚呼了一聲，「我亂指的耶！」

眼前一條階梯小巷沿著山的起伏線展開，兩旁各式茶店、酒坊、商店櫛次鱗比，屋簷緊緊挨著屋簷，雖然不是假日仍然遊客如織，難以想像這山城初時的質樸容貌。

「在看什麼？」李海澄從7－11走出來，遞給我一瓶礦泉水。

看著入口處的標示牌，我說：「其實我一直很好奇……」

「好奇什麼？」

「好奇『九份』的地名是怎麼來的啊，像『恆春』是因爲四季如春才叫恆春，『高雄』是因爲發音近似日語，可是，『九份』聽起來像量詞……」

「妳猜對了！」李海澄一本正經的仰著臉，「據說，九份剛被開發時只住了九戶人家，住戶每次下山採購民生必需品總會買『九份』，這個地名也因爲這樣流傳下來了。」

「你怎麼會知道？」我懷疑的看了他一眼，「聽起來像是你亂掰的。」

「我來過啊。」李海澄笑起來，連揶揄我的樣子都這樣好看，「妳該不會沒來過吧？九份是著名的觀光景點，離台北又近，妳居然沒有來過？」

「沒有，我國中時才從南部搬上來，又不是一直住台北。」我環視四周，哼了聲，「我看九份也沒什麼特別的嘛，我在旅遊雜誌中看過介紹，不過就是一條芋圓、芋粿、草仔粿的店很多、遊客也很多的老街。」

「就這樣？」

我想了想，說：「還有，書上說紅糟肉圓很好吃。」

「沈子茉！」

「嗯？」

「其實妳肚子餓了吧？」

「對。」我朝他吐吐舌頭。

坐在小吃店裡，李海澄不發一言，從大背包裡拿出一台樣式古老的相機開始保養。大背包就像是小叮噹的百寶袋，只見他不斷拿出各式各樣小工具，以小毛刷輕輕刷掉相機表面灰塵，再用拭鏡紙以畫圓弧的方式仔細擦拭鏡頭。

我當然不會笨到問他之前那台被我摔壞的單眼相機到哪裡去了。

想也知道沒修好。

話說，男生跟女生「私奔」之後都在幹什麼呢？總不能一直坐在路邊發呆吧？

「喂，李海澄，我們既然已經『私奔』到九份了，那待會兒要做什麼？」雖然覺得這句話聽起來怪怪的，但我還是問出口了。

李海澄連頭都沒抬，淡淡的說：「拍照吧，妳幫我一下。」

「喔，原來是要找我當模特兒啊，算你有眼光。」我雙手交疊撐住下巴，靠在陳舊的木桌上，「不過，李海澄，我先把話說在前頭，本姑娘的出場費可是很貴的，沒有專屬休息室沒關係，最低限度要有專人梳化妝……」

「沈子茉，」李海澄打斷我的話，抬眸看了我一眼，「我好像還沒讓妳賠我摔壞單眼相機的錢？」

「多少錢？」

「四萬九，Olympus新機型。」

什麼叫一針見血？

這就是！

「這家的綜合丸湯料好實在，你不吃嗎？太可惜了……」我咳了一聲假裝沒聽見，叉起最後一顆魚丸，沾醬、呑掉。

似乎很不滿意我的裝死，他曲起手指扣扣我的頭頂，「喂，別假裝沒聽見，這麼多錢妳打算怎麼賠我？」

「要錢沒有，要命一條。」我兩手一攤，打算賴帳到底。

李海澄想了想，說：「不如，妳就當我的攝影助理來抵債吧！」

「攝影助理？拍照就拍照，快門拿起來按一按就好，還需要什麼助理？」我嗤之以鼻。

「哪有這麼簡單？妳待會兒試試看就知道。」他瞪了我一眼，「我的要求可是很嚴格的！」

「這點小事，怎麼可能難得倒我？」我可是無敵聰明的沈子茉呀，「那攝影助理的錢怎麼算？按工時還是按件？」

「什麼怎麼算？」他一愣。

「你不是要我當攝影助理來抵摔壞單眼相機的錢？那當然要算清楚呀，超過了本姑娘可不想白做。」我順手撕下一張小吃店的點單，在上面寫寫畫畫，「你剛說你那台破相機要四萬九吧，折舊扣下來算四萬就好，按照勞基法規定，折算學生打工每小時最低工資……看！這些時數就可以還完啦。」

「竟然還有小數點，算得還眞精。」他讚歎。

「謝謝。」

李海澄脫下自己的骷髏頭圖案棒球帽，用力戴在我頭上，抓住我的手，順勢把我從椅子上拉起來，「那我們也別浪費時間，走吧！」

走在豎崎路的階梯上，沿路高掛的大紅燈籠，營造出這個古老山城獨特的人文景色，彷彿走入五〇年代的老台灣，老街每處細節呈現出的不同面貌，都被李海澄捕捉在鏡頭下。

午後時光靜謐的流逝，我們在山城裡到處走走看看，看男孩修長指尖按著快門的飛揚神采，拍到滿意照片拿開相機對我慧黠一笑，嘴角就忍不住跟著上揚。

「身為攝影助理，首先要先學會裝底片。」李海澄說。

從他手中接過相機跟膠卷，我把相機翻來覆去看了好幾遍，不知道從何下手。

「打開機背，這是迴片盤，像這樣往下方推，會發出喀答一聲，」李海澄俯下身，教我如何安裝底片，「剛開始會覺得很難推，抓到訣竅之後會容易許多。」

「底片片頭約第二個齒孔處稍微摺一下……沈子茉妳手殘啊！」他用力拍了一下我的手背，「不要摺在兩個齒孔中間！這樣會勾不上底片！」

我忍著疼不縮回手，嘴裡抱怨：「這什麼老骨董相機，還需要裝底片啊？好麻煩。」

「注意了，像這樣把底片卡進片軸細縫中，齒孔要對準片軸細縫上方的凸起物，再將底片放進片艙中，慢慢旋轉轉盤……」

距離近到有點曖昧，李海澄的額頭幾乎快要抵住我的額頭，他臉頰上有一顆小小的、淡褐色的痣，說話的時候上唇微微噘起，這個角度看不見他的小虎牙……等等，我都在注意些什麼啊？

「清楚了嗎？」

「可是，轉不起來怎麼辦？」爲了掩飾剛才的恍神，我趕緊提出疑問。

「底片上下排齒孔要對準齒輪！」絕對不是我分心，而是李海澄教學特別沒耐心，「笨死了！連這都做不好！」

耳邊傳來他呼出的氣息，臉頰不禁迅速發燙，相機又差點從我手上滑落。

「小心點，這台底片相機是我爸爸留給我的，對我而言很珍貴，別摔壞了。」

「留給你？」察覺李海澄話裡的不尋常，我猛然抬頭。

「你爸爸他……」意識到這個話題不太好，然而開了頭，我只好硬著頭皮問下去：「去世了嗎？」

他微側過頭，睫毛垂下來，避開我探詢的視線，過了好一會兒才淡淡「嗯」了一聲。

「什麼時候的事？」

「幾年前。」

似乎不想繼續這個話題，李海澄拿走相機，兩三下裝好底片，指著前方說：「我們再往上面走看看。」

九份的房子依山坡地勢而建，高低參差不齊的房屋中間，有些小巷弄就從人家的簷廊或地下室穿過，稱爲「穿屋巷」，是當地人穿越山城時的捷徑。

再往上步行，熱鬧繁華早已不復見，遠離人群喧囂，我們走入狹隘曲折的巷弄裡，天光隱沒在羊腸小徑內，彷彿走入一個柳暗花明的世界，這裡的老磚房保留著山城的原始風貌，或許不像已被過度開發的豎崎路那麼吸引遊人駐足，卻有股樸實的寧靜。

「這裡到底是步道還是階梯啊？」

「咦？前面有路嗎？好像越來越窄了！會不會是死巷啊？」

「欸？李海澄，別再往前走了啦，我們好像走到別人家裡了……」

我的疑問終於換來李海澄回過頭惡狠狠的一句：「沈子茉，妳很吵耶！」

正想回瞪他，沒注意到旁邊小巷突然竄出幾部摩托車。

「小心！」

還來不及反應，李海澄就已經握住我的肩膀，旋身把我壓在牆壁上，僅容兩到三人並肩而行的狹窄巷弄裡，為了讓出摩托車前進的空間，我的背脊貼著粗糙的牆壁，而他的的身體就緊緊貼在我身上。

摩托車群挑釁似的鳴著喇叭，從我們身後擦過，一溜煙消失在遠方。

「走路不注意車子，眼睛在看哪裡呢？」李海澄臉色有點發白，聲音低沉，聽起來不像生氣，只是有些緊張的樣子。

他說話的時候，呼出的氣息沾染上我的眼睫，我不自覺閉上眼睛，心臟在胸口不安分地顫抖著。隔著薄薄的夏季制服，幾乎可以感覺到男孩的體溫，還有隨著呼吸起伏的胸膛下他的心跳跟我的心跳，正怦然而動。

這樣緊貼的距離實在太危險了！

不知道是誰的體溫正在升高？不知道是誰的呼吸漸漸急促起來？

好像，有一種快要窒息的感覺。

「欸，摩托車騎遠了。」李海澄說，微微拉開些距離。

聽見摩托車的引擎聲漸行漸遠，我仍然緊緊閉著雙眼。

「沈子茉！」

「嗯？」我發出無意識的單音節。

「妳一直不睜開眼睛，是不是想讓我親妳啊？」

我嚇得立刻睜開眼，此時，一線陽光投射進我們所處的陰暗巷道，李海澄的眼睛明亮起來，像在瞳孔裡藏了無數顆金沙。

望著男孩抿出笑容的無辜神情，努力了半天，結果我只能氣勢薄弱的擠出這一句：「想得美，你去親大便啦！」

「親大便？好啊。」

沒有生氣，李海澄欣然同意，捏著我肩膀的手指逐漸加重力道，然後他稍稍俯下身，微啓的雙唇懸在上方，幾乎快要碰到我，我的腦袋一片慌亂，下意識閉上眼睛，卻想到什麼似的霎時睜眼瞪著他！

「喂，李海澄，你很過分耶！」我用力推開他，「我又不是大便！」

「果然是女中學生，反應還眞快！」他哈哈大笑。

我追著他打，那個下午我們奔跑著，穿梭在山城巷弄間，一條曲折小徑連接另一條迂迴小道，彷彿找不到出口。

或許不是找不到，而是我們都不想這麼快找到出口。

我們無意間闖入一處民宅，落入一隻凶惡大狼狗看守的勢力範圍，下場當然是我們兩人淒慘的被大狼狗追著跑。

「李海澄！」我一邊跑一邊喘吁吁地抱怨：「你眞的很帶屎，爲什麼每次跟著你都要逃跑？」

「我去引開大狼狗，」他突然停下腳步說，「妳別跑，在這裡等我。」

我一怔，眼睜睜看他鬆開握著我的手，向路的另一頭跑去，大狼狗朝我吠了幾聲，就往李海澄的方向追去。

暖黃色街燈一盞一盞亮起，不知不覺天已經黑了。

我蹲在路邊等待，數著手錶上時針秒針交疊的次數，剛開始還能泰然自若的微笑，一顆心卻隨著時間的流逝逐漸下沉。

三分鐘、五分鐘、十分鐘、十五分鐘、半小時、一小時過去……我始終看不見李海澄的身影。

我被他丟掉了！

早上李海澄拉著我從學校離開的時候，我來不及帶走書包、錢包，連手機都還在書包裡，換句話說，我現在一個人被丟棄在陌生的地方，身無分文，沒有手機，聯絡不上任何我認識的人！

好像被水氣糊住了視線，我強忍住喉嚨一陣酸澀，揉揉膝蓋，站起身時，腦袋一片暈眩。應該是貧血了吧。

只想離開這個宛如巨大迷宮的曲折巷弄，我昏昏沉沉選了一條岔路就開始走。

「沈了茉！」

聽到有人遠遠喊我名字，我茫茫然轉過身，那個喊我名字的男孩，不知何時已跑到我眼前，微喘著氣，臉上看不出一點血色。

「我不是叫妳在原地等我嗎？妳怎麼走掉了！」李海澄拉著我，聲音帶著薄薄怒氣，「妳知道我沒看見妳多擔心嗎？」

「我怎麼知道！」不知道爲什麼會這麼生氣，眼淚一下子全湧了出來，我大吼著，「你就這樣突然在我眼前消失，又沒有說你會回來！憑什麼要我在原地等！」

「我突然消失，妳很害怕嗎？」他似乎被我的眼淚嚇到，語氣含著濃濃的不安與歉疚。

「子茉長大了，就算沒有媽媽，自己一個人應該可以吧？」

自己一個人……

「我才不是害怕！我只是討厭被人莫名其妙丟下！」不管了，就這樣把自己的脆弱攤開在男孩面前可以吧？

「如果到最後還是要把我丟下，倒不如剛開始時就讓我自己一個人走！」

「對不起。」李海澄的呼吸仍然有些急促，喃喃說道，「對不起。」

「幹麼只會說對不起？對不起有用嗎？」

我一定是很生氣，氣到眼淚再也忍不住一直往下掉，氣到沒有力氣推開這個懷抱。

媽去世時，我沒哭。

爸甩我巴掌時，我沒哭。

在夜店差點被侵犯時，我也沒哭。

被學校老師誤解，被同學排擠，被逼著爲自己沒做錯的事道歉，我更沒哭。

但是，這些自己一個人面對時只能咬牙拚命忍住的淚，現在一股腦兒潰堤而出，關也關不掉。

「我不會丟下妳……」李海澄輕輕擁住我，「永遠不會，除非妳不要我。」

好奇怪，明明自己一個人的時候那麼堅強，爲什麼在這個懷抱裡我就軟弱得不像話？

我哭溼男孩胸前的白色制服，忘記哭掉幾包面紙，最後只能用滴滴答答的眼睛楚楚可憐望向李海澄。

「還有沒有面紙？快點給我，我的鼻涕快流出來了……」唉，一點形象都沒有，連聲音都嘶啞得可怕。

「好可怕，沒想到妳這麼會哭耶！」男孩七手八腳往他自己的大背包裡翻找，我瞄到他翻出一包藍白色包裝的面紙，想也沒想奪過來，狠狠抽出好幾張來擤鼻涕。

「欸，這、這個不行……」

「這什麼爛面紙啊，這麼薄一點都不吸水！」我抱怨，但有總比沒有好，我可不想把鼻涕眼淚抹在自己的綠色制服上，又隨手抽出好幾張。

「這是清潔相機鏡頭專用的拭鏡紙。」李海澄欲哭無淚，「一包要好幾百塊。」

我還是毫不客氣用光這包昂貴又難吸水的面紙，最後還給李海澄一個空包裝。

「我下次再也不敢把妳弄哭了啦。」他深深嘆氣。

發洩完了之後，我才注意到我們身處的黑暗巷道。

「這裡是哪裡啊？連半個人影都沒有……」我吸了吸鼻子，左右張望後推推李海澄，「欸，你手邊不是有導覽地圖？」

隨意翻了幾下導覽地圖，他敷衍地下了結論：「我想，我們迷路了。」

「什麼？」我扁嘴，極其哀怨的望著李海澄。

「別哭啊大小姐，算我怕妳了，」男孩拍拍胸脯保證，「我來想辦法，跟著我就對了。」

絕望間，看到這個男孩走向前去，問一隻徘徊在路邊的小白貓。

「嗨，初次見面請多指教。」李海澄揚起一臉燦笑，蹲下身子，「你叫什麼名字？」

小白貓喵了一聲。

「你叫小喵啊，我叫李海澄，很高興認識你。」李海澄開始自問自答。

「白癡。」我簡直快被他打敗。

「這個請你吃，」李海澄從口袋掏出一塊餅乾，放在地上，「這是剛剛在路上人家給我的小餅乾。」

小白貓後退幾步，歪頭盯著眼前怪咖莫名其妙的示好。

「小喵在九份住多久了？」

小白貓喵喵叫了兩聲。

「已經住了兩個月了啊，那這附近你應該很熟嘍？」李海澄指了指站在一旁不斷翻白眼的我，語氣誠懇地問：「我跟那個愛哭鬼姊姊一起迷路了，小喵你可以跟我們說怎麼走出去嗎？」

小白貓當然不會說話，但神奇的是，牠彷彿聽懂李海澄的話，喵了一聲後竟然開始往前走，不時回頭，彷彿在爲我們帶路。

「走吧，回家了。」李海澄露出笑容，朝我伸出手。

「白癡欸你。」我罵他，聲音聽起來卻像在撒嬌。

好奇怪，一遇到這個人，好像所有的理智跟邏輯就會跟我說拜拜，我唇的弧度漸漸上揚，也伸出手，當我把手放進他的手心裡，就被他緊緊牽住。

我們跟著那隻小白貓走，不久之後回到熱鬧的豎崎路上。

回頭望向走過的階梯步道，一下子就被洶湧的人潮給淹沒。

果然私奔是不能靠衝動的。

因爲一時衝動的結果，我站在租屋處的大門外，望著門鎖咬唇發愣。

李海澄或許還沒走遠，追上去問他要不要收留我一夜？

咳！不行不行！這樣進度太快了，我怕睡到半夜我就撲上去了。

找房東來開門？這麼晚了房東一定睡了。

還是回家吧？

家離租屋處雖然不算遠，步行還是要將近一個小時，而且如果爸剛好在家怎麼辦？

「該怎麼辦才好？」

我輕輕把頭敲在門板上，發出「咚、咚、咚」的聲響，聲音雖然不大，在寂靜的夜裡聽起來像有重物敲擊門板。

門陡然打開，收不住力道，我向前傾倒進一個溫暖結實的胸膛。

我抬起頭，六十度角上仰的姿勢看到一個弧形好看的男人下頷，眨眨眼確定不是在做夢，只能尷尬地笑著。「晚安。」

咦？不對，這是我住的地方耶！

「你怎麼會在我的房間？」我跳起來，氣勢洶洶指著他，「變態大叔闖空門！我要報警！」

顏凱的眼睛藏在黑暗中，散發出冷冷的寒光，明眼人一眼就可以看出，他現在心情極度不爽。

「妳還知道要回來呀？沈子茉。」他一臉逮到小女兒夜歸的模樣，口氣嘲諷地說。

「我回不回來干你什麼事？你怎麼進到我房間的？」

顏凱沒有回答，抬起手，一串鑰匙掛在他手指上清脆的發出聲響。

「你爲什麼會有我房間的鑰匙？」我尖叫：「變態！」

「妳不在學校上課，手機又沒接，我今天在妳家門口等了妳將近一天，剛好遇到房東太太，我跟她說我是妳大哥，她就給我鑰匙了。」

房東太太這老女人，怎麼一點戒心都沒有？居然隨隨便便就給人鑰匙，明天一定要跟她抗議才行！

「你等我做什麼？」沒有顯露出一絲愧疚，我嘻皮笑臉地說：「我有欠你錢嗎？啊，我想起來了，上次叫鎖匠的錢還沒還給你，不過我錢包放在書包裡，書包又被我丟在學校，等明天……」

「妳居然逃學！沈子茉，妳幹了這麼驚天動地的事，妳以爲學校不會通知監護人嗎？」他冷冷打斷我的話。

「那也是通知沈柏鈞啊，你又不是我爸！」我噗哧一笑，「還是你想當我媽呀？」

「沈子茉，妳成熟點！」大概覺得我無藥可救，顏凱眉心微微蹙起，「沈院長目前人在國外主持醫學會議，他很擔心妳，本來要立刻搭機返台，連機票都訂好了……」

「最後他還是沒回來，不是嗎？」我慢慢收回笑容，「裝模作樣的，真噁心。」

「可是，他拜託我來了。」

「你大可以拒絕，不是嗎？」

「這不是我分內的事，我的確可以拒絕沈院長這個無理的命令，但……我沒辦法拒絕一個著急父親的請求。」

顏凱的聲音如同一道清冷的風吹進我心裡，我輕輕打了一個寒顫。

「如果可以，我眞想代替妳父親賞妳一巴掌，好讓妳清醒一點。」他伸手撫了撫我的臉頰。

「你知道什麼？如果你什麼都不知道，就不要妄下評斷！」我冷哼一聲，別過臉。

「我知道的，肯定比妳沈子茉知道的還多。」他淡淡的說。

什麼意思？我怔怔望向顏凱，他已經背過身，走到一邊拿起手機講電話。

「沈院長，子茉回來了，嗯，她沒事，請您放心，」他回頭瞥了我一眼，「這件事我已經好好問過她了，應該只是誤會，我會處理好的，也會跟學校好好說明。」

「很晚了，妳好好睡一覺，剩下的我們明天再談。」離去之前，顏凱補充道：「明天早上記得去上課，別逼我押著妳去學校。」

隔天，昏昏沉沉挨過早上四堂課，好不容易到了中午時間，同學有的叫外食，有的吃便當，教室瀰漫著飯菜香，我卻累得一點胃口也沒有，趴在桌上補眠。

「沈子茉，有人找妳。」陳詩涵高聲喊。

蔡宜婷點點我的肩膀，用著八卦口氣湊近我：「欸，聽說是代替妳爸爸來跟校長『喬』的，是醫院的實習醫師嗎？年輕有為，長得又帥，要不要介紹我們認識一下呀……」

來跟校長「喬」？

雖然明明知道顏凱會來處理我闖的禍，突然看到他的身影出現在以綠制服為背景的高中校園裡，還是忍不住心慌了一下。

他倚在教室外的欄杆上，見到我緩緩走近，只挑了挑眉峰，表情並不高傲，也不平易近人，就是一副要跟我好好談談的大人模樣。

彼此沉默了幾秒鐘，顏凱先開口：「沈院長昨天臨上飛機前突然暈倒了，所以才沒回來，他要我對妳隱瞞這件事，但是，我認為應該要讓妳知道。」

「是嗎？原來是這樣啊，」我咬著下唇，勉強擠出聲音，「他現在應該沒事了吧？」

「嗯，沈院長說他好多了，不過以他目前的身體狀況不適合長時間飛行，大概要留在國外休養幾天……」

我淡淡「喔」了一聲，表示知道了。

其實我是擔心的，畢竟是血濃於水的親情，只是爸在我的成長過程中已經缺席太久，我們習慣透過媽媽去得知對方的一切消息，然而媽現在不在了，突然變成「相依爲命」的父女關係，讓我們都很不適應，不知道該用什麼姿勢去擁抱彼此，才能避免傷害。

「有空的時候給他打個電話吧。」伴隨著一聲若有似無的嘆息，顏凱說：「從來沒有見過這麼彆扭的父女。」

「我跟我爸之間的相處一向都這麼彆扭。他沒事就好，至於打電話就不必了，大概講沒三句話就吵起來，不如不打，讓他好好休養，免得被我氣死。」我扯扯嘴角勉強笑了一下，「你來找我，就只是爲了跟我說這件事嗎？」

沒有先回答我的問題，他遞給我麥當勞紙袋，「妳中午還沒吃吧？」

又是兒童餐？我皺皺眉，還是有禮貌的接過，低聲說：「謝謝。」

「我剛剛跟妳班導還有校長談過了。」

「嗯。」我從紙袋拿出牛奶，小口小口啜著。

「逃學的事，我幫妳補請事假了，」他說，「我跟校方解釋是因爲家裡臨時有事，所以才請人帶妳離開。」

「這麼白爛的藉口，學校會相信？」我都不相信了。

「與其讓他們相信第一志願女中的學生居然跟著一個職校男生逃學，這個藉口應該能讓學校接受，也比較符合老師們的思考邏輯吧？」

「嗯，說得也是。」我翻翻白眼，嘴巴蠕動了幾下，還是把話問出口：「你怎麼不問我，那個職校男生是誰？我是怎麼認識的？」

「妳會坦白跟我說嗎？」

「不會。」我默然。

顏凱給我一個「那我又何必問！」的眼神，繼續說：「至於黑函的事，校長已答應不再追究……」

「那件事不是我做的。」我打斷他的話，急巴巴的解釋：「我覺得有人要陷害我，雖然黑函內容跟我的部落格網誌一模一樣，但我寫這些只是純粹想發洩個人情緒，一寫完我就立刻鎖上密碼了，根本沒有想要散發出去，也不是校長說的想要興風作浪……」

顏凱啞然失笑道：「我又沒說是妳的錯，妳爲什麼要跟我解釋？」

「爲什麼要跟你解釋？」我愣了愣，其實我也不知道爲什麼，「反正，就是這樣，眞的不是我做的。」

「妳不用解釋，我也會相信妳。」他說。

顏凱含在嘴邊的微笑彷彿帶了深意，當他的視線落在我臉上，一觸到我的眼睛，我立刻垂下頭，假裝望著地面。

「最後一件事，教官說妳服儀不整的部分，應該就是指這個吧？」他撫著我的短頭髮，撩起我的髮絲，陽光下黑髮裡的藍色挑染幾乎無處可藏。

「我覺得很好看啊，別理他們！」

聽到這句話，我很快抬起頭來看他一眼。

「小女孩，妳要好好長大，我可不想一直當妳的保母！」顏凱說，眼神漸漸變得深邃幽黑，藏了些我弄不懂的東西。

「那你想當我的什麼？」我下意識反問。

「我想當妳的——」顏凱唇邊瀰漫著笑意，俯下身，像認真又像開玩笑，低聲在我耳邊說了兩個字。

我瞬間呆滯，背脊挺得筆直，驚悚的看著眼前的男人，幾乎快忘掉怎麼呼吸。

幸好，腦袋裡面尚未成形的部分，很快就被他的朗朗笑聲打碎。

「哈哈哈，太好玩了！看妳嚇得……」笑聲裡有掩飾不住的得意，他摸摸我的頭頂，說：「小女孩，乖一點，別再讓大人們煩惱了。」

「逗我這麼好玩就是了？」我忿忿的一甩頭。

「我回醫院值班了啊。」似乎很滿意我的反應，顏凱說完就離開了。

「快滾。」我送他一根中指代替說再見。

顏凱走後，我趴在他剛剛倚過的走廊欄杆上發呆，金屬欄杆似乎還帶著他身體的溫度，被陽光一曬，有種屬於夏天的炙熱氣息。

「什麼跟什麼啊？」想起他說的玩笑話，臉頰就像被暖風撲過般熱烘烘的。

「我想當妳的——戀人。」

屁啦，怪叔叔都是這樣愛把肉麻當有趣嗎？

蟬叫得響亮，夏天來了。

第五章　半夏

我們總在春天想像尚未成形的夏天，在夏天懷念已經遠去的春天。

上課鐘響，走廊上的腳步紛雜起來。

英文老師抱著一大疊考卷，臉色難看進了教室，教室頓時安靜下來。

「吵什麼吵，都上課了還吵！」她把手中的考卷朝講台上摔過去，白色紙張散落開來。

「沈子茉，上前來。」她的聲音像一把尖銳的匕首，直直插入我的耳膜。

我隨著她的聲音站起來，一步一步走到講台前，在她眼前站定。

「這是妳的英文考卷。」她從中抽出一張考卷，我伸手要拿，她突然就鬆手，我的考卷落葉般在我跟她之間飄落下墜。

「眞不簡單，居然還能考九十五分，」她冷笑著，「幸好黑函的事校長不追究，如果被退學了，分數再高也沒有用。」

話語裡的譏諷明顯表示：不追究，不代表她相信我。

我屈辱的彎腰撿起考卷，直起背脊的剎那，幾乎想把手中的考卷連同巴掌甩向那女人。

「我相信妳。」

驀地，顏凱的聲音流過心頭。

我相信妳。

沒關係的，沈子茉，只要有一個人相信妳就夠了。

於是，我低著頭，默默走回座位。

關於我的那些八卦表面上似乎已經平息，但我知道，私底下翻滾洶湧得更厲害。

聽說沈子茉抽菸喝酒、聽說她被她的名醫爸爸趕出家門了、聽說她在援交、聽說她差點在夜店裡被……嘖嘖，不要臉，私生活這麼亂。

彷彿只要在每則流言前面加了「聽說」這兩個字，就可以借刀殺人，還能讓流言的散播者置身事外。

但，一如我預料的，這些八卦不管眞實性為何，大多數只能見不得光在我背後說長道短，只能是「聽說」。

誰要說她親眼見到了，就表示她當時也在現場，聰明的女中學生是不會讓自己蹚進這灘渾水的。

隨便了，我早已經把一顆心練得刀槍不入了。

所以，看到那些夜店相片出現時，其實我鬆了一口氣，也很慶幸自己那天化了大濃妝。

我跟其他的同學一樣，假裝自己是局外人，經過時駐足觀賞。

照片裡霓虹燈光流溢，男女面容扭曲模糊，交疊的身影隱隱約約只剩黑色輪廓，貼在長廊上的攝影社社團布告欄，看起來竟然像一幀幀風格特殊的藝術相片。

終於還是出現了呀，擺明並不想置我於死地，更像一種警告。

到底是誰貼上去的呢？

「這學期攝影社的作品好勁爆啊！」

「唉唷，妳們不懂啦，這是藝術，我覺得很有日本攝影大師荒木經惟的風格。」

「欸，妳們看，這張背景看起來好像是那間很有名的夜店，之前還鬧過新聞，說有女生在那裡差點被強暴……」圍觀的一位女生發出驚呼。

「眞的假的？好可怕……」

「咦？妳居然看得出來是那間夜店？」左邊的女生推了右邊的女生一下，朝她擠眉弄眼，「難不成妳去過？」

「哪有，我也只是在雜誌上看過照片。」右邊的女生嘻嘻哈哈推回去，一群女孩笑鬧著離開。

「這些不是我們社團拍的啦，」長廊的另一頭，攝影社的同學氣喘吁吁跑來，解釋著：「不知道誰貼上去的，應該是有人惡作劇……」

她們七手八腳的拆下這些照片，撕成碎片丟到一旁的紙類回收桶。

我看了一眼，然後面無表情的離開。

我並不在意別人看到這些照片是何種反應，就算看到了也絕對認不出來是我。

除非，那人當天也在場。

放學的時候，我站在校門口等展妍學姊。

人群潮湧而出，我瞥見展妍學姊和林苡茜正聊著什麼，遠遠走來。

「學姊。」我輕喊出聲。

展妍學姊美麗漆黑的眼睛望向我，停了幾秒後，便不著痕跡的移開視線，面無表情的與我擦肩而過。

林苡茜則是回過頭看了我一眼，嘴邊含著一縷得意洋洋的微笑。

恍然間，想起學姊筆記本裡那個怵目驚心的紅色英文字，還有這些日子以來學姊對我疏離又淡漠的態度，似乎有些明白，先前的癥結出在哪裡。

我苦澀的抿住唇，展妍學姊也相信這些流言了？

走出校門，天空像是滴進了深黑色的墨汁那般暈染開來，濃雲低沉的覆蓋在建築物上方，讓人有種快要塌陷下來的錯覺。

站在公車站牌下，平時十五分鐘會來一班的公車，今天不知怎麼的，等了將近半小時還沒來。

我深吸一口氣，聞到空氣裡潮溼的水氣，應該要下雨的，天空卻彷彿等待著什麼，遲遲不肯落下成雨。

手機鈴聲在我裙子口袋裡響起，我接起，聽到李海澄帶著笑意的聲音。

「在等公車嗎？」

「嗯。」我幾乎是反射性的問：「你怎麼知道？」

「我剛好路過啊。」李海澄說。

「路過？少來。」

「真的，我剛剛經過時看到妳在等公車。勸妳別等了，現在有人在示威抗議，前面道路正在實施交通管制，妳等一百年也不會有公車經過。」

「不會吧，又來了。」已經累得全身虛脫了，一想到去坐捷運還要走很遠就無敵不爽。

「等我一下。」他在電話裡說。

「要幹麼？」

「我回去載妳啊。」

「不用了。」我很乾脆的回絕，「難保不會又像上次那樣！」

「上次哪樣？」他無辜的反問。

「跟在九份那時一樣啊，說要我等一下，結果害我等了八十五分鐘又三十二秒！」

「連幾分幾秒都記得那麼清楚？太可怕了妳。」

「我的記憶力一向很好。」

「是嗎？那妳記得五月天唱過的所有歌嗎？」李海澄突然問。

「那當然。」沈子茉可是五月天的活動歌詞本。

「是嗎？全部都記得？哈哈，我才不相信！」

「不相信的話你考我啊！」我掩飾不住嘴角上揚。

「好啊。」他挑釁，「不准走音、不准忘詞，還要一字不漏喔。」

「沒問題。」

「那『時光機』專輯裡的歌都來過一遍吧。」他的聲音含著滿滿笑意，「別想糊弄我，我現在正在聽mp3，就先來這首〈恆星的恆心〉。」

臭小子，居然還點歌。

我裝腔作勢咳了一下，小聲的唱了一句開頭。

「大聲點，我聽不見。」

「你耳背啊！」我罵他，索性拿著手機當麥克風，唱：「你和我，看星星，那夜空，多神祕，天很黑，風很急，你把我抱得很緊……」

公車站牌下，一個穿制服的高中女生對著手機喃喃唱歌，那畫面詭異得讓路人經過時莫不朝我投來好幾瞥。

當我唱到「你要離開的黎明，我的眼淚在眼睛，下定決心，我決定，用恆星的恆心，等你，等你」，突然一陣風掃過，感覺頭頂被巴了一下，我迅速抬起頭，看到李海澄騎了一台嶄新的紅色自行車出現在我面前。

「好厲害，我現在相信了，」他笑得無害，「唱得不錯啊！沈子茉。」

可惡，又被耍了，真想掐死我自己。

「既然你都來了，那順便載我去捷運站吧。」我替自己找台階下。

「剛剛我說要載妳，是妳自己說不要的。」臭小子仗著自己有交通工具，得意洋洋的開始擺譜，「求我啊，求我就考慮載妳。」

「算了，我自己走過去坐捷運就好了。」我說。

李海澄伸出長腿擋住我的去路，指著天空，說：「妳確定要走去捷運站嗎？好像快下雨了。」

「其實求人沒那麼困難，」他說：「說『拜託』就好，我就載妳。」

我順著他的手勢抬頭看看烏雲密布的天空，看看街那頭遙遠的捷運站，再看看李海澄略顯得意的臉。

「不說，我要走了喔。」他蹬起一隻腳。

「拜託，載我。」我心不甘情不願的說。

「上車吧。」

我側坐在自行車後座，試著伸出手臂想環住他的腰，咬著唇猶豫了一會兒，最後決定一手輕抓著前座椅墊，一手抱著沉重的書包，維持很淑女、很矜持的姿勢，但坐得很不舒服。

「沈子茉。」

「嗯？」

李海澄回過頭，一臉壞笑，「妳是我載過最重的女生。」

「廢話眞多欸！」我氣得打他一下，「走了啦！」

「抓緊了唷！」他叮嚀。

「喔。」我漫不經心的應一聲。

今天的李海澄沒有穿制服，他穿著一件白色無袖汗衫，外面罩著一件蘇格蘭紋襯衫，只象徵性的扣上幾顆扣子，騎車的時候，身上的襯衫被風吹起來，露出肌肉稜線分明的腰身，襯衫衣角不斷翻飛蹭著我的手背，有點癢。

一個閃神，看見瞬間被拋在身後的捷運站，我猛然驚醒，「停停！捷運站過頭了啦！」

「怎麼沒早點叫我停下來？」他一腳點地，停在路邊，回過頭瞟了我一眼，「妳剛剛在發什麼呆呀，沈子茉？」

我剛剛在發什麼呆？

「而且，妳好像臉紅了耶！」他似乎有點故意地問：「妳剛剛在想些什麼？爲什麼臉這麼紅？」

我是在想，你是不是還載過別的女生？

「我在想……你到底載過哪些女生啊？」我嘟著嘴，惱羞成怒地說：「我明明沒有很胖，爲什麼說我是你載過最重的女生？」

「聽起來，妳好像是在介意我載過別的女生？」他取笑我，「吃醋了嗎？」

「哪有？」我哼一聲，「你不知道女生最在意體重嗎？」

「眞愛計較欸，女生。」李海澄頓了頓，拖著長音說：「妳是我第一個載的，當然是我載過最重的女生。等我載過別的女生，有了比較之後，再來幫妳平反啊！」

你敢？這兩個字差點脫口而出，我只是氣弱的動了動嘴，終究沒把這句話說出口——你敢載別的女生試試？

搞什麼呀，弄得好像國中小情侶那樣打情罵俏，都高中了還這麼幼稚。

而且我跟他又不是情侶……

「隨便你愛怎麼說。」最後，我羞窘地說。

突然一個路面顚簸，我往前傾，臉頰直接撲上他的後背，下意識摟緊他的腰，感覺手心底下他瘦卻結實的腹部肌肉似乎一緊。

不知道說什麼好。

李海澄的腰好細啊。這對男生而言算是誇獎嗎？

好尷尬，我想縮回手，卻不知道為什麼只能讓手指動了動。

前方傳來李海澄悶著不自然的笑聲，「想抱就抱緊一點，我又不會說妳性騷擾，別光在那邊摸摸蹭蹭的，我反而會覺得癢。」

咳，被發現了？

我的手縮回來也不是，只好繼續擺在他的腰腹上，嘴裡掩飾性的說：「欸，李海澄，你可以騎快點嗎？」

風聲呼呼刮過，我的短髮被吹亂成一把稻草，卻莫名感到暢快，彷彿所有的不快樂在這張揚的速度裡得到全然釋放。

「快點，再快點。」我催促他。

「沈子茉是瘋子！」他說。

「唷呼！」我開心的大笑起來。

閉上眼睛，把臉頰偷偷靠在他微微汗溼的背脊，我唱起歌：

我好想好想飛　逃離這個瘋狂世界　那麼多苦　那麼多累　那麼多莫名的淚水……

如果眞的能夠逃離這個瘋狂世界就好了。

他輕聲附和，清朗的聲線，在空氣中與我的歌聲細微的共鳴著。

我好想好想飛　逃離這個瘋狂的世界

如果是你　發現了我　也別將我挽回

〈瘋狂世界〉，詞曲：阿信

李海澄載著我騎得飛快，我不自覺緊緊抱著他，紅色自行車穿越橫亙在城市裡的道路，像攜帶氧氣的血紅素穿過粗細不一的血管，朝著心臟的方向奔流而去。

「如果錯過捷運站的話，載我到台北車站那兒坐公車也可以……」我盤算著回家路線。

「直接去我家吧。」李海澄打斷我的話。

你家？咦？咦？不會太快嗎？

「為什麼要去你家？」我在自行車後座上不停扭動，突然有種誤上「賊車」的感覺，「李海澄，你想幹麼？你有什麼企圖？」

「我哪有什麼企圖？沈子茉，妳有被害妄想症啊？」

「誰叫你紀錄不良。」我戳戳他背脊。

「上次拍攝的工作還沒全部完成，現在要來我家繼續。」他提醒得很自然，「別忘了妳是我的攝影助理。」

「喔，那還剩哪些工作啊？」

「後製處理啊，妳該不會以為幫我裝裝底片就算完了吧？」

「喔，可是這麼晚了，去一個男生家……」我抿著唇，沒說下去。畢竟是女孩子嘛！總會有些顧慮。

絕對不能說，那短暫幾秒時間，沈子茉腦袋裡的小劇場不太純潔。

察覺我的猶豫，李海澄回過頭對我一笑，小虎牙讓他的表情顯得天眞無邪。

「妳放心，我不是自己一個人住，我有女朋友，我跟她說過今天可能會帶妳回去。」

「你有女朋友？」

「對啊，」他笑起來，聲音含著寵溺，「她呀，是大醋桶一個，還好我先跟她報備了，不然看見我突然帶女生回去，應該會很生氣。」

「喔。」我的聲音突然僵硬起來，「你女朋友……應該長得很可愛吧？」

「對啊，而且她很黏我，」他有些得意，「如果沒有我，她大概就活不下去了。」

彷彿打開話匣子般，李海澄開始訴說他們倆是如何相遇、分離而後戲劇性的重逢，還有他跟女友日常相處的點點滴滴，他說她生氣時總愛張牙舞爪的咬他、打雷的時候她躲在他懷裡瑟瑟發抖、爲了買她愛喝的某牌子鮮奶找了好幾條街的便利商店……說他如何極盡所能的寵愛她。

我心不在焉聽著，隱隱有種說不出的失落。

李海澄有女朋友？居然還住一起？

我的心就像一塊海綿，剛剛還渾身浸在幸福的泡泡水裡，現在卻沉重的摔在地上變成一灘爛泥。

紅色自行車經過漸漸熟悉的街區，停在一棟大樓前，李海澄把自行車鎖在路邊，經過警衛室時還有禮貌的跟警衛伯伯打招呼，然後帶我去坐電梯。

「我住六樓。」他說，極其自然牽住我的手。

我甩開李海澄的手，不知道在跟誰生悶氣，盯著電梯頂端不斷向上攀爬的樓層數字，始終沒有看他一眼。

門一推開，還沒看到李海澄口中的同居女友，就先見到黑暗中兩簇金黃色的亮光從某處竄出，我忍不住「啊」了一聲，後退幾步，差點被門邊的鞋櫃絆倒。

李海澄一手扶住我的手臂，一手開了燈，燈光乍亮，一隻小白貓正在他腳邊蹭。

「見見我的女朋友，」他很鄭重的介紹：「來，就是她——小喵小姐。」

李海澄的女朋友……是一隻貓？

白癡！

我在心裡暗罵，不知道是在罵他，還是在罵自己剛才那近乎吃醋的心情。

聽到自己的名字，小白貓弓起背喵喵叫了幾聲，金色眼珠示威般一瞬也不瞬的瞪著我，彷彿是在警告我這個不速之客。

「可愛的小喵小姐，妳好！」我噗哧一聲笑出來，「小喵是我們在九份迷路時，那隻帶我們找到路的小白貓嗎？」

「嗯。我後來又去九份補拍一些照片，沒想到又遇上小喵，牠一直黏著我不肯走，我想這就是命中註定的緣分吧，就把她帶回來養了。」

「你眞的很相信『緣分』耶。」我抿唇忍住笑，「宿命論者。」

「沒錯，我是宿命論的信徒，例如張愛玲這句『等待雨，是傘一生的宿命』，沒有下雨，傘就不會綻放，我這一生就是爲了等待著你這場雨。」他流露出得意的語氣。

「什麼亂七八糟啊？」我不以爲然，「說不定它是支陽傘等待陽光呢！」

「哇，沈子茉別亂改人家的語錄，浪漫氣氛都被妳破壞掉了。」

抱歉喔，沈子茉就是一點都不討喜的女孩。

「我看你根本無可救藥。不過算了，我差點以爲……」越說越心虛，聲音漸漸低得連自己也聽不見。

「以爲什麼？」他湊近一點，唇邊很快抿出了笑容。

我白了他一眼，不想理他。

「妳還以爲我眞的交了女朋友？」李海澄笑得不懷好意，「小小失落了一下，是嗎？」

「哪有。」我又不是你的誰……沒把這句話說出口，因爲聽起來實在有暗示的嫌疑。

「小喵，沒想到又見面了。」我彎低身子，伸出手試著表示友善，沒想到小白貓突然張口咬了我一口，然後迅速逃到沙發底下。

「我就說她很愛吃醋吧。」貓主人發出一聲輕笑，似乎一點愧疚也沒有。

「很痛欸。」我甩著手，嘶嘶吸氣。

「我看看。」李海澄拉起我的手，湊近眼前看，雖然沒有流血，但指尖已經出現一個針刺般的咬痕。

「你家有ＯＫ繃嗎？」

「沒有。」他說完，居然把我受傷的指頭含進嘴裡，吸吮了一下。

我呆呆的站著，手指在他的嘴裡無意識的蜷曲著，纏著他溫熱的舌頭，好像全身浸泡在開水裡。

「這樣就不會痛了吧？我被小喵咬的時候，也常常這樣自己吸一下就不會痛了。」他放開我的手，若無其事的說。

可是，你這次吸的是我的手指頭啊。

雖然……不會痛了，但那處被他吮過的皮膚卻灼熱得彷彿連骨頭都快燃燒起來。

冷靜，沈子茉。

這沒什麼，就當作被貓咪咬了一口後又被小狗舔一下，跟小貓小狗認眞妳就輸了……我不斷做心理建設。

爲了轉移注意力，我的視線在房間內轉來轉去。

一房一廳的格局，進門處用鞋櫃隔開權充玄關，客廳兼餐廳兼廚房，電視櫃、冰箱靠牆而立，沙發後面是一套中島型廚具及流理台，兩扇拉門打開是臥室和浴室，落地窗外有個小陽台。

「沈子茉，妳來看這裡……」他抱著小喵打開落地窗，指指對角線一扇窗戶，「有沒有覺得很熟悉？」

「那是我的房間。」我走到陽台驚訝地發現，「離得好近，連我房間的擺設都看得一清二楚。」

「喂，李海澄，你該不會每天偷看我換衣服吧？」我板起臉。

「什麼偷看？我可是正人君子。」他很快瞟了我一眼，轉過身去，從冰箱拿出一大瓶礦泉水灌了幾口，咕嚕咕嚕混著細細碎碎的話語，卻飄進我的耳朵，「一點看頭都沒有，我才沒興趣……」

一點看頭都沒有？

「那意思就是你看過了？」

我隨手抄起一個抱枕，砸向他的後腦杓，彷彿預知般，他頭一偏輕巧閃開，懷中的小白貓跳到地上，呲牙裂嘴對我喵嗚喵嗚叫。

陽台上種了一株茉莉花，淡淡的香氣隨著晚風流進房內。

「茉莉花？」我深深吸了一口氣，總算知道每天清晨聞到的茉莉花香是從哪兒飄過來的了。

「嗯，我爸種的，他去世之後我就移來這裡了。」李海澄輕描淡寫的解釋。

李海澄的房間不大，布置得很簡潔，最引人注目的是一面牆上掛滿了照片，最特別的是那些照片不是用相框框起來，而是用小木夾夾起，一張張用細繩懸掛，密密麻麻鋪滿整面牆，像學校美術教室的作品牆那樣。

相片的主角有人物也有風景，有老夫婦散步的背影、有小孩子無憂無慮的笑臉、有籃球場上男孩縱身一躍的剎那、有相視而笑的新郎新娘、有牽手過馬路的小姊弟，還有女孩隨風飛揚的裙襬、老雜貨店的商品架、交錯縱橫的鐵軌、遊樂園裡緩緩轉動的摩天輪、手中快融化掉的霜淇淋、河堤邊隨風搖曳的蘆葦、鏽跡斑斑的牆角、玻璃彈珠折射出的光線……這些人物及景色通過不同程度的曝光，帶著模糊暗角，彷彿把生活裡各種小小幸福通通收攏在這一方方小小相片紙上。

一張一張瀏覽著照片，不自覺微笑起來，我問：「這麼多照片都是你拍的嗎？」

「嗯。」李海澄嘴角漾起笑容，「攝影是我的興趣。」

最後，我的目光停留在一張相片上，相片裡的女孩穿著白色洋裝，背景看不清是海洋還是天空的湛藍色，女孩半瞇著眼迎光佇立，潔白無瑕像個天使，但只有我知道，當時她的心裡必定住了一隻魔鬼。

因爲，那張照片裡的女孩就是我。

「好厲害呀，你拍這些相片都是無師自通嗎？」

「一半一半吧。我爸是攝影師，有時會教我一些技巧，不過他大部分的時間都跟著攝影團隊東奔西跑，我一個人在家無聊的時候，就開始拿他的相機玩，久了拍出興趣也拍出一些心得，就開始自己上網找資料，還學會怎麼沖洗照片。」

「沖洗相片？」我驚奇道：「在這裡？怎麼可能？」

「對啊，在浴室。」他莞爾，「雖然有點克難，不過那裡可是我的專屬小暗房。」

吃完晚飯，簡單收拾下，李海澄就拉著我進浴室。

他拿出四個標上號碼的方形塑膠托盤放在洗手台上，又從櫃子裡拿出幾瓶藥水。

「這是顯影劑、停影劑及定影液。」他依次將藥劑倒入三個托盤。

「那最後一個呢？」

「清水。」他將標號四的托盤放在水龍頭下。

關上日光燈，李海澄打開一盞紅色小燈。

我眨眨眼，適應了黑暗後，看見他臉部的輪廓在黑暗中有條暗紅色的光影。

「首先是放相，」他操作一台看起來像顯微鏡的儀器，「這是放相用的擴大機，將底片的影像放大在相紙上，然後把相紙放進顯影劑的托盤，輕輕搖晃幾下。」

「眞的有影像出現了。」我興奮地抓著他的手，「好像變魔術喔！」

「嗯，看到影像慢慢的浮現出來後，撈起來放進停影劑的托盤，停影劑是一種可以停止繼續顯影的藥劑，因爲如果顯影的時間過長，可能會導致最後呈現出來的影像過暗。」

「那怎麼知道什麼時候要停止顯影？」

「經驗。」頗富玄機的兩個字，可惜不是人人能理解。

「什麼經驗？一定是有訣竅的，快點教我！」我用夾子戳戳泡在化學藥劑裡的相片紙，像戳著泡在福馬林裡的屍體，開始大言不慚起來：「別瞧不起我，我可是智商一百八的天才少女，想當年我還是……」

李海澄奪走我手中的夾子，「別再戳了，相片紙都快被妳戳爛了。」

「那你快點教我怎麼看顯影的時間嘛。」

「不教！」

「爲什麼？」

「妳的智商用在這裡太可惜了。」他說，「待會兒我會交給妳一個『極富挑戰性』的任務。」

這還差不多，我滿意的掀了掀嘴角，裝出一副虛心向學的樣子，「好吧，那停止顯影了之後呢？」

「再來放進定影液裡固定影像，將影像停止在最終狀態。」他邊解說邊示範，「最後放到水龍頭底下將相紙上的藥劑沖洗乾淨，像這樣，然後輕輕的甩一甩，晾乾之後就是一張照片了。」

「值得紀念的第一張相片，乾了之後送給妳。」他拈起一張相片紙，掛在細繩上。

教學結束後，身爲攝影助理的我得到一個他口中所謂「極富挑戰性」的任務——負責用清水把相紙上的殘餘藥劑沖洗乾淨。

「小心一點，瀝乾的時候不要把水甩出托盤外。」他一臉鄭重的叮嚀，「夠有挑戰性了吧？」

狹窄的浴室裡，李海澄就站在我身旁，異常專心的工作著，黑暗中看不清他五官輪廓，但他舉手投足間每一個細微動作、若有似無的觸碰都引起我一陣輕顫。

剛剛還有說有笑，現在沒了話語聲，讓我莫名手足無措起來。

「欸，李海澄。」終於擠出一個話題，我喊他。

「嗯？」

對上一雙清澈的雙眸，我說：「你拍了那麼多張相片，有沒有拍過靈異相片？」

「什麼靈異照片？」

「就是像日本節目討論的那種啊，一群人一起拍照，然後莫名其妙多出一顆頭顱或多出一隻腳。」

「有啊。」很篤定的語氣。

「眞的？哪一張？」

「沈子茉站在海邊那一張。」

「眞的假的？」我嚇出一身冷汗。

「眞的。」他正色道，「現在那隻鬼還纏著妳不放呢。」

「嗯？你……你看得見……」我用力呑了呑口水，「那種東西？」

「嗯，」他壓低聲音，「偷偷跟妳說一個祕密，我小時候生過一場大病，病好之後就看得到了。」

「……」

「妳不覺得有什麼東西在妳身後掐著妳的脖子？」

感覺短髮露出的頸後，有隻溼淋淋手輕輕撫過，我幾乎快要尖叫。

「還是一隻全身被海水泡爛的水鬼，只有手沒有腳，五官皺成一團，耳朵都快掉下來了，」他繪聲繪影的描述，「妳沒聽到他一直在說話嗎？」

「說什麼？」儘管已經全身起雞皮疙瘩，我還是強裝鎮定。

「他在說，」李海澄拉長尾音，俯身附在我耳邊細聲細氣的說：「沈～子～茉～妳～眞～好～騙～」

「喂！李海澄，你很沒品耶！」我氣得撈起水龍頭的水噴他。

我們的工作終於告一個段落。

洗好的相片懸掛在細繩上搖搖晃晃，像一張張等待凝固成永恆的風景，晾在時光裡慢慢風乾。

「現在呢？」我仰著頭，用手指撥撥相片，相片縫隙中看見李海澄的身影，黑暗中影影綽綽不是那麼清楚。

「李海澄，可以開燈了嗎？」我問。

「還不行。」他似乎驚慌了一下。

「還有什麼步驟沒完成嗎？」我覺得奇怪，這傢伙從剛才就背對著我蜷縮在角落，發出窸窸窣窣的聲音不知道在幹麼。

「有。」他說，「現在還不能開燈。」

「為什麼？你不說我要開燈嘍！」我故意逗他，惡作劇的把手指按在電燈的開關上。

感覺李海澄回過身，浴室空間狹小，他才前進幾步就把我逼退到門邊。

他的手掌包覆住我放在電燈開關上的手，輕輕挪開了位置，黑暗中，他的呼吸溼潤急促，輕輕騷擾著我的臉頰。

「不准開燈。」他低啞著聲音說，「沈子茉，我要做一件事，開燈之後我怕我就沒勇氣了。」

好像……有什麼事即將發生了。

周圍的空氣彷彿瞬間停滯，幾乎聞不到新鮮空氣，鼻腔裡充滿男孩清爽的氣息。

我咬著唇，低下頭，聽到自己的心跳聲震耳欲聾。

「你想幹什麼？」奇、奇怪欸，又不是第一次接吻，我在緊張什麼啊！

「妳剛剛噴得我一身溼，我現在在換衣服。」他的聲音傳來，帶著戲謔的笑意，「一開燈，我不就被妳看光光了。」

「痞了！」我推開他，奪門而出。

幾天後，我去找李海澄，沒有預警也沒有事先通知他，當我從房間窗戶看見光線從他的陽台透出來時，我就拎著一盒蛋塔，飛奔到他住的地方大力敲門。

「上次洗的相片乾了吧？」我伸手，「給我幾張，快點。」

「沈子茉，妳搶劫嗎？」他一愣，還是拿出一疊攤開在茶几上。

我翻開相片紙的背面，果然是同一家相片紙廠牌名稱。

「我們學校布告欄上的相片是你拿去貼的嗎？」我問。

「妳怎麼猜到的？」他沒有否認。

我指指相片紙背面斜斜印著的廠牌名稱，「沖印店說，這個牌子的相片紙在市面上很難見到，除非是自己沖洗相片的高手才會從國外訂。」

「沈子茉果然比我想像中的聰明。」李海澄笑著豎起大拇指。

「爲什麼要這麼做？」

「我想妳一定很煩惱這些照片，與其讓妳天天擔心相片何時出現、以何種形式出現，我乾脆反其道而行，用這種直接公開的方式，以後就算有人見到了，也會以爲是某種特殊風格的攝影照。」他說：「而且妳也看到了，裡面人物那麼模糊，根本看不出來是妳。」

「重點是，你是怎麼收集到那些照片的？那些人都是阿遙的朋友，不好惹。」

「夜店有監視器，再加上那些人都是店裡的常客。」他拍拍我的肩，「妳放心，我都處理好了，有我罩妳，他們以後絕對不敢找妳麻煩。」

感覺淚意凝結在眼眶，我只好撥撥額前瀏海，遮擋住開始泛紅的眼睛。

其實我那天就看到了，李海澄手臂上深深淺淺的瘀青，還有白色汗衫遮掩不住的渾身傷痕，雖然他隻字未提，但憑那些大大小小的傷痕，就知道那個「處理」過程是如何凶險。

「爲什麼要幫我？」

「我想讓妳欠我人情。」他笑，露出潔白的小虎牙，天眞得像個孩子。

「謝謝。」我望著他，誠懇的說。

「妳要怎麼謝我？」他挑挑眉，口氣十足像個痞子。

「送你，」我把蛋塔遞給他，一口氣念完廣告詞：「肯德基期間限定芒果卡士達蛋塔讓你盡情享受夏季滋味！」

「就這個？」他撇撇嘴，口氣很不以爲然，打開盒子的瞬間，芒果香氣混合著起司香味撲鼻而來。

他手往牛仔褲上抹一抹，就從盒子拿了一個，送進嘴裡大口嚼，「嗯，沒想到肯德基的蛋塔……」

李海澄沒把話說完，因爲我已經吻住他的唇。

沈子茉從來不曾這樣勇敢，微微踮起腳尖，在男孩的唇邊飛快咬了一下，速度如此之快，連我自己都無法確定，嘴裡嘗到那種酸酸甜甜的味道，是來自男孩唇邊不小心遺留下來的芒果蛋塔餡，還是來自心底蘊釀已久的甜蜜滋味。

停滯了十秒，他有始有終的接了這句：「蛋塔，還……還滿好吃的。」

「這幾張可以送我嗎？」我舉起手中的相片，在他眼前晃一晃。

「妳、妳、喜歡的話……就通通拿去。」一句話李海澄說得結結巴巴，他微微側過臉，露出逐漸染紅的耳朵。

噢，原來痞子男也是會害羞的啊，眞可愛。

又吃又拿，沈子茉，妳眞的太過分了！

拿了相片，我蹦蹦跳跳的回家。

隔天，我在網路上看到一個國際攝影比賽，首獎獎品是一套價值不菲的攝影器材。想起李海澄相機鏡頭後那雙清澈的眼眸，拍到滿意照片時露出的慧黠微笑，只要手裡拿著相機，他就神采奕奕，好像沒有什麼可以畏懼。

想爲他做點什麼事，看見他開心的笑容，我就會跟著快樂。

於是我出門買了黑色裱紙，小心翼翼貼上那天從他手中搶來的相片，替他填了報名表。

「喂，李海澄，」我得意洋洋的打電話告訴他這件事，「你打算怎麼謝我？」

「還不知道有沒有得獎，現在就討賞會不會太早了點？」他思索了一會兒，「每天去妳學校接妳回家，直到這學期結束。」

「成交。」隔天，把比賽資料寄出去的時候，我心裡充滿著期待。

「李海澄，萬一你成名了，我要當你的經紀人。」

「經紀人？」對方一滯，過幾秒後才說：「妳知道經紀人要做什麼工作嗎？」

「當然，我可是家學淵源，我媽就是……」我黯然，沒說出口的是：如果媽還在世，她也會欣賞小海的攝影作品吧。

學期快結束前，我又多了兩條八卦，成爲同學茶餘飯後的聊天話題。

一是下任儀隊隊長的熱門人選變成林苡茜，沈子茉「似乎」提早出局了。

二是沈子茉被建中男友甩了之後，很快就交新男朋友了，新對象「似乎」是一個職校的男生。

毋須辯駁，因爲這兩條八卦「似乎」都是眞的。

幸好沈子茉最大的優點就是擁有一顆會念書的腦袋，臨時抱佛腳居然將各科期末總成績平均維持在九十分以上，那些老師、教官及同學們儘管對我嗤之以鼻，卻也拿我沒輒。

優秀成績是我維持高傲自尊的本錢，也是十六歲的沈子茉對抗世界遊戲規則的籌碼。

李海澄實現了他的諾言，每天來接我放學。

每天，人行道蓊鬱樹蔭下，李海澄騎著他的紅色自行車等我。

只要一出校門就可以看到他的身影，單腳支地的姿勢，上半身籠罩樹影中，腿顯得修長。他從來不穿制服，總是披上一件淡藍色襯衫，挽起袖子，敞開衣襟，露出裡面的白色T恤，搭著水洗藍的牛仔褲，隨興慵懶得像夏日午後的天空。

這段短短的回家路程竟然成爲我一天中最期待的小小幸福。

從來沒有人告訴我，愛上一個永遠得不到的人，就像愛上一片遙不可及的天空那樣。

坐在他的自行車後座，靠得那麼近，有一搭沒一搭的聊天拌嘴，風吹起他的襯衫，輕輕蹭在我的臉頰上，喜歡聽他回過頭笑著說：「沈子茉，抓緊了。」這時我就可以毫不顧忌的抱緊他的腰，把臉埋進他的淡藍色襯衫裡，好像也能擁有那片天空。

這天，李海澄沒來接我，他事先發了簡訊說他臨時有事。

「爲什麼不能來接我？」手指按在回覆的按鍵上，總覺得這句話很有曖昧的嫌疑，好像在暗示對方，自己有多麼期待每天見到他，幾乎等於是變相的告白。

好吧，或許是我想太多了，但是沈子茉就是這樣愛把彆扭當矜持。於是，慎重思考後，變成口是心非的這句：「知道了！不能來就算了，反正沒差。」

等公車，轉搭捷運，花了比平常多了一小時的時間，回到家時，天色已經完全暗下來，巷子裡的路燈前一陣子就壞了，到現在還沒修好，我就著手機螢幕微弱的光線爬上樓，摸索好一陣才打開房門，隨手按下電燈開關。

天花板上的日光燈管閃都沒閃，眼前仍是一片黑暗。

我呆立了一會兒，才意識到房東號稱「節能、省電、反應快、開關即亮，保證使用三萬小時以上」的LED日光燈管，不會剛好就在今天壽終正寢了吧？

千辛萬苦從大賣場帶回新的燈管，再度摸黑回到房間，我把電腦桌搬到日光燈下方，目測了一下高度，又往桌面加了個小凳子，顫顫巍巍爬上去，忙得滿頭大汗，好不容易裝上新燈管，正凝神準備迎接一片光亮時，手機鈴聲響了。

「嘿，沈子茉同學，」房東太太依舊精神抖擻，「忘了跟妳說，剛剛我們這棟樓保險箱跳電，不知道是哪裡燒壞了啦！」

「是喔？」我無力的垮肩，「那有叫人來修嗎？」

「師傅說晚點才會來啦，反正只是沒電而已，有水有網路，妳就忍耐一下，房東太太還可以借妳手電筒喔。」

只是沒電而已？沒電有水有網路有屁用啊！

眼睛餘光瞄到窗戶外斜對角的房間亮著燈，我對房東太太說：「手電筒不用了，我先去我朋友家待一段時間，師傅晚點來沒關係，反正修好了再打我手機就好。」

掛掉電話，簡單收拾幾件物品，我朝光明世界飛奔而去。

燈亮著，表示李海澄已經回到家了。

按了按門鈴，李海澄沒有出來應門，似乎不在家。

會不會是早上出門忘記關燈了？還是回家後又臨時外出，說不定一會兒就回來了。

忍不住撥手機給他，響了好久才被他接起。

「李海澄，你在哪裡？」

「外面。」他簡短說了這兩個字。

隱隱約約聽到手機裡頭傳來救護車的嗚笛聲，我覺得奇怪，問：「你在醫院嗎？我好像有聽到救護車的聲音……」

「沒有，我剛出捷運站，剛好附近有救護車經過。」他的聲音帶著喘息，好像跑了很遠的路。

「你在跑步嗎？怎麼聲音聽起來很喘？」

「我等一下就回去了。」沒有回答我的問題，他略顯急促地說：「沈子茉，我先掛電話了。」

我蹲坐李海澄的家門口，把頭埋進手臂裡，感覺隔著門板，小喵正用細細的爪子扒門，一聲聲尖銳的聲音彷彿撓過我的心臟。

不知道等了多久，恍恍惚惚中，短髮露出的頸項沁上一片冰涼，我驚呼一聲，猛地坐直，正對上李海澄的帶笑雙眸。

他手裡舉著一支芒果冰棒，塑膠紙上結著冰霜，不斷冒出白色的冷氣。

「哪裡來的蹺家少女？」他半側著頭，笑著問，「我家什麼時候變成收容所啦？」

「我家跳電了，房東說水電師傅晚一點才會來修，你可以收留我幾個小時嗎？」我拎著包包站起來，一副賴著不肯走的模樣。

「看起來不像只待幾個小時，」他瞟了一眼我的大包包，說：「欸，沈子茉，我要先檢查一下有沒有藏危險物品。」

他叼著冰棒，伸手接過我的包包，拉開一條縫檢查，包包裡面裝著滿滿的零食、泡麵、漫畫，還有一台筆電。

「沈子茉，妳是打算來我這裡露營嗎？」

「我怕無聊。」

「女中學生也看這個？」他從包包裡翻出幾本《海賊王》跟《流星花園》。

「你管我啊。」我從他手裡搶回包包。

「進來吧。」他開了門，我開心的跟在他身後。

「熱死了，流了一堆汗，我先去洗澡。」李海澄說完，丟給我幾片ＤＶＤ，就披著毛巾鑽進浴室。

我捧著筆電，盤腿坐在沙發上。

大概有了上次的相處經驗，小喵這次對我很友善，牠挨在我身邊縮成一團白色毛球，我邊看著影片，邊撫著牠圓潤溫暖的背脊，聽到小動物滿足的發出呼嚕呼嚕聲，催眠似的，我的身體不由自主放鬆，眼皮也越來越沉重。

感覺臉上有水珠滴落，我瞇起眼，眼縫中看到李海澄微微俯身站在我面前。

他洗完澡換上一件乾淨的白色T恤，衣服貼著他微微溼潤的身體，勾勒出隱隱約約起伏的肌肉線條，渾身散發牛奶肥皂香氣，幾顆水珠還掛在他的髮梢，垂垂欲滴。

「欸，竟睡著了？影片有這麼無聊嗎？」他探過身，歪著頭看向筆電螢幕，「妳在看哪一部？」

「《藍色大門》。」

秀色可餐吶！這男孩。我悄悄吞下口水，趕緊把視線盯在螢幕上。

「看到哪兒了？」他一手撐在我身後的沙發，整個身體幾乎懸空在筆電上方，我一呼吸，鼻腔裡就盈滿男孩洗完澡後的清爽氣息。

「孟克柔問：『喂，你到底想幹麼？』小士說：『我就是想追妳啊。』孟克柔說：『我很麻煩的。』小士說：『我也很麻煩啊。』這段。」

爲了保護我脆弱的鼻血管，我決定打發他去弄些吃的，「喂，李海澄，我好餓，你可不可以幫我煮泡麵？」

「我從來不吃泡麵，很沒營養。」李海澄打開超市袋子，歪著頭思索了一會兒，「我今天剛好買了一些食材，我們煮東西來吃好了。」

「需要我幫你嗎？」

「不用。」他從冰箱拿出些食材，問：「沈子茉，妳喜歡吃什麼？」

「我喜歡吃豆腐……」臉紅了紅，我在說什麼啊。

沈子茉妳眞是夠了！這句話擺在心裡就好，居然就這樣衝出口，妳腦袋裝豆腐啊。

好在李海澄天眞無邪沒有注意，他抓抓耳後根，有點愧疚地說：「豆腐喔，可是我沒有豆腐。我今天買了培根，來做白醬培根義大利麵怎樣？」

「是子茉最喜歡的白醬培根義大利麵。」

彷彿聽到媽的聲音在我耳裡響起，我愣了好一會兒，才吶吶地說：「其實，我不太喜歡義大利麵裡的黑橄欖……」

「那不要放就好啦。」他從超市袋子裡拿出培根、花椰菜跟義大利麵。

李海澄站在流理台前，動作嫻熟的切菜、下麵、調醬，沒多久，熱騰騰的義大利麵裹著白色奶醬，綴上幾朵綠色花椰菜，就這樣秀色可餐躺在潔白的瓷盤上。

「開動了。」

他脫下圍裙隨手搭在流理台上，把飯菜端到沙發前的茶几，小喵蹭著他腳邊喵喵叫，他又旋身從櫃子裡拿出貓糧，倒進小喵的貓碗裡。

「嘖嘖，這小妞兒長得不賴，而且還會煮麵，出得了廳堂，入得了廚房。」看著他忙碌的背影，蹺腳坐在沙發上的沈大爺忍不住要起流氓口吻，調戲他。

咻咻一聲，飛來一把叉子暗器，我雙手合十穩穩接住。

「閉嘴，吃妳的麵吧。」他瞪我一眼。

「才說幾句小妞兒就害羞了，」我又嘖了一聲，拿著叉子捲起麵送進嘴裡，「嗯，本大爺蓋章保證，李海澄眞賢慧，嫁了絕對不後悔。」

「是沈子茉要嫁嗎？」他揚起眉，眼裡閃爍著微光。

「嫁給你？」我哼，「想得美，等下輩子吧。」

「唉，居然還要等下輩子……」李海澄唉聲嘆氣一陣，隔著茶几，眼神專注的盯著我，看得我渾身發毛。

過了好一會兒，他才說：「那眞委屈妳了，下輩子才能嫁掉了。」

「什麼下輩子才能嫁掉？我……」原本還氣鼓鼓，突然意識到他話裡的意思，氣勢突然減弱一半，「我又沒有要你娶我……」

「是嗎？」李海澄抱著胳膊，微微側頭，瞇起一隻眼打量著我，「妳該不會是故意的吧？」

「故意什麼？」我裝傻，低頭扒了幾口麵。

「故意說家裡跳電，然後跑來要我收留妳一晚……」李海澄嘿嘿笑著，「好在我坐懷不亂。」

「你敢碰我？你皮癢了吧！」我掐著他的胳臂，「虧我相信你是正人君子！」

他笑著躲開我的魔爪，嘴裡討饒：「好吧，好吧，我是正人君子，絕對不會辜負妳的信任的。」

吃完飯，我們窩在沙發上繼續看沒看完的《藍色大門》，邊吃冰淇淋。

電腦螢幕裡，男孩騎著腳踏車漸行漸遠，花襯衫在風中翻飛，女孩的旁白此時響起：

「於是我似乎看到多年以後，你站在一扇藍色的大門前，下午三點的陽光，你仍有幾顆青春痘，你笑著，我跑向你問你好不好，你點點頭。三年五年以後，甚至更久更久以後，我們會變成什麼樣的大人呢？」

十七歲的小士回答：

「總會留下一些什麼吧，留下什麼，我們就變成什麼樣的大人。」

「欸，李海澄，」看到這一幕，我有些感傷地問：「你覺得，我長大以後會變成什麼樣的大人呢？」

「不知道。」李海澄出神看著影片，螢幕忽明忽暗的光描出他側臉的輪廓，過了一會兒，他才用略帶點孩子氣的神情轉過頭看我，「我想，妳應該會是一個很好的女人吧。」

「很好的女人？」這樣簡單的答案反而讓我一愣。

爸爸希望我長大之後能當醫師，媽希望我將來出國留學，女中師長們期望我五育兼備、無所不能，從來沒有人直接了當地說：「沈子茉，妳會變成一個很好的女人。」

但是，怎樣才算一個很好的女人？

除了會做菜，十六歲的沈子茉想像不出其他的。

「可是，好女人應該要會做菜吧？我又不會做菜，你還比我厲害。」想起國中家政課，家政老師尖叫著要我離鍋子遠一點，我撐著下巴，不禁小小沮喪了一下。「你是什麼時候學會做菜的？」

他似乎認真的想了想，說：「八歲的時候吧。當時爸工作忙，幾乎每天不在家，要是自己不學會弄點吃的，大概早就餓死了。」

「那你媽媽呢？」我問。

李海澄一怔，沉默了很久，氣氛瞬間凝結下來。

「媽媽？我沒有媽媽。」他眼中閃過一絲黯然，「或許應該說，對她而言，我根本就不應該存在。我是不被期待也不被祝福的意外，她曾經試著殺掉我，在我還在她肚子裡的時候，沒想到我又頑強的活了下來……」

爲什麼會對李海澄感到依賴？並非出於單純同情，或許是因爲同病相憐的身世吧，而是只有自己了解那種被拋棄的感覺。

「你從哪兒聽說這麼可怕的事？」沒找到合適的安慰詞，我只能說：「別聽別人亂講。」

「諷刺的是，親口告訴我這些的就是我母親。」他說。

「在我八歲的時候，爸和媽就離婚了，後來我再也不曾見過她，爸去世後的一個月，不知道哪裡來的勇氣，我翻出家裡所有的記事簿、名片、筆記本……所有我能找到的任何電話資料，按照上面的電話一個一個打過去問，如果接電話的人是男生，我就問：『我是李海澄，請問你認識我媽媽嗎？』，如果對方是女生，我就問：『我是李海澄，請問妳是我媽媽嗎？』，這樣一個一個的問，想也知道，大多數人直接就掛掉電話，還有人罵我死小孩、瘋子……很蠢對不對？」說起這段往事，他嘴唇上揚的弧度始終沒有改變，「但是，這是當時我唯一能做的方式。」

我看著他弧線分明的側臉，睫毛彷彿沾染了水氣，不住顫動著。

「那後來你找到她的電話了嗎？」我問。

「嗯，找到了。有人給我妳媽媽的電話，我先找到了妳媽媽，然後她再給了我媽媽的電話，」他淡淡地說：「但是我媽說，她已經有了另一個幸福美滿的家庭，還拜託我不要去打擾她。」

先找到我媽媽？

「你爸認識我媽？」有些驚訝，我倒吸一口氣，繞口令似的問：「所以，你媽媽也認識我媽？」

「嗯。」

「那你早就見過我媽嘍？」各種想法在我的腦海裡吵雜起來，我托著下巴撐在膝蓋上，忽然覺得腦袋變得很沉重。

「見過，她是個好女人。」他閉上眼睛，「我爸去世之後，好長的一段日子都是秀理阿姨在照顧我，不像我媽，根本從頭到尾都沒出現過……」

原來，我們的父母彼此都認識。

李海澄早就見過媽媽？但我卻從來沒聽媽提起過他？

他又爲什麼會在媽死後闖進我的人生裡？是巧合？還是……

隱隱有種感覺，好像糾結纏繞的毛線找到了線頭，無數疑問在心裡橫衝直撞想要找到一個宣洩的出口，壓抑下內心的激動，我問：「你媽媽就這樣丟下你，你會恨她嗎？」

「恨？我不知道該不該恨她，」他隱隱嘆息，睜開了眼，「那時，她說生下我是一個『錯誤』。」

「錯誤嗎？」有道極微弱的聲音在腦海裡翻騰起來，良久，我才聽見自己有些哽住的聲音：「我記得我媽也曾說過這樣的話，在我六歲生日那年……我一直在猜，媽媽其實另外有喜歡的男人，不知道什麼原因而分開，然後又發現懷了我而不得已跟爸爸結婚。」

莫名其妙想起媽留下來的那張照片，我極力控制自己的情緒，說：「我永遠也忘不了她說過的那些話，她說她後悔了，早知道打掉了，不應該生下這孩子、不應該跟爸結婚……」

「三個月前，她因爲車禍去世了，這個耳環就是我媽媽留給我的遺物。」我輕輕觸著左耳垂上的翅膀耳環，儘管耳洞已經穿了好幾個月，觸碰時還是免不了一陣痲痲刺刺的痛，像一根細絲抽在心上。「你一定不知道我有多壞，是我害死我媽媽的！」

「媽，我跟妳講過很多次了，我討厭義大利麵裡加黑橄欖！那味道眞的很噁心！」

其實，當時我還說了：

「妳跟爸從來就沒有眞正關心過我！我討厭當妳女兒！」

「媽出車禍當時，我正在跟她講電話，明明知道她在開車，我還對她說了很過分的話，害她分心！」我抱著膝，微微闔上眼，「只要一閉上眼，彷彿就可以聽到那天的撞擊聲，是我害死她的！」我把臉埋進膝蓋裡，懊悔的淚水墜落下來，浸溼膝蓋周圍的裙子布，染出一圈深色水暈。

「不是妳的錯。」他的手掌覆上我的肩頭，帶著安撫人心的溫暖，「子茉，不是妳的錯。」

是我的錯！媽媽臨終前聽到女兒說的最後一句話，居然是：我討厭當妳女兒！

我永遠無法原諒我自己！

我無聲的搖頭，不想讓李海澄聽到我帶著嗚咽說話的聲音，這樣又會把自己的脆弱暴露在他面前。

「當時，我有去秀理阿姨的喪禮。」停了一會兒，李海澄續道：「但是，沒有見到妳……」

「我跑掉了，去穿耳洞想戴上這個翅膀耳環。李海澄，對不起，我當時咄咄逼人地詢問你……」我胡亂抹掉淚痕，抬起頭，「看到你戴著跟我一樣的耳環，我很驚訝，相信你也跟我一樣驚訝，才會一直追問你。你的耳環到底是怎麼來的？我實在很好奇，一直想要找機會問你……」

我望向李海澄，他的眼睛裡積聚了太多洶湧的漩渦，像有無數祕密將要宣洩，那眼神令我瑟縮，卻又有些說不清的期待。

如果，所有疑問都能找到答案就好了。

沒有立刻回答我，李海澄摘下他的耳環，放在手心裡把玩，金屬銀光沿著翅膀邊緣流動，銳利得像要劃開什麼。

「其實，我早就發現了一件『有趣』的事。」他緩緩說。

「什麼有趣的事？」

「我發現爸其實一直有個深愛的女人，」他漆黑的眼睛看了我一眼，說：「那個女人或許是我媽媽離開的原因。」

李海澄的爸爸有一個深愛卻無法得到的女人。

說不清的感覺席捲了全身，到底在惶恐些什麼，我也分辨不出來，一句話就脫口而出：「那個女人是誰？」

李海澄站起身，從臥室內拿出一本老舊的日記簿，放在我面前的茶几上。

「這個翅膀耳環就是跟著這本筆記本找到的。」他說：「整理我爸的遺物時，無意中發現的。」

與其說是日記簿，倒不如說是某個男人寫給某個戀人的手札。

妳把手伸給我的時候似乎臉紅了一下，不知道是因爲夕陽還是因爲害羞。

我哼起歌，牽著妳走得很慢，彷彿一眨眼，夢境就會走完……

相識二十餘年，已把兩人之間的關聯拉得太長、太稀薄，再也禁不起任何碰撞。

我不願再幻想。

等待與幻想，都令人疲憊不堪，我不願妳像我那樣……

青春裡的熱鬧、感傷，終將逝去。

而我的願望始終平淡無奇，若能與妳一起，任何事都覺欣喜……

我一頁一頁翻看，一點一滴去拼湊、去猜測那男人筆下的「妳」的模樣。

「很動人，看起來像是青梅竹馬的愛情故事，」我聲音輕顫，「後來，他們沒有在一起嗎？」

「沒有。」他嘆息，從日記本的夾層裡拿出一張泛黃照片，「沈子茉，妳跟你媽媽長得很像。」

那是比三人合照更早之前的照片，照片裡的女孩剪了短髮，十五、十六歲的模樣，倚著欄杆單純而羞澀的微笑著，白色制服讓她看起來像一朵潔白的茉莉花。

女孩眼睛直視鏡頭，瞳孔閃著燦然的光，那表情是一個女孩初次綻放愛情最美的模樣。

好長一段時間，我不發一言，沉浸在這張照片帶來的氛圍裡，心中不斷盤旋著一個疑問：爲什麼這對戀人到最後沒有在一起？

想起親戚間那些耳語流言，心情十分複雜，如果媽媽跟李海澄的爸爸都還活著，不知道結局會如何？

「妳知道那天我爲什麼會衝去妳學校說要跟妳私奔嗎？」李海澄終於打破沉默。

「不知道。」

「這是我偶然間發現的，」他翻開其中某一頁，指著上面的日期，「就是這天。」

喜歡是寬容的，愛卻是自私的。

我想自私一次。

我們一起逃吧。

「十六年前他們早就約定好要一起走了，機票也買好了，但是妳媽媽沒出現。」他翻過隔頁，滑過幾行似乎被水浸透的文字，「我很好奇原因。」

妳終究沒來。

妳的選擇向來是對的，我佩服妳的聰明。

我總覺得無法放手的愛情不是愛情，而是一種無法擺脫的責任。

當故事無法延續，於是，我選擇轉身離去。

李海澄走到書櫃前，抽出一本書，書頁嘩啦啦一翻，兩張被揉皺的機票從書頁間隙飄落到地板上，他拾起來遞給我，儘管機票上打印的字體有些磨損，仍然可以模糊的讀出上面某些資訊。

這兩張機票，時間是十六年前的那天，目的地是再也看不清楚、只有當事人才知道的遠方某處，一張旅客欄填上的是媽媽的英文名，另外一張機票上的旅客，就是李海澄的爸爸。

「妳知道柏鈞爲什麼不肯救江秀理？」

「那是因爲江秀理打算拋家棄女，跟別的男人私奔，被沈柏鈞抓到了……」

「沈子茉，我們私奔吧！」

「沈子茉指到的地方，就是我們要去的地方。」

原來是這樣！

「在海邊時，你說我們不是第一次見面，你早就已經認出我了嗎？」

「嗯，明知道這是不好的行爲，但實在按捺不住好奇心，我承認很早之前就曾經偷偷跟蹤過妳，眞的很抱歉，如果妳感到困擾討厭我，我也無話可說。」

「看來，我眞是高估了你的人品。」我佯裝生氣地白了他一眼。

「我保證對妳沒有任何不良企圖，我只是想弄清楚一些事而已。」

「那麼，後來你闖入學校找我，也是因爲……」

「嗯。」

竟然是這樣！根本沒有所謂的巧合，他帶著我私奔，原來也只是爲了實現十六年前的那天，他爸爸跟我媽媽約定好的諾言。

「所以，你是因爲這樣才說想認識我的嗎？」忽然有點想笑，卻悶悶的堵在喉嚨裡。

「嗯，我想妳或許會知道答案。」他說。

「我想，我知道媽爲什麼沒有出現了，」說不出的難過，我模糊的嘆息一聲，「她當時已經跟我爸在一起了。」

當時一定是極其複雜曖昧的四角戀，至少遠超過我們目前所能理解的。

想起小時候媽媽的那些眼淚、想起她跟爸有名無實的婚姻生活、想起她偶爾對我流露出的厭煩冷淡，我有些遲了太久的領悟，「難怪她說她後悔了，她一定很希望當時能跟你爸爸走吧。」

「這樣想好像很不應該，但是我很高興當年我們的爸媽沒有私奔成功，」李海澄沉默了一會兒，然後輕輕笑道：「不然我們就只能當兄妹了。」

「當兄妹……」我一愣，有片刻的幻想閃過腦海，「能夠一起生活一起長大，不好嗎？」

一起牽手上學，一起放學，一起吃飯，一起生活，一起長大，如果是兄妹，誰也不會離開誰……

想著想著，我以為我只是想著，最後這句話還是問出口了：「如果是兄妹，誰也不會離開誰，這樣不好嗎？」

「不好。」他說，沒有絲毫猶豫。

「為什麼？」

「就算不是兄妹，我也不會離開妳。」他說，雙眸深黑得望不到底，「如果有一天，我不得不離開妳，那也一定是為了妳。」

我們並肩坐著，李海澄一手撐在柔軟的地毯上，指尖輕輕觸碰到我的，風吹開窗簾，清新淡雅的茉莉花香氣一縷縷從陽台飄進來，隱隱流動在這小小的房間內，美好得讓人屏息。

當年那對戀人沒能得到的幸福，我們可以得到嗎？

「李海澄。」

「嗯？」

「我記得你跟我說過你名字的由來……」我一個字一個字念著他的名字：「『海』、

『澄』。」

「嗯，」他微微一笑，「爸說是媽媽取的，說我出生的地方有一片很漂亮的海。」

「我覺得，你媽媽之所以拋棄你，或許是因爲她想成全你爸爸跟我媽媽之間的愛情，才會跟你說那些話。她其實很愛你。」

「妳怎麼知道？」李海澄似乎不相信。

「『海澄』，像海一樣剔透清澄，這個名字就包含了她對妳的愛……」我說，「就像我的名字一樣，『子茉』是茉莉花的意思，我媽說她最喜歡的花就是茉莉花。如果她眞的不愛你，才不會幫你取這麼好聽的名字。」

「或許是吧，不然妳覺得她會取什麼名字給我？」

「出生的地方有一片海……」我摸著下巴，沉思了一會兒，噗哧笑出來，「海生？海龜？李海龜？」

「我正想誇妳挺會安慰人的，」李海澄斜睨我一眼，「早知道沈子茉這傢伙說不出什麼好聽話。」

「那你想聽什麼好聽話？」我拿起湯匙敲敲冰淇淋杯緣，不懷好意的問。

「我想聽沈子茉說……」他嘴巴動了動，幾近無聲。

「你說什麼？我沒聽清楚。」

「我只說一遍，沒聽見是妳的事。」他挖走一匙冰淇淋，故做輕鬆地說，「換妳說了，我要聽好聽話。」

「李海澄你這個怪咖、烏龜、痞子、大笨蛋，還好當年我媽媽沒有跟你爸爸私奔成功，還好你當不成我哥哥……」我微笑著，越說越小聲，到後面只用著唇形，「我很開心，還有就是……我、喜、歡、你。」

這算告白嗎？

他似乎一愣，不知道有沒有聽見，但是我看見他的臉慢慢染紅。

「好了，我也說完了。」我幾乎要把臉埋進冰淇淋桶內，掩飾自己發燙的臉頰，「吃冰吃冰，冰淇淋都快融化了。」

吃了幾口冰，讓腦袋冷卻下來，又有些不甘心，扯扯他的衣角，問：「你剛剛到底說了什麼啊？」

「跟妳說的一樣。」嘴裡含著冰，他有些模糊的說。

這次換我一愣，拿著冰淇淋的湯匙停在半空中。

「如果，」心怦怦跳著，跌跌撞撞堵在喉嚨口，冰淇淋融化在湯匙裡，我才想到要塞進嘴裡，「如果我說……我們說得不一樣呢？」

「那就是有人說謊。」他淡淡一笑。

「我說，我討厭你。」我嘴硬的別過頭。

他輕輕拂去覆蓋在我臉頰旁的一縷髮絲，壓低了聲音：「妳說謊！」

來不及反應，李海澄的唇便已經覆上我的，我本能的闔上眼，向後微傾靠在沙發上，他探過身來，一手托著我頸後，不容許我躲避。

他的鼻尖輕輕蹭過我的臉頰，冰涼的雙唇一下子炙熱起來。男孩的唇那樣柔軟，滾燙的在我唇上反覆揉壓，酸甜綿密的感覺沁入心扉，像夏天的芒果牛奶冰沙，香氣馥郁，夾雜著牛奶的溫醇，在唇齒間慢慢融化。

細細抿著這份甜美，滿是芬芳氣息。

「子茉，妳覺得我以後長大會變成什麼樣的大人？」他嘆息一聲，額頭抵住我的額頭。

「我覺得，你長大之後也會變成一個很好的男人。」止不住從心裡滿溢出來的笑，低下頭，有些害羞，我很輕很輕很輕地說：「變成只屬於沈子茉的男人。」

似乎，屬於我們的幸福美好即將啓程。

似乎。

第六章　飛鳥

夕陽不知道即將是一場告別，帶著微笑離去。

這天周末，儀隊排練得十分順利，教練喊著可以提早結束，受到女孩們的熱烈歡呼。

「結束之後應該沒別的事了吧？」我悄聲問離我最近的同學。

「應該沒有吧。等等，我問問看。」得到林苡茜的回覆，她說：「再排練一次就可以回家了。」

太好了，我發訊息給李海澄，讓他三十分鐘後來女中找我。

最後一次排練結束後，我換下儀隊制服，穿上T恤牛仔褲，整理了一下略顯凌亂的短髮，離開時差點被雜物絆倒，環顧雜亂的休息區，儀隊帽、肩繩、禮槍橫七豎八堆在地板上，大家卻視若無睹。

我無奈嘆氣，默默將所有配件都收拾整齊，擺放回置物櫃，拿起包包準備離開時，被人喊了一聲。

「沈子茉，妳要走了？」林苡茜喊住我。

「妳不是說結束就可以離開了？」

「我的意思是，沒事的話當然可以離開。」

我耐住怒意，「有事？」

「我們要討論儀隊競賽的事，妳是下屆儀隊隊長候選人，應該留下來討論吧？」

「爲什麼現在才說？我已經約人了。」我面露不悅。

「臨時才決定的，我也沒辦法。」說著，林苡茜轉頭尋求聲援：「展妍學姊，子茉說她有約會。」

「本來就是教練臨時提出的，儀隊競賽每年都辦，有前例可循，我看也沒什麼好討論的，又是一個無效會議罷了。」展妍學姊擺了擺手，「讓她去吧。」

「眞不公平，爲什麼我們要留下開會？」幹部學姊紛紛抱怨，「我也想去約會啊！」

「不好意思，我也和人約好了，能先離開嗎？」

「喂，都當幹部了，有點集體榮譽感好嗎？」品靜學姊表面斥責她們，實際暗諷我，「既然不想合群，就別怪到時候被人排擠。」

「集體榮譽感？」我冷冷道，「參加儀隊的目的不就是爲了大學推甄時加分嗎？大家心知肚明，扯什麼集體榮譽感，又不是小學生。」

「沈子茉妳以爲自己有多了不起……」品靜學姊漲紅了臉，指著我一頓痛罵，眾人你一言我一語幫腔，彷彿誰都能踩幾腳，將我踏進泥地裡，永不得翻身。

「子茉沒那麼糟糕啦，幾乎每次練習完畢都是她留下來整理置物間。」

「雖然子茉常翹課，但一次都沒缺席過儀隊練習。」

「有次我不小心弄壞表演槍，還是她幫我修好的。」

偶爾冒出的善意泡泡很快被戳滅。

「那麼愛乾淨去加入環保隊就好啦，別來儀隊。」

「笑死，『沒缺席』什麼時候變優點了？」

「弄壞裝備，填維修單報修就好，又不會挨罵，怕什麼？」

極度克制下，我將更加傷人的話語吞進肚子裡，關閉語言能力的同時，彷彿也一併關閉了聽力，每個人都抽象成一張張開闔的嘴，我冷冷看著直想發笑。

漂亮話誰不會說？我只是實話實說而已，如果妳們眞的在乎集體榮譽感，就不會在全校朝會或班級活動時拿個人練習當逃避藉口，躲在休息室聊天嬉鬧；不會亂丟表演裝備；不會隨便在社交軟體上發照片炫耀，更不會在夜店時對我袖手旁觀！

說的就是妳呀，在夜店玩得最凶的就是品靜學姊，先把髒水往我身上潑，再把自己塑造成乖乖牌好學生的模樣。

我之所以沒揭穿，不是爲了妳，是爲了展妍學姊。

「大家別吵了。」展妍學姊按按太陽穴，「有事的先走，沒事的留下討論，之後再發會議紀錄，大家照做不要有異議就是了。」

「學姊，妳好像很不舒服，要不要也早點回家休息？」我拉住她的手，卻被指尖的冰涼嚇一跳。

「沒關係，妳快走吧。」她冷淡地抽回手，招呼幹部們集合開會。

隱隱察覺展妍學姊的反常，如果當時我再細心一點、再多花一點心思，一定能爲她做些什麼。

然而我並沒有，遲疑片刻後，朝外走去。

我站在校門口，看著李海澄穿過斑馬線跑向自己，深吸一口氣，嘴唇勉強扯出一個向上弧度。

當他氣喘吁吁站在我面前，我勉強擠出微笑。

「李海澄，喘成這樣，你體力堪憂啊。」

氣息恢復平穩後，他歉然地笑了笑，「抱歉遲到了，妳等很久了吧？」

「沒事，反正我也耽擱了一下。」

「幹麼一副厭世臉？打敗仗了嗎？」

「咦？被你發現了，我以爲我隱藏得很好。」

「發生什麼事？說來聽聽？」

面對他關心的眼神，我無奈地聳聳肩，「就一堆亂七八糟的事，不過沒關係，我自己能搞定。」

「又再逞強了。」

「我本來就很強了。」我嚴肅地提出抗議，「我可是宇宙無敵美少女沈子茉。」

「唔，看起來實在沒啥說服力。」

「哼，我可是努力堅持下來了……」我氣悶地轉移話題：「你今天沒騎自行車？」

「要去逛街的話，搭公車或捷運比較方便吧？」他問：「妳想去哪裡？」

我想了好一會兒，回：「隨便。」

「沒有叫『隨便』的地方啦。」

「那去西門町好了，吃飯、看電影，再逛街！」

「喂，這根本就是約會行程吧？」

「想得美。」我擺出高高在上的姿態，「你要先追我，我們交往了才能約會。」

「我追不上妳。」他輕描淡寫說了這句，「不如我們一起走吧。」

我們並肩前行，夕陽斜斜照下來，拉長的身影像牽住了彼此的手。

出了捷運站，商店街上是琳瑯滿目的小吃店、餐廳、服飾店，聞到陣陣食物香氣，所有不快彷彿一掃而空。

「好餓啊。」肚子應景咕嚕一聲。

「美少女，請問妳想吃什麼？」他攔截我將要出口的話語，搶先說：「算了，我帶妳去吃『隨便』吧。」

「欸？眞的叫『隨便』！」看見店名，我忍俊不禁。「隨便」是一家義式餐廳，店面不大，開放式廚房讓空間更加舒服，裝潢也很隨興，一面牆上貼滿來自世界各地的明信片，其中一張蓋著「Land's End」郵戳的明信片讓我駐足。

「我一直以爲天涯海角是個形容詞，沒想到眞有這個地方！」

「有個古老傳說，破曉時分當你站在懸崖上，回頭第一眼見到的人，會是你思念很久的人。」李海澄輕聲念出明信片上的文字，語氣彌漫莫名悲傷。

擔心這位宿命論者又發表感傷言論，我趕緊推著他坐到餐桌前。

「白醬培根義大利麵，還有玉米濃湯。」我點完餐，又補充一句：「請不要加黑橄欖，謝謝。」

用餐時，我忍不住向他述說儀隊的情況，一股腦兒傾倒在他身上，也不管男生是否理解，抱怨完畢，心裡沒那麼發堵了，但還是有點喪氣。

「還是，我乾脆退出儀隊算了？」不是徵詢意見，只是想從男生身上得到些許安慰。一邊說自己能搞定，一邊又抱怨賣慘，沈子茉妳蠻綠茶的。我在內心唾棄自己。

李海澄瞬間看穿，「妳不會。」

「為什麼？」

「妳想退出早就退出了，既然選擇留下，一定有非常想得到的東西。」

沒錯，其實我內心渴望得到同學的認可，更想成為爸媽的驕傲，還有一個非留下的理由，就是我不能讓展妍學姊失望！

「自己選的路，跪著也要走完。」我自嘲道，「沒想到作繭自縛的是我自己。」

「辛苦了，為了達成心願，請繼續努力堅持下去。」他恢復玩世不恭的模樣，「撐不下去隨時找我，我願意借出我的胸膛讓妳哭泣。」

「噁，好油膩，你從哪兒學到這種偶像劇台詞？」我抗議道：「再次聲明，我不是愛哭鬼！」

「我以為女孩子聽了都會很感動。」李海澄的臉上有稍縱即逝的促狹表情，「難道剛剛妳不希望我安慰妳？」

「不需要，你留著去安慰別的女孩吧。」為了甩開莫名其妙的醋意，我指著街邊一台拍貼機說：「李海澄，你拍過大頭貼嗎？」

「沒有。」

「那我們去拍吧。」

「咦？」

男生不懂少女之於拍貼機，就像小熊維尼之於蜂蜜一樣，我興奮地拉著他跑過去。躲進幕布裡，他依然在問：「怎麼拍？拍了有什麼用處？」

「可以向同學炫耀自己有個很帥的男友啊。」我脫口而出。

「咦？」更加驚訝的表情，「我嗎？」

「開玩笑的，同學朋友之間也可以拍來留念。」我吐吐舌頭，自己都感到不好意思，用感應筆迅速選了六連拍的模式。

「準備好了沒？」

「要準備什麼？」

「六種拍照姿勢。」看他僵硬的姿勢，我恨鐵不成鋼，「算了，你待著不動就好。」按下開始按鈕，「啰嚓」一聲，畫面開始倒數，我擺出自認為最上相的角度，三、二、一，畫面形成了定格。

「啊，太過分了，妳幹麼偷親我！」

被我偷襲臉頰，落下各種生動鮮活的表情，吃驚、氣惱、高興、害羞，導致原本六連拍只剩第一張和最後一張稍微正常一點。

「我為什麼沒有？錢還是我出的耶。」李海澄不滿地嚷。

「下次再說吧。」我敷衍他，將大頭貼照片收進包包夾層裡，這麼珍貴的表情連拍當然要慎重保留下來。

回家後，我拿出裝著媽媽遺物的小黑盒，拿出那張三人合照和大頭貼照片仔細端詳，原來李海澄是那人的孩子，難怪眉眼之間我總覺得似曾相識。

照片裡，李海澄的爸爸俯在媽耳邊，彷彿訴說著祕密的姿勢，說的到底是什麼呢？

好像某種心電感應，腦袋突然靈光一閃，我拆開媽留下來的那支手機，取出裡面的SIM卡，裝進我的手機裡，再度開機，屏息，熟悉的開機音樂再度響起，媽的SIM卡沒壞！

或許，或許，裡面會有什麼我遺漏的！

手機螢幕發出微弱的藍光，幾秒後隨即熄滅下去，我伸手按亮，搜尋SIM卡上僅存的資料，終於找到一封媽發給爸的語音訊息，上面的時間點是媽發生車禍後沒多久。

我將手機貼近耳殼，貼得很緊，媽的聲音很微弱、很破碎，但我還是勉強拼湊出一句：

「柏鈞我愛你，也愛子茉……請你救他／她……」

哪個他？還是她？

媽想救誰？

手機沉默不語，我怔怔看著螢幕上的一片死寂，如墜迷霧般更加迷茫不懂，卻模模糊糊感覺到，很多事好像冥冥之中就註定好了。

只是，再也得不到眞實的答案。

到最後才讓人恍然大悟，原來童話裡太過美好的一切，都是爲了結局做準備。

❦

昨夜彷彿下了一場大雨，經過一夜大雨的洗禮，樹下凌亂的落滿了樹葉，人行道上積滿一小窪一小窪的積水，映著被雨水洗得透亮的藍色天空，折射出明晃晃的反光。

期末考完，走出校門，還沒看見李海澄，就先見到爸站在校門口。

很想轉身就跑，但我還是不由自主走到他面前，低喚了聲：「爸。」

「今天下午我到妳們學校附近的台大醫院開會，會議結束後，發現剛好是妳們放學的時間，我也不急著回醫院，」爸解釋著，聲音帶點彆扭的冷淡，「子茉，跟爸去吃個飯。」

「想吃什麼？」爸難得徵詢我的意見，卻在我「麥當勞」三個字還沒來得及說出口，立即接著說：「日本料理好了，我知道這附近有一家不錯。」

「嗯，隨便。」我不置可否，上了爸的車。

「快放暑假了吧？」

「嗯。」

「暑假有安排活動嗎？」

「還在計畫。」

我以為爸會開口質問我之前逃學的事，結果沒有。我想著，如果爸問我學校生活如何、問我儀隊練習如何，這時候我就可以跟他訴苦，其實我被同學排擠，抱怨校長不顧儀隊死活只愛拍照；我還想著，如果爸問我搬出來一個人住得習不習慣，我就願意拉下臉跟他和好，跟他撒嬌說要搬回去……

但是沒有，一切都只是沈子茉腦袋裡的自問自答。

有人說女兒是爸爸上輩子的情人。

說得沒錯，我跟我爸上輩子一定是「情人」，平時「相敬如冰」，吵架時「相敬如兵」的那種。

這頓飯吃得很快，還剩一道炙壽司、一碗茶碗蒸跟紅豆和子還沒上桌，爸就接到醫院緊急召回的電話。

其實一直以來都是這樣的，我已經習慣了，甚至連抱怨都沒有就乖乖鑽上車，繫上安全帶的時候突然想到，李海澄那傢伙不會還在校門口等我吧？

「對不起，今天我爸突然來找我，你不用等我了。」我趕緊發了一封簡訊給他。

「沒關係！」短短三個字還加了一個哭喪臉符號，透露出男孩的委屈。

「乖，下次補償你。」

「妳要怎麼補償我？」幾乎可以想像他笑出小虎牙的笑容。

我想了想，寫完又刪，刪完又寫，幾分鐘過後才按出一句話：「暑假過後的新學期，繼續讓你載我回家！」

「凸。」他很快回了這個字，我抿著唇拚命忍住笑。

「還有，我答應了。」

「答應什麼？」

答應當你女朋友啊，「笨蛋，自己想。」

爸說要先送我回租屋處，擔心爸察覺出什麼，我「啪」一聲闔上手機，手撐著車窗邊，假裝若無其事的看向窗外。

「我有些同事的兒女高中時期就送往國外念書，成就都不錯，」爸說話的速度很慢，彷彿在試探著什麼，「如果妳願意，有幾家學校我已經打聽好了……」

「我的成績一向維持在水準之上，」生魚片黏膩的口感還卡在喉嚨，我用力嚥了嚥口水，「在台灣念書我覺得很好，我一點也不想出國！」

「是嗎？妳母親也一直希望妳能出國念書，我記得她曾跟妳討論過，當時妳還挺期待的。」爸斜斜瞥了我一眼，話語犀利問：「是真的不想去？還是有別的原因？」

「你這樣說是什麼意思？」我的防衛心陡然升高。

「子茉，爸覺得妳將來是個有前途的孩子，我對妳的期望很高，不希望有任何事情妨礙到妳……」當我聽懂爸話中的含意，跳出來的第一念頭居然是：爸口中那個「妨礙」是李海澄嗎？

他怎麼會知道？

「你放心，我會好好規劃我的未來，絕對不會讓你丟臉。」我故作平靜，千萬不能讓爸看出端倪，「爸，停在前面路口就好，我要下車了。」

爸沉默著，車裡氣氛很僵，一如往常，超過三句對話就要開始吵架，最後爸嘆息一聲，把話題結束在這句：「妳這個月的生活費我匯進去了。」

我淡淡「喔」了一聲，表示知道。

春天似乎倏忽之間就消逝了，連點痕跡也沒有留下，聽見樹梢間的蟬鳴一聲高過一聲，我才恍然驚覺，夏天已經來到。

終於來到無可避免的這天，儀隊要選出下屆儀隊隊長及總隊長。

「如同之前我提議，下屆儀隊總隊長就選沈子茉，如果沒異議的話，這幾天我就開始來辦理交接。」展妍學姊站在隊伍前方宣布。

「等一下，我們有意見！」林苡茜跟旗隊隊長高品靜學姊交頭接耳一陣。

接著，品靜學姊舉手發言：「儀隊雖然大家習慣稱爲『儀隊』，其實是由樂隊、儀隊、旗隊所組成，我覺得總隊長的人選應該要審慎評估，如果能讓熟悉這三隊的人擔任似乎比較合適。」

人群中發出嗡嗡的討論聲，此起彼落的流言蜚語開始細碎響起。

「妳現在翻盤是什麼意思?這不是之前就說好的嗎？」

「誰不知道展妍學姊跟沈子茉私交很好！」

「妳的意思是？」

「我也覺得林苡茜比沈子茉適合，」有人刻意壓低聲音，「不像沈子茉那麼多爭議。」

「儀隊可是學校的門面，讓負面傳言那麼多的沈子茉擔任總隊長，以後要怎麼讓學妹們信服？」

「雖然傳統上由學姊們挑選，但這次，我建議把學妹們的意見也考慮進去，畢竟選出來的人是即將帶領她們一年的人。」

「不管用什麼方式，這件事今天一定要做出決定!既然大家意見這麼多，那只好來投票表決吧！」展妍學姊舉起一隻手示意眾人安靜，有條不紊的進行工作分配，「現在請儀隊總務向班聯會借投票箱，小隊長們來製作選票……」

「借投票箱跟製作選票太麻煩了，既然今天一定要做出決定，」品靜學姊指著操場上的白線，「那我們乾脆就以這條線爲界，選苡茜的站到我這邊來，選子茉的站到她那邊去！」

「這種投票過程太草率了！」展妍學姊臉色霎時刷白，「學校不會接受的！」

「學校不會有意見的，都說社團自主了！再說了，這種表決方式，全體儀隊隊員都可以參與跟監督，哪裡算草率？」品靜學姊勾了勾嘴角，「還是，展妍妳在擔心什麼？」

眼見兩位學姊已經吵起來，我走到白線的一邊，牙一咬，說：「好，我接受品靜學姊的提議。」

「我也接受。我相信以女中學生該有的氣度，大家都能憑著良心選出眞正爲儀隊好的人，而不會因爲這次選輸了就在事後鬧些小動作。」林苡茜若有似無的瞟我一眼，「對吧？沈子茉。」

品靜學姊率領旗隊隊員站到林苡茜那邊，跟著是樂隊小隊長跟樂隊隊員，再來是儀隊隊員……我看向幾個平時跟我還不錯的同學，她們看到人群紛紛往白線的一端移動，莫不跟著移動。

「唉，我也很爲難。子茉，妳不會怪我吧？」

「我原本想支持妳，可是大家都選林苡茜，選妳的話就好像跟大家作對。」

「子茉，對不起，我也只能少數服從多數。」

沒多久，赤裸裸分成兩邊，輸贏已經很明顯，林苡茜身邊圍著滿滿的人，跟她相對，我只剩自己一人孤軍奮戰。

展妍學姊站在白線中間，雙手環胸，冷冷拋下一句：「大家決定就好，我無話可說。」

還能說什麼呢？

不要走！拜託大家支持我，我會證明自己不輸林苡茜！

這句話我是不可能說出口的！

接受品靜學姊的提議，不是爲了我自己，而是爲了展妍學姊，我不想讓展妍學姊爲難。

雖然這早已是我預料中的結局。

我緊緊咬著下唇，始終低垂著頭，眼睛盯著操場上的白線，雖然已經有心理準備了，但這樣的羞辱幾乎快要擊垮我高傲的自尊，我簡直不敢看展妍學姊失望的臉色，還有其他儀隊隊員嘲笑的眼光。

林苡茜被眾人圍繞，驕傲得像隻孔雀，揚著聲喊：「沈子茉，妳不恭喜我？」

好像被林苡茜狠狠搧了一個耳光，我臉頰一片熱辣辣的紅。

「恭喜。」不知道從哪裡擠出這兩個字，說完，我快步離開。

中午休息時間，我站在走廊盡頭等林苡茜，天氣很熱，我把手揣在口袋裡，手心汗水還在不停流淌著。

「爲什麼？」炎熱的天氣使我失去耐心，一見到林苡茜，我直接開口質問，「妳爲什麼要這樣對我？妳到底想怎樣？」

「不想怎樣，」她嘴角噙著淡淡嘲笑，「只是想提醒妳，眾叛親離的滋味不好受吧？」

「妳是什麼意思?」我緊緊捏著裙角，彷彿全身的力氣都集中在那幾根手指上。

「就是字面上的意思。」她說。

「假冒我名義，用黑函攻擊校長那件事，也是妳做的吧?」

「沒錯。」她居然爽快承認，「怎樣?不想讓人知道的網誌被發現了，還被製成黑函到處散發，那種百口莫辯的感覺很狼狽吧!」

「妳忌妒我!」我說，努力平穩語氣。

「我沒有忌妒妳。」

「林苡茜，我到底哪裡得罪妳了?讓妳這樣處處針對我!」

「妳別裝傻，沈子茉，我就不信妳不知道。」林苡茜一直彎唇笑著，凝固的，連弧度都沒有改變，「國中的時候，妳剛轉來我們學校，大家都不想理妳，就只有我願意對妳好，但妳對我又做了什麼呢?」

「我做了什麼?」我喃喃問。

這一刻，我多麼希望自己突然失憶，什麼也想不起來。

林苡茜說話的聲音很輕，臉上甚至還帶著微笑，外表看起來就像好友般在跟我說說笑笑，不知情的人會以為我們是好朋友吧?

沒錯，我們是形影不離的好朋友，曾經是。

「形影不離」這四個字現在聽起來多諷刺。

國三那年，是最難熬的一年，因為爸工作的關係，我們全家從南部搬到台北，我也理所當然轉學到新學校。

剛進入新環境的我，除了課本之外，誰都不看一眼，不是因為驕傲，而是因為驚慌，一個南部孩子乍然來到一個陌生巨大的城市，再加上即將面臨基測的學業壓力，為了保護自己，不讓別人看穿我的軟弱，我只能選擇把自己層層封閉起來。

林苡茜跟謝旻勳是公認的班對，也是當時班上少數會跟我說話的人。

林苡茜跟我說各科老師的喜好、教我搭公車、教我分辨捷運路線，告訴我哪裡可以買到可愛的文具用品、哪裡有圖書館可以自習……這些，我很感謝她。

家政課時，老師教我們做串珠吊飾，那時她做了褐色的小熊，我做了白色的兔子。

「子茉，我們來交換吧，兔子給我，泰迪熊給妳，」她的眼睛閃閃發亮，「我們要當一輩子好朋友。」

「嗯！」我點頭，笑著接過。

但是，這種情感是什麼時候變調了呢？

畢業前夕，林苡茜寫了一封告白信，藏在書包裡，或許她只是寫寫沒有眞的要告白，但不小心被幾個調皮搗蛋的男生翻出來貼在教室布告欄上，大家覺得對象是謝旻勳，只有我自己知道，「to M」的「M」代表的不是旻勳的「Min」，而是子茉的「Mo」。

當時大家連名帶姓喊我沈子茉，卻會叫謝旻勳「小旻」。

沒多久之後，我跟謝旻勳在一起，大家才會說我搶她男友。

「妳根本就不愛謝旻勳，當時還假惺惺跟他交往，其實是因為——」她迎視著我，「妳知道我喜歡妳！沈子茉，我喜歡妳！」

我默然了一會兒，搖搖頭，「林苡茜，不要再說了，那種喜歡很不正常，根本就不應該發生。」

「我知道這種喜歡很不正常，所以我才拚命壓抑住自己，但是妳呢？妳偷看我上了密碼的網誌，所以早就知道我喜歡妳了吧，當時如果妳假裝不知道，或許我們以後還能當朋友，但是妳沒有！妳刻意疏遠我，還聯合謝旻勳來打擊我、背叛我！」

「這東西還妳。」她把小白兔串珠放在我手心，「沈子茉，我們不會是戀人，當然不可能再是朋友。」

透亮的珠子從我手中滾落，雨滴般掉在操場上，叮叮噹噹發出清脆的聲響，四處流散。像再也串不回的友誼。

「林苡茜，」我閉了閉眼，說：「我很抱歉，如果當時傷害到妳，其實只是因爲我想保護我自己。」

已經轉身過去的林苡茜背影一僵，我猜測不出她此刻臉上的表情。

不過，無所謂了，我已經講出我想說的話。

我低頭看著一地散落的串珠，突然覺得疲累不堪。

然而，這一切並沒有結束，好像所有的不幸相約而來……

這天是假日，並不是儀隊練習的日子，班聯會跟社團幾乎不會選在暑假裡的假日到學校，少了人聲，校園顯得格外空蕩蕩。

意外的是，展妍學姊卻約我這天到學校練習。

「要升高三了，我想心無旁騖準備大考。」學姊面無表情，輕描淡寫地說：「我想退出儀隊。」

太突然了！以至於我愣了好一會兒。

「反正，離開也是遲早的事。」她又補了一句，不知道爲什麼她的眼神變得好陌生。

我還想說些什麼，一觸碰到展妍學姊陰晴不定的眼神，所有的話始終無法成形。

「沈子茉，這是我教給妳的最後一個槍法。」她舉起槍，說：「這是『大拋』，看仔細了。」

展妍學姊向我示範槍法，只見她原地單手抽槍，白槍完美的高拋將近兩層樓，再以單手接住。

「子茉，妳試試看。」學姊把槍遞給我，我猶豫起來。

「妳不拿起槍，我要怎麼教妳？」

「背挺直，拋接的角度不對，再來一次！」

「繼續練，練到會爲止！」

展妍學姊的聲音越來越嚴厲，卻越來越沙啞。

忘了幾次被自己拋出的槍狠狠擊中，身上開始出現青紫瘀痕，我的四肢漸漸覺得麻木。

展妍學姊卻絲毫沒有停止的意思，直到我回過頭，看到她臉色慘白，身體晃了晃，一副快要暈倒的模樣。

我丟下槍，上前扶住她手臂，驚慌地問：「學姊，妳不舒服嗎？」

「我沒事，我們繼續練。」學姊還在逞強，「應該只是有點中暑，沒什麼大礙。」

「別練了。」我忍不住大吼起來：「學姊，我們別練了，妳這樣子根本就不像中暑！」

我拽著她的手，把她拖到保健室。

展妍學姊靠坐在椅子上，兩手緊緊貼在腹前，嘴裡喃喃念著：「我沒事，我沒事，我很好，我很好……」

「學姊，妳最近是怎麼了？可以告訴我到底發生了什麼事嗎？」我不忍的把手掌覆蓋在她冰涼的手指上，「我覺得妳最近變得好奇怪，快變成幾乎不是我認識的展妍學姊了！」

學姊用力推開我的手，「我哪有變得奇怪？我還是跟以前一樣，還是那個陸展妍啊！」

我忍了又忍，才強壓下差點衝口而出的驚叫：「如果沒事，爲什麼妳在流血？」

學姊的黑裙下滲出一絲絲血跡，沿著大腿內側流下來。

我拿出整疊紙巾替她擦拭，血液緩緩濡溼了紙巾。

她捂住腹部，彎腰，把頭埋進交疊的膝蓋間，全身不停顫抖，「怎麼會這樣？怎麼還會這樣？我明明吃藥了……」

「學姊，妳這樣不行，我送妳去醫院好不好？」

聽到「醫院」這兩個字，學姊驚恐地抬起頭，臉色瞬間死白如灰，「我不要去醫院！」

「還是我去請值班的醫護老師來？」我的眼眶一熱，差點要哭出來。

「拜託，不要驚動任何人，」她幾乎是用哀求的口氣，「可以幫我倒杯溫開水嗎？我有帶藥來，吃完藥休息一下就沒事了。」

有個可怕的疑問呼之欲出，我幾乎連聲音都在顫抖地問：「什麼藥？妳在吃什麼藥？拿出來給我看看！」

學姊搖搖頭，咬著下唇沉默著，我察覺到她一手捂著小腹，一手緊緊握在黑裙的口袋裡，想也沒想就往她裙子口袋伸去，搶出一個盒裝物。

當我看清楚包裝上面的英文藥名時，腦袋嗡嗡作響，「這是……墮胎藥嗎？怎麼會這樣？是什麼時候的事？」

「那天出了夜店，我就被阿遙的朋友……那個男人對我……」她沒有再說下去，泉湧而出的淚水已經證實我猜想的最壞結果。

眼前一片昏暗，我呆滯了好一會兒，不知道應該要怎麼辦……

「爲什麼不告訴我！」我拉著學姊的衣袖，想把她拖起來，「走，我們先去醫院，再去警察局報案。」

「不要！我不要去！醫院跟警局我都不要去！」學姊死死抓著椅背不肯起身，指頭關節幾乎泛白，「事情曝光的話，我爸媽知道會把我打死的！」

「難道就這樣算了嗎？」

「對！就是只能這樣算了！」她的嘴唇不斷哆嗦著，從我手中搶回藥盒，「只要把小孩拿掉，我就可以當作沒事了，我還是能假裝自己是一個清清白白的好女孩，妳不說，我不說，就不會有人知道，但是如果報警，那些筆錄就會變成我一輩子的印記！背著那些消抹不掉的印記，別人會怎麼看我？」

「可是，妳不想把那男人繩之以法嗎？」

「就算抓到那個男人又如何？要我去指認他嗎？那人的臉我連多看一眼都覺得噁心，這件事讓我再回憶一次，不如乾脆讓我死了算了！」學姊激動地說。

我看著眼前這個蒼白無助的女孩，想到這些日子以來她就是這樣一個人煎熬，用極大的自制力忍耐這些傷痛，我的心就像被一片片撕碎，這種活生生的痛苦超過以往我自身的任何一種痛苦。

怎麼辦？現在應該怎麼辦？

「學姊，對不起，對不起……」我只能不停道歉，「我不知道事情會變成這樣，都是我害的！我害的！」

保健室的門突然被推開，林苡茜跟陳詩涵衝進來。

展妍學姊嚇得渾身一震，藥盒無聲無息從她手中滾落，掉在我腳邊，我側過身，擋住藥盒也順便把她護在身後。

拜託，不要看到那藥盒。我暗自祈禱。

「子茉，學姊，妳們怎麼在保健室裡呀？」陳詩涵覺得奇怪，「儀隊今天不是沒有練習嗎？」

「我們今天自主練習。」我竭力讓聲音保持平靜，「學姊有點中暑了，我陪她在保健室裡休息。」

陳詩涵似乎沒有起疑，「保健室裡應該有ＯＫ繃吧？我剛剛做海報，不小心割到手了。」說完，她舉起食指，上面有微小的傷口。

「應該有吧。」我小心翼翼挪著腳步，從醫藥箱拿出ＯＫ繃給陳詩涵，東拉西扯轉移她的注意力，「妳們班聯會有活動啊？」

「幹部迎新活動啊，日期提前了，眞討厭假日還要來趕工……」她邊抱怨邊快速的貼上OK繃。

「學姊，妳好一點了嗎？」林苡茜看看展妍學姊又看看我，我立刻擋在她面前，隔開她探詢的視線。

「學姊，要不要我去幫妳買瓶舒跑？」她語帶關切地問。

「好。」我代替展妍學姊回答，恨不得早點打發她們走，「順便也幫我買一瓶。」

我正準備從裙子口袋掏出錢，卻聽見林苡茜「咦」了一聲，「子茉，妳的東西好像掉了，是藥嗎？」

來不及阻止，她已經撿起地上的藥盒。

「是感冒藥。」我快速從她手中奪過來，立刻塞進口袋。

她微不可聞的「嗯」一聲，看了我一眼，「感冒的話不要喝冰飲，也不要亂吃成藥。」

臨走之前，她拋下一句話：「還是給醫生看比較好吧，亂吃藥吃出問題可就糟了。」

林苡茜的話像一把尖銳的刀，刺得我全身發冷。

林苡茜跟陳詩涵一離開，展妍學姊就壓著腹部靠在椅背上不停喘氣，她全身冰涼，血不斷從她裙子裡滲出來，額頭上滿是汗珠，彷彿承受著極大的痛楚。

這樣下去不行！

我強忍住即將崩潰的情緒，逼自己冷靜，「學姊，走，我帶妳去醫院！」

「我說了我不要去！去醫院就要用到健保卡，我的身分一定會曝光，萬一讓我爸媽知道……」展妍學姊虛弱的抗拒。

「用我的健保卡跟身分證，我們都剪了短髮，血型也剛好一樣，光看證件或抽血是不會被發現的。」

不管了！事到如今也只能賭賭看了。

「學姊，拜託妳去醫院吧，妳這樣我好難過，」我哀求她，「如果妳有個萬一，我一輩子都不會原諒自己。」

學姊無力的垂下手，最後對我淒然一笑，「子茉，謝謝。」

別在這時候還跟我道謝，學姊，是我害妳的！如果當初沒有慫恿妳去夜店就好了！上天，求求別再折磨這麼善良的學姊了，有什麼可以代替她受的，就通通由我沈子茉承受吧！

我扶著學姊上了一輛計程車，計程車疾駛至醫院急診室。

「學姊，記得進了這個醫院，妳就是沈子茉。」我對她說。

學姊，是我對不起妳，如果要背上這個印記，那一定就要由我沈子茉來背！

「有家長陪同嗎？」掛號櫃檯前，護士小姐看了展妍學姊一眼，視線落在我的健保卡上。

無可奈何之下，我打電話給顏凱，請他幫忙。

不到十五分鐘，顏凱趕到，看著掛號單，把我拉到一旁厲著聲問：「懷孕多久了？」

「五到六週左右，應該沒有超過七週。」

顏凱神情始終很嚴肅，沉默了好久才說：「未成年墮胎需要監護人簽同意書。」

「那拿給我爸簽！」心裡打定主意，就算爸打死我，在死之前我也要逼他簽同意書。

「其實，不是妳懷孕吧？」顏凱目光銳利盯著我。

「嗯。看來什麼事都瞞不過你呢！」我逼自己迎視他的目光，一咬牙坦白。

「沈子茉，妳瘋了嗎？妳想過這件事的後果嗎？」

「對！我就是瘋了！你到底要不要幫忙？」

「這是非法的！」他沉著聲說道：「沈子茉，我不應該幫妳，妳可以給我一個理由說服我嗎？」

「我知道，但是我別無選擇！展妍學姊現在是我最想保護的人！」

不能讓學姊吃那盒來歷不明的墮胎藥，也不能讓她去黑心診所承受手術風險，沒辦法代她承受這些，至少讓她在任何紀錄裡乾乾淨淨，是我目前唯一能做的。

「顏凱拜託，拜託救救我學姊，」我抓著他的手，從來沒有這麼低聲下氣過，「就幫我這一次，我以後絕對不會再給你添麻煩。」

「我先安排一間病房給她，」他嘆口氣，推開我的手，「剩下的我來想辦法。」

「看到這個圓圓的小黑點嗎？這代表一個小生命正要開始，恭喜王太太，妳懷孕嘍！」

「我要當媽媽了！」

隔壁診療室傳來欣喜的聲音，而這邊陰暗的白色病房裡，展妍學姊面無表情、靜靜的躺在病床上，像一具沒有靈魂的洋娃娃，我握著她冰涼的手，想給她溫暖，卻發現自己的手跟她的一樣冰涼。

「刷」的一聲，綠色簾子被拉開，帶入更多光線，聽到聲音，我坐直身體，眨眨乾澀的雙眼。

「沈子茉小姐？」護士小姐喊我的名字，我一驚差點就應了聲，鬆開緊握學姊的手。

展妍學姊閉上眼，再睜開眼時緩緩點頭，「嗯」了一聲。

不知情的護士小姐撕開藥包，將兩粒白色藥丸倒入學姊的手心，學姊微微仰頭，毫不猶豫的用力吞下，我彷彿看見兩顆藥丸滑過她細膩的頸項，沉進她的身體。

「我現在可以離開了嗎？」學姊問。

「不行，吃完藥還要觀察兩個小時才能離開，」護士小姐露出和藹可親的微笑，「回家後如果發現大量出血，還要回來急診觀察，知道嗎？」

「好。」展妍學姊淡淡的對她笑了一下。

護士小姐一離開，學姊打手機給她媽媽：「媽，今天儀隊聚餐，我晚點才會回去……」

陸媽媽在電話那頭叮嚀著：「小心點，別太晚回家。」

展妍學姊說著說著，眼淚無聲無息滑落下來，掛掉電話後，她開始拭淚，先是手指，再是手背，最後捂住臉，終於忍不住嚎啕大哭起來。

我拍著她孱弱的背脊，一遍又一遍告訴她：「沒事了，沒事了……」

一開口，才發現一路強忍的堅強早已經被淚水刺穿，失去了形狀。

「沒事了。」那自欺欺人的三個字，彷彿天空盤旋多日的陰霾，終於在此刻匯成了大雨，轉瞬間把我們的世界淋得溼透。

送展妍學姊回家後，回到自己住的地方，我跌坐在地板上，不知道哭了多久，緊緊抱住雙膝，咬得嘴唇出血，直到一股血腥味流進咽喉，才慢慢抬起頭來。

我恨死那個欺負展妍學姊的人，但是我現在更恨的是我自己！

沈子茉，妳害學姊如此痛不欲生，妳自己又憑什麼得到幸福！

妳眞不要臉！

記起李海澄說那些人都是夜店的常客，幾乎快要失去理智，我想也沒想，攔了計程車到Genesis。

「子茉？妳怎麼會來這裡？」見到我，李海澄掩飾不住訝異。

夜店冷氣吹得我瑟瑟發抖，看到吧檯上有一杯酒，想也沒想就倒入口中，酒紅色的液體滑進喉嚨，渾身熾熱起來。

身體變熱了，腦袋卻更加昏亂。

「我要找一個人，那天跟阿遙一起來的那個人。」我邊把視線投向光線氤氳的舞池，邊向李海澄形容那人的長相。

「就是他！說要送學姊回家卻玷汙她……」話還沒說完，就看到那男人的身影走出夜店，我急忙追出去，那男人開了車門，坐上駕駛座。

「下來！你這混蛋給我滾下來！」我氣紅了眼，衝向前使勁拍打他的車窗，「我要殺了你！」

那男人看都沒看我一眼，油門一催就把我甩在身後，我發瘋似的追著車子，眼睜睜看著那男人的車子消失在前方，汽車喇叭聲一陣接著一陣，瞬間包圍在四周，大卡車從身旁呼嘯而過，車輪捲起的汙水噴了我滿臉，一回神，我居然站在大馬路中央。

「沈子茉，妳在發什麼瘋？」李海澄把我拉回人行道，抓著我的肩膀搖晃，「妳想死嗎？」

「對！我想死！我真的想死！」我忍不住衝著他大吼，「如果我死了，就不會那麼痛苦了！也不會那麼愧疚了！」

「妳以爲死能解決一切嗎？妳死了，那女孩的傷痛仍然存在，」車聲轟隆中，他也吼：「妳根本只是在逃避！」

「逃避又怎樣？」我淒然一笑，「從媽被我害死之後，我就一直在逃避了！」

「好，如果妳眞的想死，那我成全妳。」他抓住我的手腕，拖著我就走。

「你想幹什麼？不要管我！」我試著掙脫他的手，一次又一次，卻又立刻被握牢。

李海澄緊抿著唇，半拖半拉拽著我在路上奔跑。

「你要帶我去哪裡？」從來沒有見過這樣的李海澄，我開始覺得害怕。

「那裡。」他指著前方不遠處的建築工地，那裡有一棟大樓，披著黑色紗帳，部分牆壁露出鋼樑，矗立在黑暗的雨幕中，像隻張牙舞爪的巨大怪獸。

我們鑽過「施工中，請勿靠近」的警示牌，沿著水泥樓梯拾級而上，他拉著我來到了頂樓。

風在耳邊呼嘯，雨越下越大，我的腳步越來越不穩，身體一晃，就被他箍進懷裡，我貼著他的身體，彼此的喘息卻在耳邊異常清晰，雨水漸漸把我們淋溼，雨水灌進耳膜、眼睛，世界變得渾沌而莫名。

「妳知道什麼叫『死亡』嗎？」

「知道親生母親其實想把自己打掉時，我想死！爸去世時，彷彿被全世界拋棄，我想死！還有躺在手術室裡，我曾經不只一次想死……」李海澄的聲音沒有絲毫溫度，「這裡是十六樓，這種高度足夠了！」

「不敢跳嗎？」站在建築物邊緣，再向前一步就是深淵，他吼著：「跳啊！我陪妳。」

車龍彷彿河水般流過腳底，有種頭重腳輕的暈眩感，我緊緊環抱著李海澄的腰，幾乎用盡了渾身的力氣，不知道是冷還是害怕，全身不住顫抖。

「會怕嗎？」他的唇角居然含著一縷笑，「閉上眼睛，數到三，我們一起跳啊。一、二……」他數著。

我不由自主閉上了雙眼，就在同時，卻感覺他伸出雙臂緊緊抱住我，緊到我開始疼痛，幾乎快要喘不過氣來，但我沒有掙扎，任由他圈住我。這個懷抱溫暖而安全，好像只要躲在裡面，就可以抵抗全世界的風風雨雨。

「不要。」在這個懷抱裡，我還是懦弱了，連死都不敢，「我不想死。」

還是被這個男孩看穿了，看穿我虛張聲勢的倔強驕傲下，躲藏起來的膽怯和害怕，我垂下頭，幾乎不敢直視他的目光。

「沈子茉，妳還沒有資格談死。」李海澄命令著：「抬起頭來看我。」

我恍惚抬起頭，他長長的睫毛幾乎觸到了我的臉。他睫毛掩映下的眼睛，咄咄逼人猶如最寒冷的雪光，彷彿就要凍傷我的瞳孔。

然後，他的唇落下來，帶著冰涼，在彼此的唇舌間化爲滾燙。

一分鐘。

兩分鐘。

三分鐘。

或許更久。

直到再也分不開。

原來天堂與地獄相隔一瞬間，兩者近在咫尺。

「子茉，」他低啞地喚著我的名字，唇貼著我的耳廓，說：「答應我，永遠不要傷害妳自己，因爲我會比妳更痛。」

淚水一點一點緩慢流下來，隨著雨水一直流進嘴角，我嘗到鹹澀的味道。

雨水不斷從黑色天空流下，流也流不完似的，肆無忌憚籠罩住這個醜惡的城市，好像世界末日就要來臨。

雨下得太大了，我們哪裡也不能去，只能蜷縮在鋼樑的縫隙下。

聽說只要看著天空，淚水就不會流下。

那是騙人的。

我一直仰著頭，仰得脖子都快僵硬了，淚水還是不斷從眼睛裡滾落。

「李海澄，你相不相信有世界末日？」

「相信。」

「如果眞的有世界末日，你最想做什麼？」

「到天涯海角流浪。」他的聲音輕柔得像一個夢境，「我們，一起。」

「好累，眞的好累。」我把頭埋進膝蓋，夢遊般的說：「如果眞的有那麼一天，我們就一起逃吧。」

漫漫長夜終於結束，天亮了。

玫瑰色的曙光將這昏沉的天色割裂開來，點亮這座灰暗的城市，彷彿昨天的雨不存在。

雨水沖刷過的地方，所有的骯髒汙穢都被洗得乾淨透亮，陽光一曬，蒸發了，什麼也沒有了。

但是，心裡的傷痕要如何洗去？

我暗暗發了誓，在學姊得到幸福之前，我不能允許自己得到幸福！

「我送妳回去好不好？」李海澄站起身子，伸出手臂用力將我從地上拉起來。

我搖頭，此刻我一點也不想回到那個荒涼的租屋處。

好像察覺我的想法，他低下頭輕輕吻在我的額上，「那就回家吧，妳爸爸會擔心的。」

臉上狼狽的淚痕被他細細抹去，李海澄連拖帶抱把我塞進計程車，說了我家的地址。

回到家，家裡靜悄悄的，爸大概還在醫院值班。

「你可以再陪我一下嗎？」我拉住李海澄的衣角。

「嗯。」

躺在熟悉的床上，緩緩閉上眼睛，臉頰很燙，不知道是因爲發燒還是因爲枕著他手臂的緣故。

頭很痛，太陽穴隱隱跳動，或許睡一覺就會好了，我迷迷糊糊地想，卻突然想起了一件事——「李海澄，你生過很嚴重的病嗎？不然那時你爲什麼會說，因爲手術曾經不只一次想死？」

臉頰上的溫度迅速離開，連一絲餘溫都沒有留下，睜開眼，李海澄已經直起身，說：

「妳先睡一下，我待會兒再來看妳。」

「你要回去了嗎？」我問，明顯的失望從心頭滑過。

「我去幫妳弄點吃的，妳從昨天到現在都沒吃東西。」他輕輕握住我露在被窩外的手。

被他這麼一說，我的肚子很不客氣的咕嚕一聲，我抬起頭，像盼糖吃的孩子，微笑著點頭，「我想吃義大利麵，白醬培根義大利麵，還有玉米濃湯。」

「還點餐啊？」李海澄微微一笑，蜷起指輕輕扣著我的額頭，「得寸進尺的傢伙。我很快就回來。」他說。

只是一夜之間，他臉上有些孩子氣的神情已經消失無蹤，看起來像個男人。

李海澄長大以後會變成屬於沈子茉的男人嗎？

被這樣盛大的寵愛與包容著，只怕之後再也放不下對他的依戀……

哪怕他至今都還沒有對我說過一句：「我們在一起吧。」

李海澄走後，昏昏沉沉間，彷彿聽到開門又關門的聲音，爸來到我床前，問了我幾句什麼，我胡亂的搖搖頭，又沉沉睡去。

恍恍惚惚做了一場夢，夢中，我仰頭看見一隻飛鳥，牠努力拍著翅膀朝天空飛翔，卻在接近時天空瞬間碎裂，像再也黏合不住的藍色馬賽克，一塊一塊打在我的臉上、身上，很冰、很涼。

微微睜開眼，感覺額上壓了一塊冰涼柔軟的東西，拉下來一看，是一個藍白格紋相間的冰敷袋。

我微闔上眼睛，從口袋摸出手機撥了一通電話。

「學姊，妳現在方便講電話嗎？」

「嗯。」

「學姊，妳身體好多了嗎？」

過了好一會兒，才又聽到學姊淡淡「嗯」了一聲。

「學姊，對不起，對不起，除了對不起，我不知道還能說什麼……」

「我不怪妳。」展妍學姊慢慢的、一個字一個字說，彷彿說得很艱難，「真的，子茉，我不怪妳。」

我的淚水一滴滴落下來。

「總是要拋掉才能向前走。」電話那頭學姊的聲音雖然微弱，卻很堅強，「子茉，我想考醫學院，我希望以後藉由我的手能夠救人，而不是殺掉一個生命。」

「學姊……」

「子茉，妳跟我去念好不好？這樣上了大學我們還能一起當學姊學妹。」

「好，我答應妳。」我默默的強忍不哭出聲。

掛掉電話，我凝視著手機螢幕許久，直到螢幕的螢光消失，整個人蜷進被窩，終於在棉被裡痛哭起來。

不知道哭了多久，直到手機簡訊提示音倏地響起來，我一驚，茫然發了好一會兒呆，才想到要點開，一則簡訊跳進酸澀不堪的眼睛。

「數到三，芝麻開門。」簡訊上這樣寫著。

我套件T恤就爬下床去開門，李海澄站在門外，有些尷尬地說：「妳家的門鈴壞了。」

「李海澄，我覺得我好差勁。」像即將溺斃的人抓到浮木般，我撲到他身上。

他嘆口氣把我攬進懷裡，用手背抹去我臉上未乾的淚痕，說：「沈子茉，別哭了。如果學姊怪妳，哭也於事無補；如果學姊不怪妳，那妳連哭的資格都沒有！」

對，現在的我連哭的資格都沒有！

「乖乖去床上躺好。」李海澄一手摸我的額頭，一手摸摸他自己的，「妳還有點發燒，需要好好休息。」

我聽話的躺回床上，靠在大抱枕上，帶點撒嬌的口吻問：「為什麼這麼晚才來？」

「幫妳煮玉米濃湯啊。」他擰開保溫瓶，裊裊的香氣柔軟的撲鼻而來，「妳感冒了，喝點熱湯會比較好。」

李海澄把湯倒進白色的碗裡，金黃色的濃湯，鋪上滿滿的玉米粒及細碎的蛋花，一下子就勾起我的食欲。

我看著一隻修長的手指握住湯匙，舀起一匙送到自己眼前。

「我自己來就好了。」我愣了一下。

「妳是病人。」毫無商量餘地，他命令著：「張嘴。」

「好特別的味道，你加了什麼？跟外面賣得不一樣耶！」喝了一口，我讚美道：「李海澄，你可以去開店了！」

「加了南瓜去熬的，好喝吧？」他說，更誘人的是他臉上溫柔的神情。

一勺一勺的南瓜玉米濃湯餵進我嘴裡，肚子眞的餓了，濃湯口感濃郁，細緻綿密，但我還是吃得很慢。

時光從我們身邊緩慢流逝，很靜謐，只聽見風吹動窗簾沙沙的聲響。

這麼美好的幸福，爲什麼我有種快要失去的錯覺？

「子茉，妳要趕快好起來，我帶妳去坐摩天輪好不好？」他伸手在我臉頰上親暱的蹭著，「然後我們再去看電影、吃冰、看夜景……」

「咳、咳！」瞬間吞了一口滾燙的濃湯，咳嗽了好幾下，心裡突然有不好的預感。

無數複雜的情緒彷彿在李海澄眼睛裡醞釀，他的嘴角忽然爬上一抹笑，這抹笑意卻始終蔓延不到他眼底。我輕輕打了個冷顫。

「像眞正的戀人那樣。」短暫的靜默，終於等到我期盼的那句話：「沈子茉，我們來談戀愛吧。」

沈子茉，我們來談戀愛吧。

這句話像帶著致命的魔力，我簡直要拚盡全身的力氣，才能控制自己不渾身顫抖起來。

「談戀愛？」可是，我卻連最淡的笑容也擠不出來，「爲什麼突然這麼說？」

「就這個夏天，我們來談戀愛。」

「爲什麼是這個夏天？」

「暑假過後，我就要出國了，」他的聲音帶著異常的壓抑，「還記得妳把我的作品寄去參加國際比賽嗎？雖然我沒有得獎，但是評審之一是我爸的老朋友，他看到了我的作品，覺得我很有發展潛力，邀請我參加他們的攝影團隊，這個暑假過後他們即將前往北極。」

「一定要去嗎？」我直視他，在他清澈的瞳孔裡看見自己強作鎮定。

「嗯，其實我考慮了很久。」李海澄微微側過臉，似乎在逃避我的視線，「能夠得到這個機會，我覺得很幸運，我希望能出去闖一闖。」

「你老實告訴我，」我深深呼吸，努力讓自己的聲音平穩，「你是不是見過我爸了？他要求你離開我？」

他沒有立刻回答，時間停滯得可怕，也許只是停頓了幾秒鐘，卻像挨過一個世紀般那麼漫長。

「沒有，跟妳父親沒關係。」他握住我的手，彷彿在說服我般，「我只是想完成我爸的心願，他因爲空難而去世，去世之前他正在籌備攝影展，沒想到遇上變故，一生心血就這樣付諸流水。身爲他兒子，如果我能替他完成最後的心願，我爸一定會很開心。」

「子茉，妳會爲我開心吧？這也是我一直以來的夢想。」

繼續沉默著，靈魂彷彿被抽離般，身體空蕩蕩的。

這幾月以來，所有細碎的苦痛、辛酸、甜蜜都變得如此稀薄，好像輕輕一推就會化成無數細沙隨風飄散。

徹底哭過、笑過、鬧過，我已經筋疲力盡——我還能留下什麼呢？

不知道過了多久，我才恍然發現，李海澄正深深凝望著自己，漆黑的雙眸眨也不眨，似乎在期待我的答案。

「嗯，很開心，」氤氳的水氣幾乎湧上眼眶，我只能點點頭，「你能夠實現夢想，我很開心。」

其實，我現在的夢想很微小，跟喜歡的男孩一起看電影、牽手逛街，這樣小小的夢想能被成全吧。

就算只有一個夏天。

「所以，我們還有一個夏天。」我盡量讓聲音輕快起來，「你會回來吧？」

「我還會回來啊，又不是不回來。」他笑起來，「等我。」口氣輕淺得好像只是出門旅行幾天。

「等我回來，我要把全世界的風景都送到妳面前。」他跟我打了勾勾，笑容那樣無畏，天眞得像個孩子。

我不要全世界的風景，我只想要你陪在我身邊，一起長大，一起變老。

「妳知道什麼叫『死亡』嗎？」

「知道親生母親其實想把自己打掉時，我想死！爸去世時，彷彿被全世界拋棄，我想死！還有躺在手術室裡，我曾經不只一次想死……」

其實，不只一次從腦海浮現那天在工地頂樓，李海澄激我跳樓時對我吼的那些話，總覺得眼前這個男孩內心深處有些不能觸碰的隔閡與傷疤，最痛的地方被他滴水不漏隱藏起來。

我曾想過要探究，但害怕深究下去的結果，他會毫不猶豫立刻離去。

上天留給我們的時間已經那麼少，此刻，我只想專心的和他在一起，享受這短暫而美好的幸福。

就算只有一個夏天的時間，我也想珍惜。

至少還能擁有一個完整的季節。

⁂

李海澄總在清晨拉我出去拍照，我們騎著紅色單車穿梭在大街小巷，騎很遠的路，只爲了捕捉夕陽隱沒在海平面的畫面。

我們去西門町逛街，去淡水找小吃，更多時候沒有事先計畫，在公車路線圖前玩著「蒙眼指地點」的遊戲，手指戳到哪裡就去哪裡。

他喜歡戴一頂白色棒球帽，穿著白色T恤，T恤上總有一個誇張的卡通圖案。

「太陽很大，這頂給妳。」他從包包拿出一頂小一點的白色棒球帽扣在我頭頂。

白色棒球帽似乎隨處可見，我看到沿街攤販在賣別針，挑了兩隻小鳥造型的。

我想要有些專屬於戀人之間的小物品，哪怕在旁人眼中是微不足道的小東西，我都想擁有。

突然開始理解，他爸跟我媽當時買翅膀耳環的心態。我露出笑容，拉住李海澄。

「欸，我想買這個。」我指著小鳥別針。

「我喜歡這個。」他看中骷髏頭造型。

「不行。」我板著臉，「這兩個才是一對。」

「這隻鳥看起來好呆喔。」他抱怨，還是乖乖付了錢。

我把一隻別在了自己的帽子上，將另外一隻傻鳥別在他的帽子上，說：「頭低下來一點。」

勾著他的脖子，幫他戴上帽子時，我順勢吻住他的唇，任性地說：「抱怨無效。」

我希望你不只記得沈子茉的可愛，也不要忘記她的任性。

✻

這個夏天，我們好像做了很多事，又好像什麼都沒做。

雖然我一直小心翼翼、輕描淡寫地書寫，但時光還是毫不留情嘩啦嘩啦翻頁，每倒數一天他離開的日子，就好像在心版雋刻一個一個缺口，越接近結局的那一頁，我卻越來越沒有勇氣去面對。

可以預知的別離，竟然像凌遲般痛苦，有時候，我甚至寧願他不要事先告訴我。

「子茉，妳會去送我嗎？」他問。

「我才不會去送你，你想都別想！」我輕輕扯出一個苦澀的笑。

他沉默了好久，眼瞳裡的光黯淡下去。

原來分離的痛是這樣的，表面上安然無恙，其實每根神經都在疼痛。

李海澄離開的前一天，我什麼事也沒做，只是抱著膝坐在床上，昏昏沉沉看著手機發呆，手機螢幕發出微亮的螢光，每隔幾秒就熄滅下去，我又固執的按亮，看著上面的時間一分一秒變化。

剩32600秒。

剩32540秒。

剩32400秒。

……

「你像流浪的流星，把我丟在黑夜，想著你，你要離開的黎明，我的眼淚在眼睛……」

阿信的歌聲倏然響起，中斷我的倒數，我茫然四顧了一下，才發現是自己的手機在響。

「沈子茉，我在妳家樓下。」李海澄的聲音帶著微喘，「我要送妳一個禮物。」

心不受控制的狂跳起來，我顧不得掛掉電話，飛跑下樓，幾乎以爲是錯覺，他站在我家門前，臉上帶著輕淺笑容，長睫毛覆蓋下的眼睛乾淨透明，像藏了一片夏日天空。

李海澄攤開手心，是兩張演唱會門票。

「五月天的？」我驚呼，「這不是好幾個月前就被秒殺了嗎？你怎麼買到的？」

「好不容易才弄到的。」他有幾分得意，牽起我的手，開心地說：「我們去聽演唱會吧！」

「糟糕，」捷運站裡，我拉住李海澄，懊惱地說：「我忘記帶悠遊卡了。」

「我也忘記帶了。」他吐吐舌，走到售票機買了兩張單程票，自己拿了一枚，把另一枚交到我手上。

捷運站裡人群潮水般洶湧而來，無數人在奔跑、無數人在笑鬧、無數人在道別、無數人在閒聊，李海澄始終緊緊牽著我的手。

車廂裡，李海澄單手支住車壁，一手扶住我的腰，爲我撐起一個相對穩固的小空間，擋住擁擠的人潮。

「李海澄。」

「嗯？」

「我也要送你一個禮物。」

我捏著捷運代幣在他的胸膛上寫字，本來想寫「我愛你」，愛字才寫了幾撇，想了想，做了一個擦去的動作。

「欸，怎麼可以反悔？」他反手用力捏住代幣。

「你管我！」我抽出代幣在他肋骨下面的心臟位置敲一下，「站好，我要重寫。」

所有的喧囂被隔絕了，呼吸之間，只聽到頭髮摩擦著他淡藍色襯衫的沙沙聲。

抬頭，李海澄沒有說話，看著窗外，嘴唇抿出上弦月的弧度。

我在他心口寫的那幾個字是：我等你，直到世界末日。

如果可以，我想把自己塞進他的心臟，讓他帶去任何地方。

出捷運站的時候人很多，那枚捷運代幣還來不及被我丟進閘門，我們就已經被擠出站。

演唱會結束，放起煙火，煙火升到高空中瞬間迸射，無數流光四溢，像下起一場流星雨，短暫的絢麗燦爛過後，襯著漫天灰白色的煙塵更加孤寂荒涼。

男孩的側臉在閃爍的光影中明明滅滅。每一次明滅，都將他的臉深深刻畫在我腦海，挺直的鼻梁、凌亂的瀏海，投射在我的眼中，映出斑駁的光影，烙印在心版裡成爲無法磨滅的色彩。

回程的時候，人潮依舊擁擠，他環抱著我，在我耳邊唱著〈恆星的恆心〉。別在白色棒球帽上的飛鳥別針，在燈光下閃爍著流光，彷彿隨時可以飛走。

「還想去哪裡？」他問。

「看星星。」我說，給他出了難題。

「星星啊？台北哪裡能看到星星？」他微微皺眉，果然被難倒了。

後來他帶我去看夜景。

忽明忽滅的城市燈光，綴在無邊無際的黑幕上，閃耀著點點光芒，好像凝結了一片夏日最燦爛的星空，只是黎明過後就會消失不見。

「這個夏天好短暫。」我喃喃說，「快過完了。」

他沒有說話，只發出很長很輕的嘆息，從我耳邊擦過去，然後微微低頭，親吻著我的唇，他的唇如羽毛般落在我的頸、我的鎖骨，在我的身上摩挲徘徊，溫熱而潮溼。

我伸手想去捉住那炙熱，看看藏了些什麼讓我渾身顫抖。

但是，最後只捉住了他的笑，如月光般的清冷，在我掌心上跳舞。

「子茉，妳可以答應我一件事嗎？」

「什麼事？」

「如果我沒回來，妳能忘掉我嗎？」

我一怔。

「好。」我轉身仰頭看著天空，怕有什麼熱熱的液體忍不住流下，只能這樣一直一直仰著臉，仰到脖頸連接處都開始痠痛，「那你也要答應我一件事。」

「嗯。」

「跟我說再見。」

「嗯?」

「這樣我就可以假裝,我們隔幾天就會再見面了。」

「再見。」他笑著說。

好像早就知道這個結局。

他始終沒有回來。

「我突然消失,妳會很害怕嗎?」

「我不會丟下妳,除非妳不要我。」

「如果有一天我必須離開妳,那也一定是爲了妳。」

或許早已註定要分離,他才與我如此靠近。

突然恍然大悟,李海澄那些遙遠而深邃的眼神,那些深不見底的陰影,那些躲藏在笑容裡的心事,那些桀驁不馴的表情,原來早就有跡可尋。

站在校門口人行道上等公車的時候,我會唱起五月天專輯裡的歌,以爲唱完就可以聽到他笑著說:「好厲害啊,現在我相信了。」

我開始瘋狂的尋找，他家早已人去樓空，手機變成空號。

白天黑夜，我找了他這麼久，卻一無所獲。

除了名字，除了再也聯絡不到的手機號碼，我發現我所知道的他的一切竟是這麼少！

我從網頁上找到攝影競賽的主辦單位，打電話去詢問。

「聽說你們有位評審邀請李海澄去參加他的攝影團隊，請問可以告訴我他們去哪裡了嗎？」

「李海澄是誰？」對方有些遲疑。

「是李天祈先生的兒子，一個十七歲的男孩子。」我著急地說，「還是可以給我聯絡方式？我自己打電話去詢問。」

「那個團隊已經離開台灣，去哪裡就不清楚了，若得到聯絡方式，會再通知妳。」對方客氣掛上電話，幾天之後給我的回音，卻是從來沒有一個十七歲男孩跟著攝影團隊離去。

想起他曾說他爸爸是空難死亡，我在圖書館查了許久，終於在一則空難新聞底下發現一排小字：

知名攝影師李天祈先生原定赴日開攝影展，卻因發生空難，作品膠卷全部付之一炬！

再來就沒有了，人的生命這樣潦草一句話就結束，沒有其他痕跡。

夜店老闆說他們不可能雇用未成年的人當員工，堅持沒有李海澄這個人。

「妳要找的是『小海』吧？」失望的走出夜店，一個身材魁梧的大叔叫住我，我認出他是跟小海一起在吧檯調酒的調酒師。

「嗯。」我點頭。

「其實我們有雇用他，但他尚未成年，所以老闆才堅決否認有這個人。前陣子小海突然離開，只跟我說要出去旅行，也沒有留下任何聯絡方式。」調酒師大叔思索了一會兒，「妳要不要去他念的學校問一問？或許他的同學還是師長有他的下落？」

我不認識李海澄的任何同學，也從來沒聽他提過他念哪科，但是，我還是來到他念的職校，卻得到一個令人意外的消息：「李海澄嗎？他一年前就已經休學了。」

李海澄一年前就已經休學了？所以在我們相遇前，他就已經休學了？難怪除了他闖入女中穿著制服的那次，我從來沒見他穿著制服！

「可以讓我看一下休學資料嗎？裡面或許會有李海澄的其他聯絡方式。」我說。

「對不起，我們不能隨意洩漏學生資料。」對方很客氣地拒絕我。

「拜託讓我看一下，我是他女朋友，他突然消失了，我有非找到他不可的理由，」我把手緩緩放在肚子上，咬著唇，「因爲，我懷了他的孩子。」

老師們面面相覷了一會兒，竊竊私語夾雜幾聲不屑的嘖嘖聲，難堪的遞傳進我的耳朵，我卻毫不懼怕的直視眼前這些大人。

那一剎那，我眞希望能留下李海澄愛過我的證據，可惜並沒有，我騙那些大人的。

老師們討論了一會兒，最後一個頭髮花白的老先生拿出一本資料夾，翻了幾頁攤開在我眼前，熟悉的名字映入眼簾，腦袋恍如被一道電光劈中。

休學資料裡，聯絡人及監護人居然是爸！

記不得是怎麼衝進醫院，一見到爸，我忍不住吼起來：「你到底對他做了什麼？為什麼你會收養李海澄？」

「所以是你逼他走的？什麼攝影團隊其實是騙人的吧？」

「別以為我不知道！我通通都知道了，你阻止我們在一起，只是因為他是你情敵的兒子。沈大院長，你以為你在演哪齣八點檔？我不知道你這麼幼稚！」

任憑我叫囂，爸卻始終一言不發，臉上一點表情都沒有，最後才緩緩地說：「事情完全不是像妳想的那樣。」

「我沒有逼他走，是他自己要離開的。」爸眼睛緊緊盯著我，眼神銳利而清冷，「子茉，別再追究下去了，有些事不知道真相對妳比較好！」

「什麼叫有些事不知道真相對我比較好？你到底還想隱瞞我多久？」我口不擇言地說，「你憑什麼來阻礙我們的愛情？」

「愛情？」爸的目光嚴肅，嘴唇抿成一條直線，一副不屑的模樣，「你們這年紀的孩子懂什麼愛情？」

「至少比你懂！」迎著對方犀利的眼光，我的臉微揚，「不像你從來沒有得到過！」

「比我懂嗎？沈子茉，妳那麼想知道真相嗎？好，我可以告訴妳！」爸緊緊抿著的唇終於露出一絲冷笑，「但在告訴妳真相之前，我想問妳一個問題……」

「妳說妳跟李海澄之間是愛情，那麼我要問妳，如果給妳一個機會，讓妳在妳媽媽跟李海澄兩個人當中，只能選擇救一個，沒有兩全其美，一個生另一個就得死，妳告訴我，妳會救誰？」

什麼意思？

「眞相就是，那孩子是我醫治已久的病人，爲了救他，我放棄救我最愛的女人，那孩子的命是我給的，憑什麼我不能要求他離開我女兒？」

有瞬間的恍惚，心臟好像突然被人狠狠挖出，我還來不及喊痛，只能呆呆地盯著眼前的兇手。

「你威脅他？」我無法承受，尖叫著，「你眞可怕。」

「可怕的不是我，而是命運！」爸似乎說了很多話，字字句句鑽進我耳裡，我聽清楚了，卻沒有一句聽得懂。

一陣翻天覆地的嘔吐感直湧上來，我慌忙捂住了嘴，衝出爸的辦公室。

茫然的走在街上，喧囂的馬路和匆匆的行人忽然失去聲息，眼前的世界一片寂靜，我覺得自己一直在笑，對每個人都笑，只是那些路人都用奇怪的目光看我，更多人指指點點私語著什麼。

眼前出現一片又一片的幻覺，我看見似火的雲霞燃成了灰燼，看見飛鳥拍振翅膀，向天空飛去，羽毛在日光裡揉碎。

最後眼前一黑，什麼也看不見。

再度醒來時，一股刺鼻的藥水味道鑽進鼻子，微微睜開眼，看見頭頂上方垂下來一根透明的管子，一滴一滴滲著生理食鹽水，流進手背裡的血管。

一個修長的白色背影佇立在窗前，一動也不動。

我不安的動了動身體，摩擦棉被發出沙沙聲響，那身影輕微一顫，慢慢回過頭來。

「醒了？」

「我怎麼會在這裡？」我有些弄不清楚自己怎麼會在醫院，「我生病了嗎？」

「是感冒併發急性肺炎，」顏凱走到床前，伸手探了探我的額頭，「暈倒在馬路上，有人送妳來急診。」

「喔。」

「妳不是答應我會好好照顧自己？」他的聲音裡含著隱隱的薄怒，「怎麼又把自己搞成這樣？」

「我這樣子，很好啊……」我抬手壓壓自己胸腔偏左、橫膈之上的地方，那裡堅硬的肋骨底下有個拳頭大小的器官，主要功能是把血液運行至身體各個部分，維持生命。

這麼重要的器官，如果生病了要怎麼治療？需要鋸開胸骨嗎？一定很痛吧？

我的心臟是不是也生病了？不然怎麼會那麼痛？

「顏凱，你知不知道爸跟我說了一件很可怕的事？」我望著他，眼神空洞。

他撫著我額頭的動作一滯。

「我爸說李海澄的心臟是媽媽的。又不是科幻片，一個人的心臟怎麼能變到另一個人身上呢？」我蜷縮起身子，不住發抖，「這實在是太噁心了。」

「是器官移植手術。」顏凱語氣很淡地說。

「人沒有心臟一定活不了吧？」淚痕乾涸在臉頰上，我一說話就有種割裂的痛，

「那……到底是爸殺了媽？還是李海澄奪去媽的生命？」

「想知道的話，就考進醫學院，想辦法進急診室，自己找出答案。」顏凱說。

第七章　藤蔓

回憶是長在我們心裡的藤蔓。

忘記從哪裡聽來這句話：「人不能自拔的，除了牙齒還有愛情。」不是不能自拔，而是自己沒有面對拔掉之後鮮血淋漓的勇氣。

時間，就是你給的麻醉藥。

終於有一天，閃閃發光的愛情會死去，熱烈燃燒的期盼會冷去，關於你的一切記憶，都在毫無止境的等待中支離破碎，消磨殆盡。

終於有一天，所有的悲傷痊癒成淺淺疤痕，歲月伸出大手一一抹去，所有的馥郁香氣也變得稀薄，那人的身影也變得模糊。

年末時我格外忙碌，忙工作、忙分科考試、忙被評鑑，莫名其妙的應酬也變多了，每天很晚回家，洗完澡倒頭就睡。

沒有想像中的冰河期，也沒有流星群撞地球，讓人懷疑世界末日是否眞的會來臨。時間輕輕巧巧躍過馬雅預言「世界末日」的那天。終究，我沒能休到長假，沒能去到那個約定的天涯海角。

電視上所謂的名嘴、預言家又開始自圓其說的解釋：末日其實有「重生」的含意。所以，恭喜大家都能獲得重生！

眞荒謬。

臨近十二月的尾聲，是冬季最熱鬧的節日，各色LED燈泡把街道點綴得流光溢彩，沿街的商店櫥窗擺放著大大小小聖誕樹、麋鹿燈、雪人……透亮的櫥窗玻璃清晰的映出店內顧客的身影，我無意間瞥了一眼，忽然停下了腳步。

鞋店裡，是男孩正在幫女孩穿鞋的畫面，那男孩臉上有著明顯的小梨渦，半跪在地上，有些笨拙的繫上女孩高跟鞋上的扣環，女孩扶著他的肩站立，男孩不知道說了什麼話惹女孩發笑，女孩輕輕推了他一下，卻因爲重心不穩撲進男孩懷裡，像孩子玩鬧般一起跌倒在地上，兩人卻相視而笑。

在一旁聖誕樹燈串照映下，女孩眼眸中星星點點的亮光如同鑽石般閃耀，即使隔著櫥窗，也能清楚看出兩人之間悄悄蔓延的甜蜜氣氛。

但願，那開朗的大男孩能夠治癒展妍學姊的傷口，帶給她幸福。

隨著時間的推移，再痛的傷口都會彌合，再深的疤痕都會淡去，然後，每一個人都應該幸福。

我微笑的站在窗外看著這一幕，沒有前去打招呼就離開了。

年度會議裡，沈院長向大家宣布好消息。

「每年器官捐贈的個案數已達上千例，但以現行的技術，心臟無法冰存，如果遇到未能配對成功或不合用的情況，所捐贈的心臟只能棄置，甚爲可惜。

「目前使用機械心臟瓣膜是主流，但患者終其一生都得服用抗凝血劑，以避免血管栓塞，若能使用人體同種的心臟瓣膜，除了毋須服用抗凝血劑之外，瓣膜使用期限最少長達十年以上。

「因此，本院即將成立亞洲第一個『心瓣膜與心血管組織庫』，把器官捐贈時的心臟瓣膜用低溫冷凍保存，待未來組織配對成功，就可以移植到需要的患者身上，取代機械或是動物瓣膜。」他慷慨激昂地說：「如此，不但可造福心臟瓣膜患者，也是本院醫療史上的一大進步。」

「這麼重大的消息，我得趕快發給媒體，」醫院新聞部主任站起來，搭著沈院長的肩，笑著說：「記者會、報紙、電視新聞、雜誌採訪，對了，還有最近很熱門的談話性節目……沈院長，之後有您忙了。」

「沈院長，您眞是台灣之光。」

「恭喜院長一舉把本院的聲勢推到最高！」

「能在沈教授的麾下工作，眞是萬分榮幸！」

底下響起一片歡聲雷動的掌聲，我垂下頭，專心看著手邊的資料，兩掌敷衍互相輕擊幾下當作鼓掌。

「有鑒於組織庫成立，經本人審愼評估考慮後，將進行下列職務調動，調整人員及單位如下……」

下雨了。或許這是今年最後一場冬雨。

不知道自己站了多久，手裡捏著一張調派單，我茫然的望向中庭，雨絲透亮，落在堅硬的磨石地板上，濺起無數水花，斷斷續續的情緒彷彿也激越而起。

「去吧。」顏凱爲我拭去臉頰上的雨滴，「沈院長這麼做一定有他的道理，妳別怪他。」

「我爸還眞是毫不留情，連親生女兒都這樣呼之即來、揮之即去。」我的唇邊還殘存著一絲冷笑。

「沈院長的一絲不苟在醫界是赫赫有名的，不然妳以爲他是怎麼爬到今天的位置？」

突然想到一件事，我猶豫了一會兒才開口：「顏凱，對不起。」

「嗯？」

「之前那件事，眞的很對不起。」我指的是我讓展妍學姊冒用我的健保卡墮胎那件事，不知道當時是怎麼收尾，總之，我只知道顏凱被我爸處分連續三年不得調班、不得申請研究津貼，當然也不能升等。

「『對不起』這三個字會不會來得太晚了點？」他手指彎起來，重重敲了一下我的後腦杓，彷彿覺得好氣又好笑，「沒被吊銷醫師執照、沒被趕出醫院，這樣的處罰算輕了。」

「當時，你爲什麼肯幫我？」我有種想哭出來的衝動，最後只是緊緊咬住了下唇。

「因爲，我有想要守護的人。」顏凱注視著我的眼睛。

突然很想擁抱眼前這個人，我不但想了，而且還做了，再多的言語也抵不過此刻的擁抱，沒有任何遐想，只覺得溫暖安心。

「R1沈子茉。」顏凱不自在的皺緊眉頭，不過臉上卻掛著似笑非笑的表情，「請教妳一個問題。」

「報告總醫生，我今年升到R2了。」我咳了一聲，提醒他。

「好吧，R2沈子茉，可以請教妳一個問題嗎？」

「請說。」

「妳已經愛上我了嗎？」

「還沒，但是快了，」我在他懷裡微笑，「麻煩總醫師多加把勁。」

「R2沈子茉。」過了一會兒，他又喊我。

「有。」

「但是，妳這樣大庭廣眾之下主動向我投懷送抱，會讓很多人誤會。」

「沒關係，我不介意。」

「但是，我很介意。」顏凱板起臉，一本正經地說：「我現在可是全醫院身價最高的黃金單身漢，我警告妳，就算妳是院長的女兒，也不能破壞我的行情。」

帶點惡作劇，我豎起一根手指輕輕壓在他唇邊，說：「來不及了，你沒身價了。」

顏凱將我的手指輕輕拉開，唇再也不猶豫地落下來。

過完農曆年，趁著還剩幾天假期，我在家裡整理東西。

其實也沒什麼好整理的，既然要搬去新的地方，開始新的生活，那些舊的、占據已久的、再也不需要的、已經變成負累的東西，乾脆全部丟掉。

我準備了幾個大紙箱，把學生時代的衣服放進一個箱子，T恤、牛仔短褲、迷你短裙，把青春封箱，打算捐給慈善機構。課本、教科書、參考書、講義放進第二個箱子，曾經一度想放火燒掉，最後還是決定讓資源回收桶成爲它們最後的去處。

差不多了吧……我環顧四周，然後終於想起什麼，鑽到床底下，拉出一隻毛茸茸的泰迪熊，隨著泰迪熊龐大的身軀移動，一個被壓扁的大紙箱得以重見天日。

紙箱裡裝滿了風景照。

十年來，從世界各地寄過來，沒有署名，沒有留下住址，只有郵戳上陌生的地名。

「我要把全世界的風景都送到妳面前。」

我怔住了好一會兒，這些該怎麼辦？

靠著牆坐在地板上，思考了很久仍然無法決定，眼睛一瞥，看見一枚藍色捷運代幣不知何時滾落在腳邊，拿起來把玩，正面是「METRO TAIPEI」的字樣，背面寫著「單程票」。

明明是寒冷天氣，卻感覺全身每個毛細孔都在滲著汗。

留下？丟掉？

既然自己無法決定，交給一枚塑膠硬幣決定有何不可？

正面留下，背面丟掉。

塑膠硬幣被拋向半空中，旋轉幾圈，穩穩落在我掌心，手放開，代幣背面朝上，我握住的是一張單程票。

我永遠記得曾經有一個男孩闖入我生命裡，爲我的青春帶來無數甜美的遐想與幸福，他一揚唇，我整個世界彷彿都在微笑，他爲我打開一扇窗，對我說：「看哪看哪，愛情多麼炫目美麗又充滿香氣。」然後又倏地關上，草率得像個惡作劇。

「等我，我一定會回來。」

他說他一定會回來，這短短的一句話，卻讓我固執等待了那麼多年。

曾經以為兩個人一起走的旅行，原來只是……沈子茉自己一個人的單程車票。

我也該清醒了。

仰起頭，瞇起眼睛看著在光塵裡飛舞的細小塵埃，我慢慢露出笑容。

「看不出來妳喜歡這個。」顏凱從門外走進來，蹲低身子拉拉泰迪熊的耳朵。

「小時候喜歡的嘛！」我抱起著泰迪熊站起來，「這是媽媽送我的生日禮物。」

「那這個大紙箱呢？也要一起搬到我家嗎？」他指著離我腳邊不遠處、層層封起來的大紙箱問。

我漫不經心的掃了一眼，「不要了。」

「這是什麼？挺重的。」顏凱拿起美工刀，準備拆開紙箱上的膠帶。

「欸！別拆啊，我好不容易封好的。」我阻止他。

「我總要知道這裡面是什麼才能做垃圾分類吧？」

「一些廢紙跟相片而已啦，丟在社區的資源回收桶裡，明天早上就會有人來收了。」我光著腳，在幾個箱子的空隙間跳來跳去。

「相片妳也要丟？」顏凱一愣。

「對啊，我怕沒地方擺。」我輕快的說。

「可是，相片這種東西不是很有紀念意義嗎？丟掉的話不是很可惜……」顏凱似乎一臉惋惜。

「朋友出去玩，隨便拍下來寄給我的，全部都是一些風景照，我又沒去過那些地方，哪來什麼紀念意義？」

「哪個朋友會寄這麼多風景相片給妳？既然是朋友寄的，妳不留下嗎？」他覺得奇怪。

「很久之前的朋友，不熟，而且早就沒聯絡了，我還留著相片幹麼？」我把紙箱通通推到門旁，立刻轉移話題，「還有這些，趕快拿去丟掉吧！」

住戶累積好幾天的垃圾早已經把資源回收桶塞得滿滿，顏凱把紙箱丟到最頂層，我看著它搖搖欲墜。

「好像會掉下來。」顏凱推了推紙箱。

「別管它了，我們去吃飯啦，我現在超餓的。」我說。

他輕輕拭去我額上的汗珠，寵溺的笑著問：「妳想吃什麼？」

「奶油培根義大利麵，」我微微一笑，「不要加橄欖。」

因爲組織庫的成立，我從急診室被調到加護病房。

坦白說，比起急診室，我不喜歡加護病房。急診室雖然吵鬧，至少生機蓬勃。

但在加護病房裡，看到一個個被心肺機、洗腎機、維生器一大堆儀器綁在病床上不能動彈的病人，看著呼吸器下日漸憔悴的病容，實在很難保持積極的心情，甚至連我自己都沒辦法自欺欺人的安慰病人家屬：「會好轉的、別擔心、再撐幾天就過去了……」

當我鬆開病人的手，病人伸出僅存些微力氣的手指，在空氣中微微顫抖似乎想抓住什麼，我總會立刻轉身，不忍對上他的雙眼。

爲了阻止無能爲力的感覺淹沒自己，日復一日，我只能僞裝冷漠，連心也變得荒蕪。

每天早晨，護理人員會列出病歷號，方便醫生查房時可以快速的掌握病人的狀況和資料。病歷條長短時有變化，顯示病人的就診及出入狀況。

再怎麼僞裝冷漠，看到消失的病歷號時，還是會讓我忍不住心一跳。

「床號326、小中風的盧阿伯轉到普通病房了？」看著病歷條，我問前來交班的展妍學姊。

「嗯，」一抹笑容綻放在她唇邊，「恢復得很快，主治醫生說在普通病房觀察個幾天就可以出院了。」

「幾天前盧阿伯的家人來探望他，他還開心得自己拔下呼吸管，讓大家好一陣忙亂呢。」加護病房的資深護士雖然說著抱怨的話，卻也掩飾不住上揚的嘴角。

「那眞是太好了。」我也微微一笑。

但有時候就沒有那麼幸運。

這天，從護理人員手中接過病歷條，快速掃了一眼，沒有見到肝硬化末期的黃先生，心裡就有不好的預感。

「沈醫師，床號428的黃先生已經去世了……」

「什麼時候的事？」我閉了閉眼。

「今天凌晨，遵照黃先生最後的遺願，沒有做侵入式急救。」

走進病房內，看到黃先生的女兒蒼白著臉站在病床邊，地上散落著幾張紙。

我撿起那幾張紙，有放棄急救聲明書、器官捐贈同意書，都是黃先生尚在意識清楚時親筆簽名的文件。

見我走近，女孩用蓄滿盈盈水光的眼睛向我控訴：「沈醫師，我爸不是應該躺在病床上接受治療嗎？爲什麼他不見了呢？」

好像，看到了十年前的自己。

怔了好一會兒，我才艱難地開口：「妳父親去世了，我們已經盡力，但是醫學也是有極限的。」說出這句爸曾說過的話，連我自己都嚇一跳。

「可是，這個器官捐贈是什麼意思？爲什麼不事先跟我商量？」她嘴裡喃喃念著，「既然你們說會盡力救他，爲什麼還要放棄急救？我都還沒有要放棄救他啊！」

「妳父親這個決定，一定是經過深思熟慮……」我喉嚨乾澀地說，「妳要相信醫護人員一定會盡全力救治他，但是若到了生命無可避免的終點，急救的過程將是非常痛苦甚至是毫無尊嚴的，妳要尊重妳父親，他想有尊嚴的離開，可能也是……不想繼續拖累妳。」

「有尊嚴的離開？拖累我？」女孩沉默了一會兒，有些似懂非懂，「爲了爸爸，我犧牲所有課餘時間打工籌措醫藥費，拚命念書爭取獎學金，爲的就是希望以後能改善家裡生活。

「我知道爸是個混蛋，他每天只會喝酒賭博，最後還趕跑媽媽，害奶奶不得不一肩扛起家計，可是他還是我爸爸啊，他是我唯一的家人啊，奶奶走了，連他也走了，全世界就只剩我一個人了……」女孩的眼淚終於汨汨流出來，淌了滿臉。

「我這麼努力，爲什麼爸爸跟奶奶還是要拋下我呢？剩我一個人了……我該怎麼辦……」女孩開始啜泣，「這種被遺棄的感覺，沈醫師妳不會明白的……」

「我明白，」我擁住她，輕輕拍著她的肩，聲音聽起來彷彿很遙遠，「我明白這種感覺，是很難過，很難過的……」

我怎麼會不明白呢？那種被遺棄的感覺，我嘗過。

可是，經歷過在急診室及加護病房的日子，我也終於明白，醫學是有極限的，那些我們自以爲「拯救」的電擊、插管、氣切、強心針……延續的不是生命，而是痛苦！對於終將離去的人，能夠讓他們安穩的走向生命終點，該是一件多麼幸運的事。

眞正離開的人總是瀟灑的轉身，永遠看不見他身後留下的一片黑暗，這是命運最後的寬容與慈悲。

而原地等待的人再怎麼拚命挽回，挽回的不過是自己的一廂情願。

這是一種無法釋懷的疼痛，不去管它，以爲可以自動癒合傷口，但其實沒有，只是被一條繃帶纏住，時間久了，以爲早已經癒合，不料輕輕掀開，就開始鮮血淋漓。

安頓好女孩，無窮無盡的思緒潮水般襲來，我幾乎是逃難似的離開醫院。

走進末日咖啡店，沒有看到熟悉的大鬍子老闆魁梧身影。

「老闆，我要一杯冰美式咖啡。」我揚著聲音喊。

從布簾後走出一個高瘦的男子，戴著白色棒球帽，壓低的帽緣看不清楚他的臉。

「大叔有事不能來，今天只有我在店裡服務。」他說。

我視線掃過他的臉，又重覆了一次，只是這次聲音不知道爲什麼有些顫抖，「麻煩給我一杯冰美式咖啡，我要內用。」

「美式咖啡好了，請慢用。」咖啡推到我面前時，他帶著冰涼水氣的手指輕觸到我的，我竟然打了一個冷顫。

「謝謝。」我低下頭，端著咖啡坐在臨街靠窗的座位，大口灌下去，冰涼的咖啡因順著喉嚨流淌下去，瞬間有些清醒。

「他們說妳在這裡。」顏凱站在我面前，雙手插在白袍的口袋裡。

「嗯，」我放下玻璃杯，手居然還有些顫抖，「我想讓自己平靜一下。」

「第一次遇到自己的病患死亡，是不是很害怕？」

顏凱一下子就問中我的心事，沒有問我難不難過，也沒有問我有沒有掉眼淚，只問我害不害怕。

怎麼會這樣了解我？

我勉強擠出一點笑容，「我覺得我不是一位好醫生，我好像太容易帶入私人情緒了。」

「妳做得很好，」他也微微一笑，「我相信妳。」

「你待會兒還有班嗎？」我故作輕鬆地問，這時候很不想回家。

他看了看錶，略微皺眉，「沒班，但是沈院長找我開會。」

「沈柏鈞那老頭很愛囉哩叭嗦，不知道開到幾點才肯放人。」我抱怨。

「全醫院只有妳敢直稱沈院長是老頭。」

「身爲他女兒，偶爾要點小小特權也不爲過吧！」我聳聳肩，「本來想找你去看電影，既然這樣就算了，反正最近也沒什麼電影好看。」

「不然這樣，會議快結束時，我再發簡訊給妳，如果妳還沒走的話，我們再一起吃晚餐。」顏凱說。

「晚餐我看不用了，拖到宵夜還差不多。」我敲敲手錶，「但是，依照我對沈老頭的了解，會議結束之後，他應該會纏著你們陪他吃宵夜，所以我寧願回家睡覺。」

「沈子茉，妳應該多花點時間陪陪沈院長，畢竟他……」

「好，停，顏大叔，我知道你要說什麼。」我捂著耳朵求饒，「會議快開始了，麻煩你趕快走吧。」

他拉開我的手，俯身說了一些話，他的呼吸和低語貼在耳廓邊，我微微一笑。

「我喜歡簡單大方一點，不用太鋪張。」我低下頭，莫名有些害羞，「日子你跟爸商量好就好，我沒意見。」

臨走時，他隨手敲我一記爆栗，「別喝太多冰的，對身體不好。」

這個下午，我在咖啡店裡坐了許久。

街上的行人步伐匆匆，夕陽腳步凌亂的印下點點光斑，像要趕赴一場未知名的盛宴。

剛剛進門的兩個女孩，一邊談笑，一邊解下絲巾互相展示炫耀。

「在哪裡買的？花樣好特殊啊。」

「這件是百貨公司專櫃春季最新款，幾天前才進貨。」

側耳傾聽她們談話，才驚覺春天到了，可是爲什麼仍然這麼寒冷？

櫃檯後的高瘦男子又開始煮起咖啡，裊裊的熱氣後面，透出一張模糊卻似曾相識的臉。

咖啡店裡放起一首西洋老歌，女歌手低沉而略帶傷感的聲線，在木門窗、木桌椅、木地板組成的小小空間裡徘徊，就像細碎的往事迎風吹起，然後消散得不著痕跡。

All my best memories
我最美好的回憶
Come back clearly to me
歷歷在目地回到面前
Some can even make me cry
有些甚至會讓我哭泣
Just like before
就像從前
It's yesterday once more
彷彿昨日重現

〈Yesterday Once More〉，詞曲：Richard Carpenter, John Bettis

可以回首的只有腦海中的記憶，再也回不去的是從前。

結帳的時候，我回來的除了零錢，還有一張卡片。

我低頭看了一會兒，是一張設計簡潔的邀請卡，拿在手上有種獨特的質感，正面是一張藍色天空的風景照，背面印上展覽的時間和地點。

「我的攝影展，來看看吧。」那男子說，我抬頭看他，一眼望進他眼裡的清澈。

「邀請卡很漂亮，但是，」拿著卡片翻來覆去看了幾次，我疑惑地問：「爲什麼只有印展覽的時間和地點，而沒有展覽名稱？光看邀請卡也看不出展覽主題，到底展出什麼？」

「妳來就知道了。」

我盯著他的臉，很久以後才聽到自己的聲音說：「對不起，我不確定我有沒有空。」

「妳會去的。」那男子很篤定地說。

爲什麼我要去？

好像那次的相遇，只是爲了給我這張沒有主題的邀請卡，之後那男子再也沒有出現在末日咖啡店。

我把邀請卡貼在休息室的鐵櫃上，經過的時候看一眼，櫃子就好像開了一扇小窗戶，看得見藍天白雲。

展覽開幕當天，我並沒有去。

但我還是在電視上看到新聞轉播，是一場極其成功的攝影展，也在雜誌上讀到攝影師的專訪，知道了關於他在撒哈拉沙漠的流浪、關於他撐過冰天雪地的嚴寒、關於他在全地球最高聳的山脈上等待極光、關於他在最幽暗的海洋上看見一群飛魚、關於他千鈞一髮逃出砲火隆隆的沼澤地，知道了這十年間所有關於他的如何如何……

他的攝影作品獲獎無數，被譽為「瞬間的永恆」，海內外藝術中心爭相邀展。

雜誌專訪的結尾寫上這一句：

飛鳥般的年輕攝影師花了將近十年時間，走遍地球上每個角落，只為尋找人們心中想到達卻無法到達的風景。

心中想到達卻無法到達的風景？

我心中真正想去的到底是哪個風景？

「我的攝影展，來看看吧。」

要去？不去？

去了，會有我想知道的答案嗎？

就算現在得到答案又能怎樣？會不會太遲了？

以為毫無波瀾的心，原來並不是因為平靜，而是停滯了太多悲傷難以宣洩，最終死成一灘爛泥。

「沈醫師，您要不要參加心血管科學研討會？報名快要截止了，如果您要去，麻煩先填一下這張表格……」

要去？不去？

「不去。」

「子茉，東區有一家新開的義大利料理餐廳，網路評價不錯，要不要去試試？」

要去？不去？

「要去。」

點了奶油培根義大利麵，還特別交代侍者我的不要加黑橄欖。

晚餐的時候，我卻一直心不在焉，直到不小心嚼到一片主廚忘記剔掉的黑橄欖，瞬間的酸澀在口齒間瀰漫開來，我皺眉，忍著不吐出來。

「子茉，我想離開台灣，」顏凱的聲音聽起來好像隔了千山萬水般遙遠，「上海有一家教學醫院請我去擔任器官移植中心的主任，對方開出的條件很優渥，妳願意跟我去嗎？」

手中叉子掉落在白瓷盤上，發出「匡噹」清脆聲響，紅酒杯隨之傾倒，潔白的桌布瞬間染上一片緋紅。

我呆呆看著那一片狼藉，記憶中某個片段浮現起來，幾乎不能喘息。

「怎麼了？」

「對不起，我有急事得先走了。」

丟下一臉詫異的顏凱，我跑出餐廳，隨手攔了一輛計程車。

「司機先生，麻煩去這個住址。」我報出一個早已爛熟於心的住址。

攝影展在一間知名的藝廊裡舉行，我到達的時候，早已經超過開放的時間，展示廳的大燈已經全部暗下，只在通道點著幾盞小燈。

一張大型的藍色海報斜躺在地上，像一塊掉落的天空。

天涯海角攝影展

我最想要到達的天涯海角，不過就在妳心裡。

勉強平靜的心情又劇烈搖晃起來，我連做幾次深呼吸，推開大門，被眼前景象震懾住。各種色彩在我眼前喧譁流動，沉鬱的墨黑色、嬌豔的牡丹紅、雨過天晴的青色、寂寥的灰、純潔的白、清新的綠、沉鬱的紫……定睛一看，原來是一個個工作人員扛著巨型相框井然有序的從側門離開。

有人從一堆拆卸下來的隔板後面冒出來，是一個二十幾歲的女人，頭髮燙成精緻的波浪捲，黑色套裝顯得端莊幹練，高跟鞋踩在光潔的大理石地板，敲出叩叩的聲響。

「沈子茉？」

「林苡茜？」

沒料到在這裡遇見高中同學，我們同時發出一聲驚呼。

當年，林苡茜跌破眾人眼鏡棄理從文，大學念了藝術相關科系，聽說大學畢業後還跑到歐洲專攻冷僻的藝術管理課程，我跟她早就已經失去彼此的消息，如今意外遇見，兩人都有些彆扭，也覺得有些尷尬。

儘管如此，我還是保持冷靜地問：「妳怎會在這裡？」

「我在這間藝廊工作，目前是策展部的經理，」林苡茜很快堆起職業笑容，遞給我一張名片，客套地說：「好久不見了呀，沈子茉。」

「嗯，好久不見。」

「妳這麼晚來這裡是有什麼事嗎？想買畫？還是想買藝術品？」

我搖頭，把她的名片放進口袋，後退幾步，林苡茜熱絡的口氣幾乎讓我想要落荒而逃。

「那有什麼需要我效勞的？都是老同學了，直說別客氣。」

「我是要來看展覽的，那個……天涯海角攝影展。」我猶豫著，不知如何開口。

「攝影展今天下檔期，現在正在撤展，妳來得太晚了。」她環顧四周的凌亂，有些抱歉地說。

「已經結束了嗎？」我流露出顯而易見的失望表情，「怎麼會這麼快？」

「這個攝影展很受歡迎，我們早就已經安排好後續展覽場次了，邀展的地方太多，展期不可能太長，台灣也只在台北展出這一場。」她解釋。

眼睛有些酸澀，我瞇了瞇眼，喃喃自語：「原來是這樣，那就是我記錯日期了，我以爲還有幾天展覽才會結束。」我轉過身準備離開。

「沈子茉，等一下。」林苡茜突然叫住我。

我回過頭。

「我們在二樓弄了一間暗房給攝影師當臨時工作室，裡面有一些攝影作品還沒撤，原本沒有打算對外開放的，」林苡茜眨了眨眼，表情有些古靈精怪，「要不要看一下？」

「不用了，」我笑著搖頭，「既然沒有對外開放，而且你們已經要打烊了，那我就不好意思打擾了。」

「沒關係，工作人員還在整理展廳，我們不會那麼快關門，妳來了就看一下吧！」她似乎過分熱情的拉住我，「就看一下下，讓老同學白跑一趟，說什麼我也過意不去。」

「唔，好吧。」我跟著林苡茜走到樓梯口，她打開壁燈，往上延伸的階梯頓時籠罩在一片光亮裡。

「上了樓梯之後，直走到底有個小房間，裡面的攝影作品全都是攝影師隨手拍的風景照……」林苡茜伸手指了指光亮處的盡頭，聲音模糊得幾乎快要聽不見，「幾千張風景照，就只有一張人物照。」

林苡茜後來說了什麼，我早已經聽不見，彷彿被催眠般，我拾級而上，小心翼翼的，每一步都像踩在雲霧裡。

走到二樓，長長的走廊盡頭有個小房間，我逕自推開門走進去，腳步在一面藍色的牆前停住。

慢慢走近，才發現那不是一整面藍色的牆，而是由無數以天空爲背景的相片所組成，仔細一看，相片上寫了些文字，還仔細標示著拍攝的年月日及地點，一天天，一年年，從城市到鄉村，從高山到海洋，我認得的、認不得的，都是一片片他走過的，沒有我的，風景。

「沈子茉，等我回來，我要把全世界的風景都送到妳面前。」

無數張風景照，裡面只有一張人物照，一個女孩迎光佇立，背景是一大片看不清是海還是天空的藍色。

「對不起，這裡沒有對外開放。」身後傳來的話語聲瞬間停止。

我回過頭，怔怔的看著門口，有個頎長的身影從長廊黑暗處走來，隨著他越走越近的腳步，我的喉嚨隱隱發緊，幾乎發不出聲音。

終於，他在我面前站定。

不再是記憶中那個白皙纖瘦的男孩，眼前這個男人有著小麥色的肌膚，那是經過長年旅行曬出的漂亮膚色，頭髮有些凌亂，有幾撮倔強的翹著，洗去少年時期天眞執拗的表情，五官輪廓更加俊朗深邃，混和著男孩與男人的兩種複雜氣質。

「李海澄。」我好不容易念出這個名字。

「嗯，原來是妳。」他低低應了聲，聽不出情緒起伏。

將近十年了呢，當初動不動就笑出小虎牙的男孩，是怎樣一點一滴被時光雕刻成眼前這個沉靜的男人。

只是，誰都不再是毫無遮掩的孩子，再多的情緒即使在心裡驚濤拍岸，浮在臉上，也只能雲淡風輕。

「我來了。」我的語調平緩，「恭喜你，我看到新聞報導，也看過雜誌專訪，攝影展很成功，你父親一定以你為榮。」

他說：「謝謝。」

謝謝。

短促的兩個音節，聽在我耳裡卻沉重得猶如大石滾落，隔在彼此之間，成為無法跨越的山嶺。

「別說謝謝。」我輕輕搖頭，「我母親應該也會很高興，她會喜歡這些攝影作品……」

「嗯。」他淡淡問了句：「那妳呢，照片妳都喜歡嗎？」

「喜歡。」

「是嗎？哪幾張？」

沒料到李海澄會追根究柢，我尷尬的背過身，不知道是對自己解釋還是對他解釋：「對不起，我記錯時間，以爲還有幾天展覽才會結束，我到時工作人員已經在撤展了，所以其實我沒看到你展出的那些相片……」

「沒關係，我指的是我寄給妳的那些……」他的聲音很平靜，「喜歡嗎？」

寄給我的那些？

「嗯。」我有些心虛的低下頭，「喜歡。」

「喜歡的話，爲什麼要把相片丟掉？」

爲什麼要把相片丟掉？

我僵立著，幾乎連呼吸也停滯，過了好一會兒才找到藉口：「搬家的時候不小心丟掉了。」

「幸好我撿回來了。」他輕描淡寫地說，「現在都在這裡，說說，妳喜歡哪些呢？給我點意見。」

我抬起頭，把目光投向這一大片相片牆上，幾千張相片，我一時之間怎麼看得完呢？更何況每一張上面還寫著字，字裡行間似乎都有我的名字。

我伸出手指滑過一張張相片，想仔細看，可是爲什麼相片裡的字跟風景越來越模糊了？

「都、都不錯啊。」我仰起頭，假裝在看最上面的相片，臉上帶著微笑，「沒想到你眞的旅行了這麼多地方，好羨慕你能這麼自由。」

「自由嗎？」他頓了頓，似乎苦澀一笑，「我的自由都是用寂寞換來的。只要不怕寂寞，就能像飛鳥那樣自由的流浪。」

飛鳥般的年輕攝影師走遍地球上每個角落，只為尋找心中想到達卻無法到達的風景……我想起雜誌專訪的內容，問他：「那麼，流浪到最後，你找到你想到達的風景了嗎？」

「還沒有，」若有似無的嘆息從我身後傳來，「沈子茉想去的地方，就是我想到達的風景。」

我的笑意凝在唇邊，眼底的淚水終於滾下，大顆大顆的水珠滑過臉頰，滴到手背上。

「沈子茉想去的地方，就是我想到達的風景。」

這句話就像是一個時光機，只花了幾秒的時間，就穿越過漫長的十年光陰，曾經的歡笑、承諾、憂傷、思念、苦澀，都在此刻全部想起。

「你知道，我等你很久很久很久了嗎？」我強迫自己把心底那個微弱的聲音壓下去，「你現在才回來，不覺得太遲了嗎？」

驀然渾身一熱，整個人被李海澄緊緊的從身後抱在懷裡。

我下意識的掙扎了一下，卻始終無法掙脫，他抱得極其用力，彷彿每一寸肌肉都在用力，像是要把我完全嵌入他的身體。

「妳知道的，我不是現在才回來。」李海澄的頭低垂靠在我的肩膀上，聲音有如夢囈，「別動，一下下就好，我只想抱著妳，一年前我就想這麼做了。」

眼前這面藍色的牆彷彿瞬間崩塌，一張張相片如碎裂的冰片般一波一波砸向我，我幾乎無法站立，只能把身體軟倒在這個溫暖的懷抱裡。

或許，我早已經預料到這樣的結果，只是不知道就在今天。

李海澄一年前就回來了。

末日咖啡館、翅膀形狀的店招牌、不加黑橄欖的義大利麵、媽墳前的茉莉花……這些都是他存在的暗示，但是現在，我只能把這些幸福的徵兆當做命運的愚弄，悉數歸還。

我怎麼可以這麼粗心大意！

緊緊握住雙手，指尖刺痛掌心，我聽自己說：「李海澄，我不愛你了。」

我不愛你了。

在從未相遇之前，在徹底遺忘之後，我不愛你……

李海澄輕輕「嗯」了一聲，「我知道。我要離開了，不會再去打擾妳。」他嘆息的聲音從我耳邊擦過，語聲低得幾乎快要聽不見，「沈子茉，我曾經答應妳，要把全世界的風景都送給妳……」

「這些相片就是我送給妳的……結婚禮物。」

因爲，我要結婚了。

所以，不能愛你了。

他還說了，再見。

「但是這次……不會再見了。」

「祝妳，跟他，永遠幸福。」

祝我，跟他，永遠幸福。

這樣，就是結局了吧？

我們都會幸福吧？

終章　戀人

在徹底遺忘之前，我們仍相愛著。

一切都變得不真實，唯一真實的只有他懷裡的熱度。

我沉默著，始終無法言語，彷彿所有的知覺離我遠去，直到手機鈴響才回過神來。

「沈醫師，不好了，沈院長暈倒了！」電話那頭有人著急地說，「妳快回來。」

攔了一輛計程車回到醫院，見到爸躺在病床上閉著眼睛，那個曾經不可一世的父親，不知何時已經被歲月折磨成了疲憊孱弱的老人。

病床旁的小茶几，有一張熟悉的藍色卡片，拿起來一看，是李海澄攝影展的邀請卡。爸也去過李海澄的攝影展？

聽到門口出現腳步聲，我一驚，錯手把卡片丟進垃圾桶裡。

「是小洞性梗塞，十年前就發病過一次。」顏凱走到病床前，聲音有些微的停頓，隨即說：「CT（電腦斷層掃描）檢查出來發現腦部末梢小血管出現栓塞，幸好很快就消失了，目前應該沒有什麼大礙。」

「嗯，沒事就好。」酸澀的情緒漸漸翻騰起來，我走到窗前，看著醫院病房大樓下的中庭，風捲起枯黃的葉子，在半空中不停飄旋著。

顏凱似乎是想問我什麼，最後只是抬起手在我肩膀拍了拍，「子茉，我先去巡房了，妳的班我先幫妳調開，好好陪妳爸爸。」

窗戶外的天空亮了又暗，暗了又亮，我趴在爸的病床旁恍恍惚惚快要睡著了，感覺有人輕輕的撫著我的頭髮，我抬起頭，看到爸的手舉在半空中。

「你醒了？有沒有覺得哪裡不舒服？」我勉強的扯扯嘴角。

「手還有點麻，以後恐怕不能幫病人開刀了吧？」他的手張開又握緊，有些微微顫抖。

沒有回答他的話，我站起身，查看點滴，「點滴快滴完了，我去幫你換一瓶。」

爸順從的把手擱在床沿，眼神空洞的望向我。

「好好休養，還是有機會恢復的。」心頭有些發酸，我說：「你不是常說治病的人不可以那麼快被病魔打敗嗎？」

「子茉，我沒有被病魔打敗，我是被歲月打敗，」爸不知道想起什麼，沉默了好一會兒，才嘆息似地說：「爸老了，有很多事現在不跟妳說，爸怕自己快記不住了。我去看了那孩子的攝影展，那孩子跟他父親長得一模一樣，還完成這麼遠大的夢想，天祈在天之靈一定很高興。」

「爸……」我才喊一聲，就差點忍不住喉嚨的哽咽。

「別說話，先聽我說……」爸的表情很淡，聲音很輕，像敘說一個故事那樣，「子茉，妳一直很想知道的眞相，要從很久很以前說起……

「當年，我、妳母親秀理及李海澄的父親李天祈是大學時代攝影社的好友，李天祈跟妳母親是青梅竹馬的戀人，原本雙方父母打算一畢業就讓他們結婚，沒想到天祈爲了追求成爲攝影師的夢想，不惜放棄醫學院的學業到國外發展，當時沒有人願意諒解他，包括雙方父母、包括秀理，當然也包括一直偷偷深愛著秀理的我。

「天祈走的時候，沒有留下隻字片語，我們都以為他不會回來了。」

爸娓娓道來的故事在我腦海中跟過去的某部分重疊，我忍不住打斷爸的話：「不，其實他曾回來過，他當時想帶走媽，媽最後沒有選擇跟他離開，是因為……」

「是我阻止的，」爸緊緊握一握我的手，隨即頹然鬆開，唇角含著某種自嘲的笑意，「當時我跟秀理已經在一起了，我一直恨李天祈，其實是怕他，我怕他一出現就會奪去我最愛的人，這種恐懼日積月累，竟然讓我變成了魔鬼。」

「爸……」我想起媽手機裡的留言，語氣有些責怪，「你應該相信媽媽的。」

「沒想到幾年之後，天祈帶著一個孩子回來……」

「那個孩子就是李海澄，是嗎？」

「嗯。」爸點頭，眸色黯沉，幾乎看不到一點光，「如果不是因為這孩子的病，天祈不會來找我，身為醫生的我無法拒絕，於是我答應救那孩子，條件是他不能再跟秀理見面。

「我承認我這麼做很自私，也很卑鄙，所以上天懲罰我了，最後讓我失去最摯愛的朋友與戀人。」

忽然覺得有些悲哀，我知道不應該，但還是說出口了：「所以，你趕李海澄走，不讓我們在一起，只是因為他是那男人的孩子？爸，你不敢跟我坦承你們三人的感情糾葛，只能用這個藉口拆散我們！」

「不是這樣的，子茉，那孩子來找過我，」爸有些疲憊的闔上眼，「那孩子一直活得很辛苦，之後天祈死了，為了醫療方便，我便收養了那孩子，後來那天動手術的時候……」

「就是媽媽出車禍那天嗎？」

「是的，那天我被醫院急召回去，就是因爲那孩子的移植手術進行得不順利，情況很凶險，秀理急著趕來探望他，沒想到卻出了嚴重車禍。

「我想救秀理，但秀理彌留之際，只反覆呢喃：『救那孩子，盡所能救那孩子，就算用我的生命去換也沒關係……』

「子茉，如果是妳，身爲一位專業醫師，妳會怎麼做？一方就算勉強救回來也是終生癱瘓的植物人，一方是亟待器官移植的少年。救活你的愛人，讓她一輩子都活在痛苦中？還是成全她的心願？」

「所以，我說對了嗎？當年那個手術確實有瑕疵，器官移植至少要經過兩次腦死宣判，第二次的腦死宣判必須間隔四小時，」連自己都聽出來聲音有些變形，「可是，媽當時的手術時間根本沒超過四小時……」

「等不到秀理兩次腦死宣判，李海澄就會死了。子茉，妳曾質問我爲何放棄對妳媽媽的侵入式急救，我現在可以回答妳，爲的就是保留一顆完整的心臟器官去救李海澄。」

「子茉，死並不可怕，只要能完成心願，人其實是願意死的。」爸的唇抿出一絲苦笑，「雖然妳母親死了，但是她的心瓣膜延續了那孩子的生命，讓那孩子替他爸爸完成開攝影展的心願，我想，這應該是秀理也樂於見到的。」

原來，這就是我尋找多年的眞相！

好像高懸的利刃終於隕落，鋒利的刃尖劃開層層包裹的謊言，看著眞相汩汩流出來，鮮血般令人心驚。

我只覺渾身發冷，倒了一杯溫開水，一口氣喝下去，喝得太急了，頓時咳嗽起來，臉也瞬間漲得通紅。

好不容易平復了氣息，我艱難開口：「可是，爲什麼現在才跟我說？十年前你早該說出來了，不是嗎？」

「就算說出來，十年前的妳，能理解嗎？」爸問。

我想了很久，一搖頭，淚水就湧了出來，「不能理解，非但不能理解，還會恨你爲什麼不讓我見媽媽最後一面，甚至會因此憎恨李海澄。」

「說來可笑，十年前我說不出口，是因爲連我自己都很害怕，也不確定自己的決定是否正確。身爲丈夫，情感上我必須保住妻子最後一口氣，但身爲醫師，理智卻告訴我，延續一個有意義的生命更重要。」爸的聲音平靜如水，「子茉，妳爸爸不是超人，也會有軟弱的一刻，我沒有辦法前一分鐘因爲痛失愛妻而痛哭流涕，後一秒鐘就冷血的劃開另一個人的胸膛。我不是沒有情緒，而是爲了保持冷靜，我只能把自己所有的情緒隱藏起來……」

「爸，對不起，我當時只顧著自己的難過，沒有顧慮到你的感受，」我伸手緊緊攬住爸，「沒有想到其實你比我更痛……」

「孩子，別說對不起，應該是爸對不起妳。」爸抬起一隻手，撫過我柔軟的髮絲，「活到現在，爸也才領悟到還有什麼不能放手的？人生那麼短，爲何偏偏要與心愛的人作對？現在說出來了，爸很開心，也總算放下心裡一塊大石。」

此刻，關於所有人的所有故事終於在同一處找到了連結點——相逢或離別、諾言或謊言、勇敢或膽怯，在感情世界裡，誰都不能倖免。

沈柏鈞、江秀理、李天祈。

顏凱、沈子茉、李海澄。

誰也都不曾倖免。

「人啊，可以跟全世界作對，就是不要跟心愛的人作對，不然最後受到懲罰的是自己。」爸明明笑了，嘴邊噙的卻不是笑意，而是苦澀。

「子茉，爸希望妳能幸福。」

幸福？終於見到初戀的男孩，他已經蛻變成一個俊朗沉靜的男人，知道他一切安好，知道他不曾忘記我，然後，帶著他的祝福，我要跟另一個守護我多年的男人走入禮堂……

故事走到這裡，一切沒有遺憾了，我會幸福，對吧？

但是，這個故事情節爲什麼如此似曾相識呢？

如果「從此沒有遺憾」就代表「從此幸福」，那爲什麼媽會流下後悔的眼淚呢？

我站在窗前，看了天空很久很久。

昨天晚上彷彿下了一場雨，雨滴閃爍在樹葉縫隙間，清晨的陽光曬在肌膚上，有清晰的溫暖。

「今天天氣很好呢。」

「嗯。」被陽光一曬，爸的眼睛裡終於蘊了一點暖意。

「爸，你休息一下，我先離開了。」我不由自主的露出一絲微笑，「反正醫院是你的地盤，有什麼事，外面一堆醫生隨時聽候差遣，這些都是沈大院長你手把手調教出來的傑出醫生，保准你想死都還死不了。」

「那還真是『求死不得』了，」爸咳了一聲，難得俏皮，「女兒，我話先說在前頭，哪天妳爸要是準備死了，不准對我電擊、不准氣切、不准插管，來這種折磨，乾脆讓我早點走比較痛快！」

「也行，『放棄急救聲明書』沈大院長你自己先簽一簽吧。」不孝女沈子茉立刻回答，轉身就走。

回家後，我洗了一個熱水澡，水花四濺中，眼淚終於洶湧而出，與熱水混合在一起，狠狠哭得痛快。

我很快恢復「表面上」的正常生活，按表上下班，穿梭在各種醫學研討會之間，偶爾陪展妍學姊逛街，和顏凱出去吃飯。

這快速飛逝的日子，想不起來做了什麼事，腦海幾乎一片空白，行屍走肉般毫無知覺。直到躺在床上，闔上眼睛，所有短暫消失的聽覺視覺嗅覺彷彿才在記憶裡鮮活起來。

想起十六歲那年夏天，海邊的夕陽比棉絮還柔軟，撲在那個男孩臉上，像灑上一層金粉；想起那個男孩騎著紅色單車，等在學校對面的人行道上；想起那年夏天他總愛拉我出門照相，我擺出各種稀奇古怪的姿勢，在他按下快門之際故意大步離開，留下一張張背景清晰人物模糊的失敗相片；想起他尚未調好焦距前，我踮起腳尖飛快的輕吻他，他的唇紅潤潮溼，依然舉著相機，害羞得不敢放下。

想起他霸道卻又帶點玩世不恭的天眞與倔強。

「我叫李海澄，記得這個名字。」

「沈子茉，我們私奔吧。」

「我們來談戀愛吧。」

想起他唇邊帶著芒果香氣的蛋塔餡，想起南瓜風味的玉米濃湯。

想起那年煙火絢爛的盛開在夏日夜空，熄滅後，只剩下漫天灰煙及嗆人的煙硝味，那樣虛無，又那樣荒涼。

想起他在我耳邊唱著〈恆星的恆心〉：

「故事已結局，你早已離去，我還在堅定，老了，累了，倦了，變了，那不會是我，不會是我，等著你，等著你……」

「我要離開了，不會再去打擾妳。」

「祝妳，跟他，永遠幸福。」

原來，誰也不是誰的恆星。

幾個禮拜過後。

「沈醫師，妳拿錯病歷表了。」護士追上我，「這才是加護病房的，妳剛剛拿的是開刀病房的。」

我抱著一疊病歷，眼角餘光無意識的瞄了一下，三個字陡然映入眼簾。

「李海澄？」手抖得厲害，我幾乎抱不住手裡的病歷。

「前天急診送進來的病人，是『心臟瓣膜閉鎖不全症』，排好晚上要做心瓣膜移植。」

沒有察覺我的異狀，護士自顧自抽走病歷。

「很堅強的一個男生，從來不讓任何人探望他。」護士拋下一聲嘆息，「之前已經做過兩次瓣膜移植手術，這次能不能撐過就看今晚了。」

我的心猛然一抽。

「我要離開了，不會再去打擾妳。」

恍惚中，李海澄的聲音好似穿過重重迷霧，清晰的傳遞到我的耳畔。

連敷衍的笑容都擠不出來，病歷表從我手中跌落一地，我跌跌撞撞朝開刀病房奔去，虛弱得沒有力氣，連轉了好幾下才打開房門。

李海澄躺在病床上，手腕上綁著點滴針，一動也不動，呼吸和緩均勻，窗外是一天中最華麗的日光，如細碎的沙金一樣鋪在他身上。

仍然像個天使。

你說要離開，但你不會知道，我花了多大力氣說服自己，放棄你，已經是最好的結局。

然而，你現在躺在這裡，我該怎麼辦？我能怎麼辦？

我坐在床沿，手指極輕極柔的滑過他的眉梢、略顯清瘦的臉頰、稜線分明的下巴、鎖骨、單薄醫院衣服下微微起伏的胸膛，胸口偏左，肋下七公分的地方，不知道幾個小時後還能不能有這樣清晰的心跳。

李海澄閉著眼睛，微微皺起眉，嘴角卻若有似無的上揚，彷彿做著甜蜜而憂傷的夢。

感覺到我指尖的撫觸，他模糊的呻吟幾聲，睫毛顫了顫卻沒有睜開眼。

「醫生，時間到了嗎？」他閉著眼睛問，「輪到我了嗎？」

「還沒，現在是沈子茉醫生來巡房，」我忍住情緒，壓低聲音裝作威嚴的樣子，「手術之前還有幾個問題，麻煩你配合作答，方便醫生釐清病情。」

「好。」他慵懶沙啞的聲音帶著淡淡笑意，緩緩睜開眼，瞳仁清澈如水，清晰映出我的身影。

「十年前你爲什麼要離開？

「十年後，你終於回來了，還莫名其妙送我結婚禮物，你知道你根本不應該出現在我面前嗎？

「既然回來就算了，你不是說馬上就要離開嗎？現在你躺在這裡又是什麼意思？

「爲什麼要騙我？爲什麼不告訴我你還要開刀？」

我接連扔出幾個不客氣的質問，李海澄沒有解釋，只是道歉，以及沉默。

「不要只會說對不起，對不起有用嗎？」

時間停滯得可怕，每一秒彼此的呼吸都清晰可聞，他的反應激怒了我，我扯著他的衣領，問：「你說要祝我幸福，但是你有沒有想過，如果我還愛你呢？沒有你，我要如何幸福快樂？」

「妳想知道答案嗎？」他平靜的抓下我的手，解開院服幾顆扣子，露出胸前幾條醜陋的疤痕，藤蔓般蜿蜒著從左胸橫過。

「這條是八歲時，當時植入了金屬瓣膜，有的時候不是一次就能成功，常常要進出手術室好幾次……」李海澄牽起我的手滑過這些疤痕，有些像烙在胸前已經成為深褐色的印記，有些像修補拙劣的縫線還帶著小小的凸起肉芽，「這條是十七歲時，手術失敗差點死掉，千鈞一髮的時刻終於等到適合的心瓣膜……」

「子茉，那就是妳母親的心瓣膜！」他握緊了我的手，眼神漸漸暗下去，只餘瞳孔深處一點光芒。

「幾個小時之後，這裡又會再多一條。」他弧線分明的唇浮起一絲若有若無的笑意，「心臟瓣膜閉鎖不全，幾乎每隔幾年就要開一次刀，每開一次刀就要冒著手術失敗死亡的風險，這樣的我，還能愛妳嗎？還值得妳的愛嗎？」

我凝視著他，喉嚨澀緊得沒辦法出聲。

「子茉，如果我說從我們一開始相遇，我就已經決定要離開，妳會不會恨我？妳曾經因為失去母親而那麼痛苦，當妳知道我的生命是用妳母親的生命延續下來……妳能對我心無芥蒂嗎？

「我承認剛開始是因為彌補心態，所以才接近妳。在遇見妳之前，我從來沒有想過會愛上妳。」他低下頭將唇輕輕印在我的額上，呼出的氣息急促而炙熱，「子茉，對不起，比起愛上妳，我其實更害怕妳知道眞相之後的反應！我不需要同情，更不想讓妳恨我，所以才會選擇離開，逼自己走得遠遠的，說服自己離開只是爲了完成爸的心願。」

「你說對了，李海澄，知道眞相後，我的確恨過你！」

我狠狠咬住他的肩頭，發洩似的咬得很大力，李海澄拚命咬住牙，雖然一聲不吭，身體卻一陣陣痙攣。

我知道他很疼痛，不過那有什麼關係呢？

什麼都比不上，我發現我現在還愛著他，卻又可能失去他疼痛！

「但，那是因爲你不該丟下我。」被灼傷的感覺瀰漫到了眼眶，再也止不住淚水，我像個絕望而受傷的孩子伏在他胸前哭泣，「小海，你從來就沒有眞正想過要跟我在一起……」

「子茉，對不起。」

他俯身將我緊緊抱進懷裡，他冰涼的唇貼著我的臉頰，熨燙了我的淚，然後一尋到我的唇就重重的吻上，直到唇齒間彷彿瀰漫了熟悉的香氣，彷彿回到那個夏天，只有男孩跟女孩單純的相戀。

不知道我們相擁了多久，他的唇一離開，我幾乎又快要哭泣，便伸出手臂，緊緊環繞住他的頸項，感覺他身體似乎在微微顫抖。

「子茉，可以再叫我一次『小海』嗎？」他說，聲音帶著懇求。

我搖頭，咬住唇不說話。

「子茉，拜託，我喜歡聽妳叫我『小海』。」他眼睛裡流露著赤裸裸的情感，幾乎毫不掩飾。

「小海。」我低喚，淚水盈在眼眶，輕輕一眨就要滾落。

李海澄握住我的手，輕輕貼在他的左胸，按住，手心下是他的心跳聲，循環返覆，怦怦而動。

「好奇怪，妳叫我名字的時候，」他的手覆上我的手，緩緩闔上眼睛，聲音恍惚，「這裡就很痛，很痛，很痛……」

我按了病床前的緊急呼叫鈕。

沒多久，走廊上響起雜亂的腳步聲，心臟科主治醫生帶著護士出現，眾人合力把李海澄抬上推床。

到達手術室的路途如此漫長，我緊緊牽著他的手，怕放手了，就再也牽不住了。

「沈子茉，妳想幹麼？」

推床到手術室前停了下來，有人攔住我的去路。

「這個病人情況危急，需要安排緊急刀。」受過專業醫療訓練，我很冷靜地說，「麻煩顏醫師讓一讓。」

「我知道，但是妳不能進手術室。」顏凱似乎比我還冷靜。

「為什麼？」

「妳現在這個樣子，」他的手撫過我的臉頰，舉在日光燈下，手指沾滿晶瑩的水珠，「一點也不專業，怎麼進手術室？」

我驀然一震，慢慢鬆開手，看著李海澄被推入手術室，眼前迷濛一片，才意識到眼眶裡湧滿了淚。

顏凱俯身凝視著我，良久，才伸手撫去我臉上的淚。

「是他吧？」他問。

「嗯。」點頭的同時，聽到一聲很輕很輕的嘆息。

來不及去擦拭臉上未乾的淚痕，一雙溫暖的臂膀已經緊緊擁住我，顏凱把臉埋在我的頸項，聲音低啞如耳語：「怎麼辦？子茉，我不想放妳走。」

經過漫長歲月，眞相一點一滴浮現，並不複雜也無懸疑之處，殘忍而已。

當年，媽媽將心瓣膜捐出去，讓小海得以延續生命完成其父的心願，而移植手術的主刀醫師是我爸爸，他歷經的掙扎與痛苦絕非我能想像。

少年時的我或許隱隱猜到，卻固執得不願相信，只是一味憎恨父親。

現在的我如願成爲急診室醫師，利用職務之便翻閱那次移植手術的檔案，認知到移植手術的凶險，不得不承認看似冷酷的決定，確實已經是最佳解了，哪怕父親遲疑幾秒，得到的將是母親無法安息的靈魂和小海冰冷的屍體。

思考良久，我終於釋懷了。

不到兩個禮拜，這個消息很快在醫院傳開。

「沈子茉，妳跟總醫師解除婚約了？」謝旻勳瞪大雙眼，驚訝得像跟我解除婚約的是他一樣。

「嗯。」我淡淡點頭，「安慰的話就不用說了，我不需要！」

「誰說我是來安慰妳的啊？」謝旻勳用著充滿戲謔的口吻，嘻嘻笑道：「高傲的沈子茉居然被人甩了，而且還是被淒慘的退婚，站在前男友的立場，我當然是要來落井下石一番的啊！」

「喔？你都聽說了什麼？」

我停下腳步，雙手插在白袍口袋。

「聽說，總醫師跟沈院長說他當初答應娶妳，只是因爲沈院長曾允諾要幫助他攀上高峰，現在他已經打開知名度了，而且上海有家醫院打算高薪聘任他去主持醫療團隊，他再也不需要沈院長的庇護，自然也不用娶嬌嬌女爲妻。可憐唷，沈子茉，知道之後備受打擊吧？」謝旻勳撫著胸口的樣子，實在很礙眼。

「白癡。」

我給他一記白眼，抬起腳就要走。

「等一下，我話還沒說完欸！」

「有屁快放。」

我的耐心十分有限。

「嘖，果然是被沈院長捧在手心的嬌嬌女，那火爆脾氣難怪連總醫師都受不了，啥時才知道要改一改呀？」見我揚起手中的病歷板，謝旻勳的語氣一轉，「好啦，我想說的是，舊的不去新的不來。加油！前女友！繼續朝下段美好戀情前進吧！」說完，還硬拉起我的手擊掌一下。

儘管謝旻勳看似挖苦的打氣讓人想扁他，我的嘴角還是忍不住上揚。

「黑咖啡，加糖加奶精，給妳。」休息室裡，顏凱遞給我一杯咖啡。

感覺到他的手指觸到自己手指的瞬間，有一股熱流從指尖一直傳遞到胸口。

我看著他，欲言又止，最後彆扭的問出一句：「已經決定要去上海了嗎？」

顏凱「嗯」了一聲，臉孔埋在熱咖啡裊裊的白色霧氣裡，看不清表情。

「什麼時候要走？」我問。

「下個月月初。」

「這麼快？」我一驚。

「捨不得我嗎？」

對方直直望著我，我有些窘迫的說：「顏凱，謝謝。」

「為什麼要跟我說謝謝？」他的唇邊凝著一個溫柔甚至可以說溫暖的笑容。

「謝謝你的咖啡，」我垂著頭，幾乎不敢看他的眼睛，「謝謝你的陪伴，還有謝謝你的放手。」

「子茉，不要跟我說謝謝，我還沒有那麼大方能犧牲自己，成全別人的愛情。」

好像有誰輕輕嘆息一聲，我一怔，抬頭凝望他。

「我只是放棄掉一個不愛我的女孩，不過如此而已，我並沒有損失。」他說。

他望著我，那依舊平靜的表情，像一條從不起波瀾的河流。

極酸的澀意瞬間在胸臆間瀰漫開來，我向前擁抱住他，低語：「對不起。」

顏凱，對不起。

即使以後不能再相遇，也願你能得到屬於你的幸福。

❦

在遙遠的英格蘭，有一處名爲「天涯海角」的地方。

「天涯」是指英國最東北方的陸地盡頭，一個名爲John O'Groats的海岸村莊；而「海角」就是英國最西南方的陸地盡頭，一個名爲Land's End的懸崖。當地人稱「End to End」的天涯海角旅程，就是從John O'Groats到Land's End，完成全長約一千四百公里的旅程。

海角懸崖上有一片草地，開滿了蒲公英花，被無邊無際的大海環抱著，景色蒼茫壯麗。

一個男人站在懸崖的盡頭，日光把他的背影剪成一道修長優美的輪廓。

聽到我的腳步聲，他轉身，淡淡一笑，朝我伸出手。

那是一份愛情的邀約，我這才知道，漫長的等待就是爲了此刻。

那隻翱翔天空的飛鳥，終於在我身邊棲息。

我伸出手，在他溫熱的掌心裡，把手指逐一彎曲。

「帶妳來這麼漂亮的地方，」他輕聲說，「沈子茉，妳有什麼話想對我說？」

「謝謝你沒死。」我說。

他一愣，隨即噗哧一笑，「早知道妳這傢伙說不出什麼好聽話。」

「那你想聽什麼好聽話？」我瞥了他一眼。

「比如說，」他咳了一聲，口氣循循善誘：「小海沒有你我會死、小海我愛你一生一世、小海我愛你直到海枯石爛……這類讓人熱淚盈眶的話啊。」

「還熱淚盈眶，好啊，那你聽好了，」我裝得惡狠狠，「李海澄，你要是敢比我早死，我就把你的肝啊、腎啊、肺啊、皮膚啊，通通捐出去做器官捐贈，再把你的大體丟到教學池裡泡福馬林！」

「好感動，我聽到都快哭了。」他的笑聲在胸腔震動著，敲了一記我的後腦杓，「妳捨得啊？」

我吃痛的撫著頭，嘴硬地哼道：「舊的不去，新的不來。」

風吹揚起我的髮絲，撩在頸項與耳後，有微觸的麻癢在耳畔，「眞敢講，當初是誰哭著要我不要丟下她？」

「所以我說過了啊，現在換你說了，我要聽浪漫的情話。」

「我愛妳。」他在風中呢喃。

於是，我吻上了這個男人的唇。

他把我拉進懷裡，這個年輕男人有力而炙熱的身體，每一分，每一寸，都緊貼著我因喜悅而柔軟的心。

終於，我可以擁有愛情，與幸福。

那需要經過漫長等待才能棲息的愛情，與哪怕需要如履薄冰，我也不想失去的幸福。

十六歲，我們相遇在倉皇不安的青春裡，彼此成爲彼此的救贖，相約要到天涯海角流浪，他卻離開了。

二十六歲，他回來了，明知道他的病情是顆不定時炸彈，隨時能將我們的幸福炸得粉碎，我還是重新愛上了他。

戀愛腦嗎？或許吧。

在相遇之後，在徹底遺忘之前，我們幸福相愛著。

即便只有短短幾年，那餘熱已足夠溫暖我的餘生。

後來的後來，我再度回到遙遠的英格蘭，那處名爲「天涯海角」的地方。

海角懸崖上的蒲公英花早已凋零。

一個男人站在懸崖的盡頭，他的背影隱隱約約襯在藍色的天幕前，有些透明，虛幻而不眞實。

聽到我的腳步聲，他轉身，淡淡一笑，朝我伸出手。

我伸出手，在他冰涼的掌心裡，把手指逐一彎曲。

「等很久了？」我問，他沒說話，只是把我拉進懷裡。

就這樣靜靜的，我們靜默著，擁抱著，陪伴了許久，直到初陽升起，將這片大地染上淡金色，無數細綿的蒲公英花絮隨風飛舞，像下起一場淡金色的細雪。

「我愛妳。」他說，聲音漸漸被風吹散。

「我也愛你。」我說，只有我自己聽得見。

即使周身灑滿了這樣明亮而美好的光，即使他懷抱著我，我仍然感覺不到一絲暖意，汨汨而出的悲傷從四面八方不斷湧來，幾乎將我完全淹沒，似乎只有呼喚他的名字才能夠舒緩這疼痛。

「小海……」

「嗯？」

「你還在嗎？」

「我在，我一直都在。」

風吹揚起我的髮絲，撩在頸項與耳後，微觸的麻癢呵在耳畔，彷彿他在我耳邊輕喃。

「沈子茉，妳知道蒲公英的花語嗎？」

「不知道……」我忍住淚，想握緊他的手，卻發現握住的只有漫天飛舞的蒲公英花絮，隨風飄散……

「我在遠處爲妳的幸福而祈禱。」他說。

他說了：「我愛妳。」

即使相愛，也不能成爲戀人。

故事一開頭，就已經知道結局，終於還是來到這天。

他還說了：「我在遠處爲妳的幸福而祈禱。」

這片天涯海角的蒲公英是你給我的祝福。

他最後說了：「再見。」

再見，再也不見。

你再也，不能見。

於是，我終於知道，那隻翱翔天空的飛鳥，曾經短暫在我身邊棲息，終究會飛走。

除了回憶，什麼也沒留下……

——The End

【紀念版番外】少年與男孩

不想活下去。

也不是眞的想尋死，更準確來說，是介於不知道爲何而活、又不至於眞的去死，對生活沒有熱情、對人生沒有期待，如此渾渾噩噩地活著，一日拖過一日，是顏凱的青春期寫照。

不知道從什麼時候開始變成動輒得咎的孩子，明明小時候常被誇獎聰明伶俐、乖巧可愛，不知不覺變成這副光景，自己或多或少也有點責任吧？總是一副不耐煩的表情，聽老師講課不如自己念書，同學全都是惹人厭惡的傢伙，髮型、裝扮、舉止行爲、說話方式，他全都看不順眼，和這幫蠢貨相處簡直毫無意義。

學校生活無趣，家庭生活更是一言難盡。

和父母聊天找不到共同話題，來來去去不過這三個句式：

「考得怎麼樣？成績單呢？」

「到底要講幾遍你才會懂／去做？」

「不准○○！」後面能接任何父母看不順眼的動詞，例如抽菸喝酒、打電動、談戀愛，這種父母還特別擅長情緒綁架，口頭禪是「都是爲你好！」、「你怎麼不知感恩？」。

偏偏夫妻之間的相處也不和睦，父親升了職，整天加班應酬，醉醺醺回家後常因一點芝麻綠豆小事爭吵吼叫，母親摔門出去好幾天沒回來，父親又喝更多。剛開始，少年還願意費一番力氣將他拽進臥室，次數一多，乾脆放任男人爛醉如泥癱在沙發上。

煩死了，爲什麼不離婚呢？

其他人到底是如何處理這種糟糕透頂的情況呢？

互相不滿、彼此厭煩，最終眼不見爲淨假裝對方是透明人，僅僅只是依靠血緣關係作爲羈絆，一個家才不至於四散。

這日，在父母勉強下，少年不情不願地來到醫院，聽說要見爺爺最後一面。

隔著玻璃窗看見躺在病榻上的人，和他有四分之一血緣關係，天哪，他眞老！滿臉皺褶布滿褐色斑點，渾身散發腐朽氣味，身上插著五顏六色的管子勉強維持生命體徵。生命即將走到盡頭，偏偏一息尚存，一日拖過一日，不知道他在想些什麼？

環顧周遭，叔叔、伯伯、阿姨、堂表兄弟姊妹……叫得出稱謂、叫不出稱謂的親戚聚集在安寧病房外，孩子們面無表情刷著手機，大人們則面紅耳赤爭論著遺產，動產、不動產、股票、債券、基金……少年不確定老人是否期望這樣的「家族聚會」？

過了一會兒，作爲長子嫡孫，他被喊進病房內，一群親戚依舊吵鬧不休，他冷淡望著老人，無法表現出任何溫情。自有記憶以來，爺爺就住在療養院裡，童年時偶爾隨父母去探望過幾次，見面次數屈指可數，他甚至不確定老人是否還認得他。

老人沒說什麼，握一握少年的手就疲累地閉上眼睛，那瞬間，他彷彿看見一縷微光從老人身體飛出，咻一聲，消失不見。

他確定老人已經死了、死透了，家人們依舊裝模作樣喊來醫師，插管、氣切、電擊，徒勞無功的急救措施反覆折磨這具槁木死灰般的軀體。

此時，他突然意識到，總有一天他也會像這樣死去。

少年受夠了！極其厭煩地走出病房，想離開卻不知道去哪裡，繞了幾圈，偌大醫療大樓宛如迷宮般找不到盡頭，恍惚間看見一抹白色微光出現在樓梯口，他無意識地跟隨，一回神，竟已經來到頂樓。

那微光……不對，是一個穿著寬大病號服的孩子，手腳俐落地翻過不算高的欄杆，站在外圍突出的邊緣。

誰家的孩子四處亂跑？

出事怎麼辦？

雖然疑惑，又無法裝作沒看見，想出聲制止，又怕太過激動嚇到孩子，就在他不知所措時，對方似乎發現他的存在，回頭看著他，眼神充滿輕蔑。

顏凱自己也常擺出這種神情，現在輪到他被小屁孩蔑視了嗎？鬼使神差下，他走到離對方約三步的距離內。

應該掉頭就走的，他一邊思考，一邊觀察那孩子，臉蛋稚嫩，眉目間卻帶著一股早熟的傲氣，猜不出幾歲，總之就是個小屁孩。

「欸，你在那邊幹什麼？」他問道。

「看星星呀。」

「你最好趁沒被人發現前趕快離開！」不然他也不知道該怎麼辦。

「不是被你發現了？」

「啊……」顏凱一時語塞，「總之你快過來，萬一掉下去怎麼辦？」

「掉下去就摔死啊。」彷彿故意惹怒對方，男孩張開雙臂揮了揮，嚇得他一陣屏息。

算了，隨便你！平時的顏凱或許會如此說，但這天他已經見證過一次死亡，實在不想看到另一條生命再度消逝。

「摔死很醜的，會變成醜死鬼。」四肢斷掉、腦漿迸流，眼珠掉出來，他繪聲繪影描述，孩子聽得一愣一愣。

「可是我問過爸爸，他說人死後會變成天上的星星……」

愚蠢的話果然只有小孩子才相信。

「那是自然死亡的情況下才會變成星星，如果自己把自己弄死，就叫『自殺』，自殺的人無法投胎輪迴，上不了天堂也去不了地獄，靈魂會困在原地一遍遍重複生前動作。」忘記從哪知道的，反正沒法印證事實，剛好拿來唬孩子。

「你怎麼知道？」男孩沉思一會，追問道：「誰說的？」

少年剛要開口，發現差點落入對方話裡的圈套。死了就死了，誰知道死後會如何？

無法隨便敷衍過去的小孩眞討厭。

「信不信隨便你。」如此回答比較省事。

「那我再想想別的辦法好了。」說出這句讓人莫名在意的話，男孩爬回欄杆內。

顏凱暗自鬆了一口氣，意識到不該跟對方牽扯太深，說了句：「你自己慢慢想。」轉身朝樓道走去，男孩追上來跟在他身後，兩人一前一後出了醫療大樓。

「欸，你不能隨便離開醫院吧？」

「沒被發現就沒關係。」

「你別跟著我。」

「哪有？」男孩反駁道，「我餓了，要去吃東西。」

兩人最後進了不遠處的便利商店。

顏凱從冷藏櫃裡拿了些食物交給店員微波加熱，男孩挑了些零食湊到他身邊，低聲道：「一起結帳吧。」

「不要。」

「你不能不負責任。」

「你又不是我的責任！」

男孩拉拉他的衣袖，喊了聲：「哥。」

「微波好了，兩位一起結嗎？」不等他回絕，店員熟練地刷了條碼，報了價錢，少年臉皮薄，只好乖乖掏錢。

「欸，我什麼時候變成你哥了？我連你叫什麼名字都不知道！」

「李海澄。你可以叫我小海，總之不要再叫我『欸』了，那很沒禮貌。」

竟然被孩子教訓了！顏凱為之氣結。見到男孩拉開洋芋片包裝正準備大快朵頤，挖苦道：「病人能吃垃圾食物？」

「你不會去告密吧？」

「那可不一定。」他斜睨對方一眼，「話說，你生什麼病？」萬一出事就糟了。

「心臟瓣膜閉鎖不全症。」

不是出於關心，僅僅出於好奇，預期得到的大概是某個器官生病那樣籠統的答案，沒想到孩子能回答出如此艱澀的病名。

「會很快死掉嗎？」

「會吧，但也可能拖很久。」男孩垂下頭，小臉蛋幾乎埋在包裝袋裡，「早點死掉就好了，就不會給爸爸添麻煩了。」

所以才說「掉下去就摔死」那種話吧？原本還香氣撲鼻的微波食物，顏凱突然覺得索然無味。

「對了，那你呢？」男孩想到什麼，突然問道。

「啊？」

「你想過自殺嗎？」

「為什麼這樣問？」他沒好氣地回：「我像那種想尋死的人嗎？」

「嗯，你看起來就是那種死氣沉沉的大人，我在醫院看過很多這種人，一旦渾身散發死亡氣息通常都活不久。」男孩露出「你懂吧？」的表情。

少年感到被冒犯，瞪向對方，「我才念高中，並不想死！」

「嗯，那你要好好活下去，至少要活得比我久。」男孩伸出拇指和小指，「說定了，打勾勾。」

「少蠢了，小孩才會拉勾蓋章。」顏凱一點都不想觸碰他那沾滿洋芋片碎屑的手指。

「我本來就是小孩啊。」

「煩死了。」兩人拉勾蓋章。

「那你會交女朋友嗎？」

「會啊。」

「會跟她上床嗎？」

「……」

「我爸說等我念高中才可以談戀愛。」男孩眼神閃閃發亮，「好奇嘛，我不確定自己能不能活到那時候。」

人小鬼大的孩子，實在很討厭！

這是少年顏凱和男孩小海的第一次相遇。

後來，顏凱認眞想過，若沒有那次在醫院頂樓的相遇，男孩可能如願以償「掉下去就摔死」，他或許繼續渾渾噩噩過日子，直到某天再也受不了的發瘋或自殺。

他總想起那個生病的孩子，因爲不想給父親添麻煩想早點死，他忍不住去查閱相關醫學資料，想了解男孩口中的病。

因爲這件事才決定念醫學院，這個念頭是不是太蠢了點？

沒辦法，他本來就是鑽牛角尖、死嗑到底的人，既然做了決定就拚命用功讀書，隔絕一切雜音，安然度過青春期。

後來的後來，當兩人再度相遇，顏凱已經成爲沉穩自持的大人，小海也順利長成少年。

人和人的相遇眞的很奇妙，就像浩瀚天空群星運行的軌道，短暫交會擦出的光亮，看似不經意，其實命運早已安排妥當，總會留下些什麼，改變些什麼，絕不會沒有意義。

【紀念版番外】水星記

「十七歲」，人生中最青澀美好的年紀。

「初戀」，人生中最難以忘懷的初次戀愛。

能在最美好的年紀談場難以忘懷的戀愛，是一件無比幸運的事。

但，對一個將死之人來說，卻是種詛咒。

我自小就有心臟方面的疾病，解釋起來有點複雜，簡單說，心臟是「身體的幫浦」，將血液打到全身各處，最後再流回心臟，如此精密的循環系統需要靠心臟瓣膜確保血液流往正確方向，而我的心瓣膜出了點問題，若無法將帶氧氣的血液順利送到身體各處，若搶救不及，我就可能會死亡。

八歲時，我安裝了金屬瓣膜。我還記得老爸神祕兮兮地告訴我，說我被選中參加一個神祕任務，將被改造成機械戰警，手術的疼痛讓我害怕，但我早已學會壓抑恐懼，甚至因爲擁有一顆與眾不同的金屬心臟而欣喜不已。

那次手術預後良好，醫生叔叔說經過妥善治療，我能跑能跳，還能平安長大成爲眞正的戰士，抓光全世界的壞人。

略感遺憾的是，爸說媽媽反對改造計畫，吵過幾次架後兩人最終離婚，我平靜接受這個理由，畢竟每位英雄都有個殘缺的家庭。

「真的很對不起，媽媽無法原諒爸爸，最後還是決定離開我們了，」爸雖然在笑，但那笑怎麼看都很苦澀，「小海，你覺得難過嗎？哭出來沒關係。」

「沒事的，反正我也無能為力啊。」我安慰眼前這個頹喪的中年男人，他看起來比我還難過，「爸，想哭的時候你就看看天空吧！」

「為什麼？」

「這樣就不怕被人看見你在哭了。」小小的我抬頭仰望父親。

長大後，我漸漸了解這一切不過是大人們說的可笑謊言，什麼改造計畫、什麼機械戰警，通通都是哄小孩的話語，我能像個普通孩子般成長、上學，被允許從事不太激烈的運動，還擁有一副足夠吸引女孩們目光的好看皮囊，就已經是不幸中的大幸了。

「真可憐，年紀輕輕就得這種病……」

唔，我也沒辦法，出生時就內建的先天性疾病，不是突然得的。

「聽說你爸也英年早逝，偶像劇裡罹患這種病的人都活不過三十歲，萬一以後我們結婚有了孩子……」

首先，我爸活過四十歲，他死掉是因為一場意外，跟先天疾病沒關係。再來，妳的醫學知識不需要從偶像劇裡學，還有，妳確定我們會交往到結婚生子？

「我還是很愛你，但是我們沒辦法繼續交往下去了……」

少女扭著制服下襬，泫然欲泣。

「好，分手吧。」我爽快地說。

「愛」這個字太沉重，我不配。

「分手以後，我們還能當朋友嗎？」

「好。」我沒有看她，目光依舊停留在天空中，看一群飛鳥拍顫著翅膀擦過教學樓邊緣，「我死後，記得帶我最喜歡的茉莉花，來我的葬禮。」

少女哭著離開，我的耳根子終於恢復清靜。

第幾位？記不清了，總之不是十根手指頭就能數完的數量。

別怪我鐵石心腸，畢竟眞正意義上來說，我的確有顆冰冷的金屬心臟，發出喀噠喀噠的輕微聲響，迴盪在我左胸腔裡。

半年前，我毫無預兆暈倒在體育課上，送醫急救後，得到「病情惡化，繼續放任不管就會死去」的診斷。

「病人」這個標籤一旦被貼上，同學開始對我敬而遠之，師長對我小心翼翼，只要用身體不舒服當藉口，忘記交作業、在課堂上呼呼大睡、蹺課、不願意參加任何團體活動……等等，幾乎都能被原諒。

與其責罵，大概是「算了，隨他去吧」這樣的放任心態，我對自己的人生也是採取聽之任之的態度，爲什麼要認眞念書呢？說不定明天就要死了，既然如此，死前一天還在念書的我不就太傻了？

與我同齡的學生大多忙著念書考試、戀愛交友、社團活動，而我整天無所事事，唯一的娛樂就是睡覺，夢裡什麼都有。只是白天睡太久了，晚上難免睡不著，我也不愛打遊戲，不斷掛念如何升級破關，會讓我死不瞑目，萬一太過激動猝死，還會被媒體歸類為「宅男」，我絕不願以這樣的稱號死去！思考良久後，我在夜店找了夜場工作，那是唯一不問出身學歷年齡、時薪高的工作。

夜店老闆是個大鬍子，胸前掛著一條粗大的金屬十字架，我毫不隱諱告訴他我的病情，他想了想，說這裡龍蛇混雜但還沒死過人，如果我願意撐下去就來當調酒師吧。

如此自暴自棄活著，竟然又拖過大半年，連主治醫師都說是奇蹟。

如果有神，請不要把所謂奇蹟浪費在我身上啊！這不過是判了死刑的人獲得緩刑機會，比起痛快死去，這種等死的日子更令人坐立難安。

如果此時神給我一個死亡按鈕，我會毫不猶豫按下去！

這天下午例行回診，護士姊姊先是讓我做了些例行檢查，邊客套地誇讚我好像又長高了、越來越帥了，然後語帶歉意地說：「沈醫師還在忙……」

聽見診間內傳來激烈爭吵，我微微一笑，「沒關係，我在診間外等。」

透過門上小窗，我只看見背影，女孩穿著綠衣黑裙的校服，紮著丸子頭，幾縷碎髮倔強散在腦後，用著張牙舞爪的語氣「討債」。

「又要錢？妳錢都花哪了？」

「化妝打扮、買衣買鞋買包、下課後和同學吃吃喝喝，哪樣不花錢？」

「妳才幾歲！學生要有學生的樣子，打扮做什麼？」

「對了，還要補習費！和我要好的同學都去補徐老師英文，就我沒去會被排擠！」

「排擠就排擠，那些同學不來往也罷！下課後就乖乖回家，家裡不好嗎？成天就知道往外跑！」

「就知道說教！你和媽什麼時候把家當回事？憑什麼要我乖乖待在家？」

「妳……要零用錢去找妳媽拿，我跟妳媽早就說好了，大錢我出，小錢她出。」

「請問兩位離婚了嗎？分得那麼清楚！」女孩跺跺腳，「總之一句話，給錢，不然我就去賣……」

聞言，我忍不住噗哧一笑，挺有創意的威脅。

「妳！」臉色一陣青一陣白，沈醫師最終妥協，女孩拿了錢，趾高氣昂步出診間，我趕緊背過身，她的書包晃盪著狠狠撞了我後背一下，連聲道歉都沒扔就離開了，超沒禮貌的。

「……說到肺高壓診斷與治療，可依照『急性血管擴張試驗』、『血行動力學數據』，經過評估後判斷你是否適合接受完全修補治療……聽懂了嗎？」

「情況很糟嗎？」我望著眼前總是眉頭深鎖的中年男人。

「更嚴重的話，可以考慮做心臟修補……」

「我問的不是病情，而是沈醫師你的家庭關係。」我雙手交疊枕在腦後，「有個青春期的女兒很苦惱吧？需要同為青少年的我給你建議嗎？」

「那叫叛逆期，等她長大就會自己好了。」

「不治療怎麼自己好？我爸說：『人常常要用一生去治癒不幸的童年。』」

「不幸？身為一個父親，我給她的還不夠多嗎？好吃好穿，談何不幸？」

「或許你給她的，不是她想要的？也或許，她真正想要的是父母的陪伴？」我試著丟出解答。

「胡鬧，她都念高一了！」

「那又怎樣，充其量才剛脫離童年沒多久啊。」

「與其擔心我的家庭關係，為什麼不多煩惱你自己的病呢？」沈醫生用筆敲了敲我的病歷表。

「如果煩惱有用的話，要主治醫師幹麼？」我改了《流星花園》道明寺的那句「如果道歉有用的話，要警察幹麼？」，並暗自得意。

「李海澄，你到底懂不懂你現在的病情很不樂觀？稍不注意就難以挽救……」如同所有成年人，沈醫師不懂年輕人的幽默，反倒狠狠數落我一頓。

「不管如何，我都會死吧？差別不過是會死在醫院、學校，還是路邊？」我無所謂地嘆口氣，「我懂了，明天我就去辦休學，免得死在學校嚇到膽小的同學。」

好幾次，我曾聽見醫師們偷偷在討論，如果沒有適合的心瓣膜移植，我會越來越虛弱，直至死去。

其實，我早已經做好隨時隨地死去的打算，為了不給他人帶來困擾，我盡量活潑開朗地活著，盡力表現得和普通青少年無異。

現在看來，繼續強撐下去也沒必要了，隔天我辦了休學，班級導師體貼地辦了場道別會，全班同學輪流寫了卡片祝福我早日康復。

別看大家哭得唏哩嘩啦，男孩們很快將我拋在腦後，女孩們很快有新的追逐目標，就連老師們也偷偷鬆一口氣，不用成天提心吊膽我會暈倒在校園某處。

爸生前留了一筆信託基金給我，由於家族長輩幾乎都有心臟毛病，說不好誰先掛掉，便交由秀理阿姨保管，秀理阿姨是沈醫師的夫人，據她自己說，她、沈醫生和我爸爸是學生時期攝影社團的好友。

好幾次我死纏爛打，要秀理阿姨提早領出信託基金讓我花用，可能我根本活不到二十歲成年，沒把錢花完不是太可惜了？

「傻孩子，別想太多，我們答應過你爸要好好照顧你，只要積極治療，很大機率能回歸正常生活。」

我為什麼要過正常生活？你們這些正常生活的人快樂嗎？

被我反駁，秀理阿姨沒有生氣，幾天後，她帶了爸的遺物給我，那是一台頗具年代感的底片相機，據說是他學生時期打工攢了很久的錢才買到的第一部底片相機。

「現在很難買到底片，而且沖印店都倒光了！這種相機麻煩死了。」嘴裡嘀咕，我還是接過手把玩起來。

「拍下去便無法後悔，想看照片只能等全部膠卷拍完才能洗出來，雖然麻煩，但你不覺得這是底片相機的浪漫嗎？」秀理阿姨說爸畢生最大的心願就是拍盡全世界最美麗的風景，然後辦場轟轟烈烈的攝影展。

「妳要我完成爸的遺願？」

「沒錯，父債子還！」秀理阿姨拿出一份爸簽名的合約書，附帶一份攝影計畫，按在桌上，「簽約金已經領了，現在變成你的信託基金，當然由你來還呀。」

爸已經完成所有拍攝計畫，他帶著所有底片膠卷到日本準備開攝影展，不幸遭遇空難，所有攝影材料付之一炬，也算某種意義上的轟轟烈烈。

「或許冥冥中自有天意，要由你來繼承他的遺志吧。」

「可是，我沒有爸的攝影技術。」我找出幾大本爸爸的攝影作品，翻看那些如夢似幻的美麗風景，爸曾經背著相機走遍天涯海角，那些相片記錄著他到達過的遠方。

「小海，我見過你的作品，你對光影、構圖有獨特的天分，我不會看走眼，總有一天，你會成為比你父親更優秀的攝影師。」秀理阿姨雙手搭在我的肩，眞誠地說：「我要當小海的經紀人，所以別再輕易說出想早點死去的話，好嗎？」

聽了秀理阿姨的一番話，我確實振作不少。

身為攝影師之子，從小耳濡目染，別人家小孩的玩具是積木模型，我的玩具是各式相機和膠卷底片。

爸曾將我的作品送去參展，無心插柳卻大受歡迎，日本媒體盛讚我是「早慧的天才攝影師」，過度曝光及勞累讓我暈厥在頒獎台上，那也是我第一次被送進開刀房。

我不太喜歡「早慧」這個詞，有種「小時了了，大未必佳」的意味，不過很能描述我現在的處境，如果不是秀理阿姨的鼓勵，我大概會繼續混吃等死，直到生命終了那一刻。

重拾對攝影的熱情，生活也彷彿有了目標，趁著身體還沒惡化到必須住院，我背起相機穿梭大街小巷，拍風景也拍人物，透過不同程度的重複曝光、正片負沖的技巧，洗出來的相片顏色更加飽和濃烈，意料之外的色偏和模糊暗角，或許不符合主流審美，卻別有一番獨特風格。

我在浴室弄了間隱密的暗房，將洗出來的相片用小木夾夾起，用麻繩串起來懸掛在房間裡，開起私人攝影展。

這天，外出取景時，綠衣黑裙、紮著丸子頭的身影再度吸引住我，實在按捺不住好奇心，我壓低帽簷，偷偷摸摸跟在她身後上了一台公車。這天不是假日，穿制服的女孩沒有乖乖上課，怎麼看都叫逃學，被我揪住小把柄了，我要向沈醫師或秀理阿姨告狀！

公車穿過城市來到了郊區，下車後又走了十幾分鐘路程，映入眼簾的招牌寫著「動物之家」。

女孩熟門熟路推開柵欄門，籠舍內的小動物們聽見聲響興奮異常，一時間汪汪叫喵喵叫熱鬧非凡，幾位志工滿面笑容迎上來，「嗳，沈同學來了。」

女孩將一份信封交給領頭的阿姨，「卓媽，這是善心人士的捐款，雖然不多，好歹能撐一陣子。」

「眞的太感謝了，不然收容所快撐不下去了。我作張感謝狀給那位善心人士，好嗎？」

「這是匿名捐款。」

善心人士？想起女孩以「買衣買鞋買包、和同學吃吃喝喝和補習」的名義向沈醫師「親情勒索」，變成她口中善心人士的匿名捐款，我忍俊不禁。

「同學，你也是一起來的嗎？」一位志工大叔發現尾隨其後的我，高聲喊道。

女孩淺淺瞥了我一眼，「不認識。」

正尷尬時，另一群大學生說說笑笑走進來，我臨機一動，道：「我和他們一起來的。」總算蒙混過關。

卓媽列出要請大家幫忙的事項，那群大學生很快挑走輕鬆的工作，只剩我和女孩面面相覷。

女孩彷彿已經習慣了，遞給我一件黃色輕便雨衣。

「現在又沒下雨？」我莫名其妙接過。

你是第一次來嗎？她沒開口，看我的眼神充滿嫌棄。

比起那些只想拿志工時數或當作聯誼活動的大學生，女孩顯得沈默寡言，她穿上黃色塑膠雨衣，不嫌髒臭地開始清掃小動物們的籠舍。

「妳很常來？」

「妳是高中生吧？現在還沒到放學時間，離開學校不要緊嗎？」

「妳喜歡小動物嗎？喜歡貓貓還是狗狗？」

我試著友好微笑，無論如何搭話，她始終沉默不語，導致我只能不斷和小動物們聊天：

「這位狗兄，你看起來歷經滄桑，來，飼料多吃點。」

「哇，這位看不出公母的貓咪，你比狗兄還胖了，要多運動，別整天躺著曬太陽……」

整理完畢後，摸著小奶貓柔軟的毛皮，一抹陽光落在女孩小而翹的鼻尖，臉上神情逐漸變得溫暖柔軟。

我有一瞬間的出神，她笑起來很好看，應該很上相。

「欸，妳還沒回答我的問題。」

她立刻斂起笑意，冷淡地回：「是，關你屁事，我討厭聒噪的動物，特別是靈長類動物，還有，不要再跟蹤我了！」

依然是那個不討喜的女孩。

「對不起。那以後還能見到妳嗎？」感覺很失禮，但還是忍不住說出口：「我想爲妳拍張照片。」

「你要追求我嗎？」

「不，我只是覺得妳很好看……」想解釋，卻不知從何解釋，根本越描越黑。被她討厭了呢。

算了。四月某天，那個時刻終於來到。

心悸、呼吸困難，胸腔由劇烈疼痛到麻痺，四肢逐漸冰冷僵硬。這次眞的會死吧？經過無數次彩排，瀕臨此刻我只覺得前所未有的平靜，圍上來的人影彷彿沉重的黑色幕布，徹底遮蔽我的視線，呼喊聲、救護車鳴笛聲、器械運作聲一切有條不紊地發生，恍惚間，有束光線聚焦在自己身上，我走馬燈似的回顧短暫人生，雖然有點小小遺憾，但，還是算了。

我如此堅定走向死亡，以至於再度睜開眼睛，沈醫師那張苦大仇深的臉清晰映在視網膜上，剎那間分不清地獄或人間。

「移植手術順利。」他毫無欣喜神色，冷淡瞥了我一眼，交代實習醫生預後事項，就離開病房了。

喂，別走啊，什麼移植手術？

別隨便把心瓣膜移植給我，我可沒同意要繼續活下去啊！

我躺在病床上思考，這不是科幻小說，心瓣膜移植確實有不少成功的案例，問題是：誰願意？

器官捐贈者的相關檔案醫院向來保密，但從他人的竊竊私語中，我很快找到答案。

「沈醫師的夫人終究沒救成，但後來的心瓣膜移植手術成功了……」

「可憐孩子，連母親最後一面都沒見到……」

「你這個殺人兇手！」

「請妳聽爸解釋……」

「解釋什麼？解釋你為什麼急著拔管？解釋你為什麼急著讓媽早點死？我甚至連媽最後一面都沒見到！」女孩淒厲地控訴，「媽死了！都是你害的！」

對不起，我才是殺人兇手。

是我害的。

那天我手術危急，秀理阿姨來探望我發生嚴重車禍，然後……一人生一人死。

不如讓我死去吧！

為什麼要讓我活著承擔這麼大的罪孽和痛苦？

「小海，你看這對銀耳環，漂亮吧？」

「妳要戴？」

「是要送給我女兒的，她生日快到了。」一個禮拜前，秀理阿姨來看我拍攝的作品，臨走前拿出一對小巧別緻的翅膀耳環，問我女孩會喜歡嗎？

「會吧。」

「太好了，我改天偷偷帶她去穿耳洞。」秀理阿姨俏皮地眨眨眼，「不要告訴沈醫師那個老古板喔，他會殺了我。」

對不起，是我害的。

我該怎麼彌補？

從那一天開始，整個世界溫暖的光線彷彿消失殆盡，天地崩塌，我願意張開自己破碎的羽翼，爲她遮風擋雨。

我拿走一只翅膀耳環，狠狠釘進右耳骨，以此爲誓。

「術後不到一個月，現在出院太勉強了。」年輕實習醫師，那位名叫顏凱的傢伙說。

「預後很順利，沈院長說沒問題。」我扯了謊，沈院長根本不見我。

「……每兩個禮拜回診一次，需要長期追蹤，請積極配合藥物治療。」他幾乎要把術後注意事項都念一遍。

「知道了，我有經驗。」

「小海著急出院，該不是爲了追女朋友？」護理師姊姊取笑道。

「醫院太悶了我待不住。」我擺擺手，「放心，我知道怎麼自己換藥，吃藥時間也都背熟了，我保證會按時回診。」

「就是『放心』，才更加令人擔心啊。」顏凱擔憂地說道。

我偷偷去了秀理阿姨的告別式，沒見到女孩，但是從那些交頭接耳的細語中聽見女孩的近況——抽菸喝酒、蹺課混網咖、泡夜店、染髮打耳洞、打扮得花枝招展，還跟流裡流氣的人交往。我擔心她毫無底線的墮落，心疼她虛張聲勢的驕傲，便想盡辦法接近她，盡所能保護她。

就當是虧欠和彌補吧。

至於能守護多久？

我也不知道。

海邊的偶遇是我刻意爲之。

誰知道爲了製造這場偶遇，我從女中校門口一路跟蹤，親眼見她親吻一個高中男孩，上了另一個男人的重型機車，心臟某處彷彿被狠狠揪緊。

她的人生因我而失序，我必須將她拉回正軌。

「喂，你在拍誰？」

「妳。」我說。

「快點把相片刪掉！」她忘記我們曾經見過面，忘了也好，反正也不算愉快的記憶。

「爲什麼要刪掉？我覺得拍得很好啊。」

「幹，叫你刪就刪！」她竟然跟這種流氓在一起！遲早會出事。

果不其然，她和那流氓男的蹤影很快出現在夜店裡，我壓低帽簷邊忙碌邊觀察，沒多久，她來到吧檯前。

「白天是攝影師，晚上是調酒師，」她挖苦道：「你活得還眞是多彩多姿啊。」

「白天蹺課，晚上來夜店，」我不動聲色，「彼此彼此，妳過得也算多彩多姿。」

她嚷著要喝調酒，我故意向她要身分證，「妳成年了嗎？」

「看清楚了嗎？我『十八歲』了。」說謊。

「妳好，沈子茉。」我笑，原來是茉莉花的「茉」，是秀理阿姨喜歡的花。

那天稍晚是一場誰都不想再提起的災難，我趕跑伏在她身上的男人，拖著她跑出夜店，劇烈奔跑早已超過心臟負荷，全憑一股信念支撐。

「妳家在哪裡？」那一刻，我想著要不要通知沈醫師。

「走開，不要管我！」她低吼，像隻負傷的小獸張牙舞爪，「爲什麼要多管閒事？」

爲什麼？

妳不會想知道原因，我絕望地想。

我將一切歸結於命運，告訴她自己的名字——李海澄，海洋的「海」，澄清的「澄」。

「記住這個名字，我們還會再見面。」

「沈子茉，我們私奔吧。」

這句話脫口而出，自己也嚇了一跳，當時無意中發現爸的日記，裡面夾了兩張機票，日期是十六年前的今天，裡面寫著——

喜歡是寬容的，愛卻是自私的。

我想自私一次。

我們一起逃吧。

秀理阿姨和我爸爸？爲什麼？他們是大學時期的好友，僅此而已，不是嗎？

好複雜，無法理解。

我來到沈子茉的學校，只想遠遠看她一眼就離開，剛好趕上她對抗成人世界的戰鬥，眼看下一秒就要大雨滂沱，隨便找了藉口帶她逃離。

我表面上遊刃有餘，其實內心不斷懊悔：李海澄，竟敢帶女孩子逃學？這算誘拐吧！

沈院長知道後該怎麼解釋？

公車上，我緊緊抓住她的手，不是怕她逃走，而是怕我自己逃走。

「就今天，一天就好！」

「要去哪裡？」

「隨便指一個地方。」我站在她身後，蒙住她的雙眼，「指到的地方，就是我們要去的地方。」

只要兩人在一起，去哪裡都沒關係，沈子茉，我們一起逃吧。

多年後，我依然記得那天的陽光，曬在肌膚上微微發熱，風輕揚起她的短髮，像羽毛般撲在臉上。我們奔跑著，穿梭在九份山城巷弄間，一條曲折小徑連接另一條迂迴小道，彷彿找不到出口。

拉沈子茉逃學的事件，據說後續是由顏凱幫忙擺平，那是我第一次對自己的無能為力感到生氣。

「你這小子想死嗎？下次再這樣，我直接強制你住院。」顏凱多數表情都是嚴厲的，偶爾也有溫暖的時刻，「這次的事，我暫時不告訴沈院長，他要是知道你從學校拐跑他女兒，非扒去你一層皮不可。」

「現在不想死了，謝謝顏大哥。」

隨著交往的日子越久，向沈子茉隱瞞我的病情越來越困難了，為了不讓她發現異常，有時也需要一些善意謊言。

「對不起，我接個電話。」我打斷護理師的話，按下手機的通話鍵，傳來沈子茉急促的聲音——「我在你家門口，你去哪裡？」

「外面。」我簡短說了這兩個字。

「你在醫院嗎？我好像聽見救護車的聲音……」

「沒有，我剛出捷運站，剛好附近有救護車經過。」我盡力平息紊亂的呼吸。

「你在跑步嗎？怎麼聲音聽起來很喘？」

「等下就回去了，等我。」她是個聰明女孩，繼續說下去會發現的，我趕緊掛掉電話。

撕下點滴針，鮮紅色的血珠凝結在手腕，我貼在唇上吮去，脫下病服，換上日常衣褲，套上運動護腕，那是用來遮掩手臂上的各種針孔。穿好球鞋，一站起來，昏天暗地的暈眩感立刻襲來。

我靠著門板等候這陣暈眩感退去，醫院離我住的地方不遠，現在跑回去的話，她不會等太久。

「顏醫生，快來，病人要強行出院！」

顏凱將我推回病床，厲聲問道：「要去哪？」

我甩開他的手，「我想見她……」

他沉默了幾秒，神色複雜地望著我，「照顧好自己，別讓她擔心。」

「放心，倒下前我一定會第一個通知你。」

不遠處有間超市，子茉喜歡吃芒果口味的冰，買回家討好她，順便買些食材回家煮，不然她一定嚷著要吃泡麵，身體健康很重要。

我快變成碎碎念的老媽子了！

沈子茉像隻小貓抱著膝蓋蜷縮在樓梯間，中短髮露出側邊白皙纖細的頸項，眼睫輕輕闔著，似乎睡著了，連我偷偷在她額上印上一吻都沒發覺。

我壞心地將芒果冰棒貼在她脖子上，惹得她倏地跳起，像隻炸毛的小貓。

「哪裡來的翹家少女？」我半側著頭，笑問：「我家什麼時候變成收容所啦？」

「我家跳電，你可以收留我嗎？」聽起來很可憐。

我叼著冰棒，瞟了一眼她的大包包，看起來打算賴著不肯走了。

「妳是打算來我這裡露營啊？」我笑著開門。

治癒她的同時，也在治癒著我自己。

我的世界曾經一片荒蕪，沒有生的欲望亦沒有死的勇氣，此刻憑藉兩人互相依偎的一點溫暖，長出一片花海，我們品嘗初戀的甜美青澀，卻忘了寒冬來得迅猛凜冽。

子茉母親的死一直是她的心結，也是纏繞這段感情的無形枷鎖，我完全無法預料若她知道眞相會有何反應。

以致我不敢對她承諾：「我們在一起吧。」

好幾次受不了，幾乎要開口，卻找不到適當時機。這陣子她因爲學姊墮胎的事傷心欲絕，將所有過錯都攬在自己身上，說如果不是她慫恿學姊去夜店，一切都不會發生。

「如果我死了，就不會那麼痛苦了！也不會那麼愧疚了！」

「妳以爲死能解決一切嗎？」我對她吼：「妳根本只是在逃避！」

「從媽被我害死後，我就一直在逃避了！」

聽見她那麼說，我的心幾乎要碎了。

我不只一次徘徊在死亡邊緣，是沈子茉的母親遺愛給我，這份生命之禮太過貴重，我沒有資格談死！

大雨中，我們在建築工地頂樓相互擁抱、取暖，等待漫漫長夜結束。

「李海澄，你相不相信有世界末日？」

「相信。」

如果眞的有世界末日就好了，痛苦全數都抹去，一切重新開始。

我和夜店老闆收集足夠多的證據提供給檢方，將那群人渣弄進監獄，比起女孩們受到的傷痛，法律上的懲罰或許不值一提，於是將那群人渣送進監獄前，又提供些「額外服務」，讓他們這輩子都無法性衝動。

處理完這些破爛事，我對夜店老闆略感抱歉，「不好意思，你的夜店生意應該做不下去了。」

「沒事，整天看這些人渣來來去去，我也膩了！」鬍子大哥像受了刺激般精神倍增，「等過陣子找到新店面，我就去賣咖啡。」

這些黑暗的、醜惡的，別讓子茉知道，我好不容易將她拉出泥潭，她永遠都是那朵潔白無瑕的茉莉花。

❦

「李海澄，我一直想找機會和你談談。」沈院長，沈子茉的爸爸，來到我面前。

「我都回診好幾次了，沈院長今天才想起我。」我抱怨道。

一直逃避的老傢伙終於出現了，仔細想想，這一切的始作俑者不都是你嗎？

這個時刻我不是沒有預想過，只是沒想到來得那麼快，或者說，在等一個雙方能夠開誠布公的契機。

「友好對話嗎？」

「算不算友好，要看你的選擇。」那些亂七八糟的事情想必早就傳進沈院長的耳裡了。

「決定我的選擇前，能先問幾個問題嗎？」

沈院長彷彿知道我要問什麼，略微點了點頭。

「你知道秀理阿姨和我父親曾經是一對戀人嗎？」我單刀直入地問。

「知道。但你父親離開了，我們以爲他不會再回來了。」

「爲什麼要把秀理阿姨的心瓣膜移植給我？」

「一方就算勉強救回來也是終生癱瘓，另一方是亟待器官移植的少年。」他聲音平穩毫無波瀾，「我只是做了一個專業醫師會做的判斷，一點也不難。」

「不對。」我聽出背後的掙扎和絕望，「她是你的妻子，而我只是一個毫不相關……說難聽點，是你情敵的孩子，你不會眞心想救我。」

「你說對了，不是我想救你，是秀理想救你。」沈院長拿出一份日文電子郵件的影本，「這是她寫給日本攝影師協會的郵件，推薦你去專門學校就讀，她不願你的才華埋沒。」

我讀著郵件上的文字，我曾隨爸住過日本一段時間，勉強能讀懂。

「你希望我怎麼做？或者，我該怎麼做比較好？」

「李海澄，死並不可怕，只要能完成畢生心願，人其實是願意犧牲的。」他說，「我希望你不要辜負秀理阿姨的心意。」

「我能把這句話理解成『臭小子，你配不上我女兒！』嗎？」

「你要這麼想我也沒辦法。不是送你離開，就是送子茉離開，你們兩個在一起，情況只會越來越糟。」沈院長表示一切已經安排妥當，日本當地的醫療團隊會接手我的病歷資料，爸留下的信託基金足夠支持在日本的學費與開銷，接受這些，我必須在康復後完成爸和秀理阿姨的遺願。

這是最好的安排了吧？

我撐著下頦，想笑，「我能繼續把這句話理解成『臭小子，離我女兒越遠越好』嗎？」

「你有自知之明就好。」沈院長緊皺的眉頭總算鬆弛了一些，「子茉遲早有一天會知道眞相，但絕對不是現在。」

我同意，絕對不是現在，十六歲的沈子茉絕對無法諒解父親奪走母親一線生機，甚至因此憎恨我。

「你離開後，子茉可能會傷心，但我了解這個孩子，爲了尋找眞相，她反而會堅強起來對抗我，如果能讓她成長，我寧願她恨我！」沈院長說：「這是爲人父母的苦心，小海，你懂嗎？」

「能再給我一點時間嗎？至少過完這個夏天。」

就算只有一個夏天，請允許我待在她身邊，那些回憶也足夠溫暖我的餘生。

沈子茉曾將我的作品寄去參加國際比賽，如果說我獲邀參加某項攝影計畫，她應該暫時不會起疑。比起突然消失，我想要好好道別。

「子茉，妳會爲我開心吧？這是我一直以來的夢想。」我強忍著巨大的悲傷，盡量用輕快語氣描繪未來夢想。

「你能夠實現夢想，我很開心。」她凝視著我，淚在眼睛裡打轉，我逃避她的視線。

如果有一天我必須離開妳，那也一定是爲了妳。

「所以，我們還有一個夏天。」子茉仰頭望向天空，「你會回來吧？」

「我還會回來啊，又不是不回來。」我想她等我，卻又不要她眞的等我，眞矛盾。

「等我回來，我要把全世界的風景都送到妳面前。」我跟她打了勾勾，這是我唯一做得到的承諾。

回家收拾行李，其實除了爸留下的攝影器材和書籍，打包完畢，等待之後送去日本，我的東西不多，很快就收拾完了，只留些生活物品。

小喵冷冷望著我，彷彿控訴我這陣子冷落了牠。

「小喵，對不起，我要離開了，我找個好人收留妳吧。」

於是，我帶著小喵敲開顏凱醫師家的門。

聽完我的來意，他無奈地直嘆氣，「我這裡是收容所嗎？」

「小喵很乖，牠不挑食、會用貓砂盆，牠向你撒嬌時你就抱抱牠，就算不理牠，牠也能自得其樂。」我保證：「牠很好養。」

「聽起來比沈子茉好養。」

「所以你願意收留小喵了？」

顏凱哼了一聲，不置可否。

「對了，小喵的東西我都帶來了……」我翻出各式各樣貓主子的飼料、零食、營養品和器材，一項一項解說用途。

「停，這些我都知道了。」顏凱抱起小喵，輕喊：「咪醬，來見你的新朋友。」一隻有著圓滾滾金色大眼的黑貓從門後好奇地探出頭。

「顏凱，你要好好對待小喵，不然我就……」

「你就怎樣？」

「揍你！」唉，說得凶狠，泛紅眼眶卻出賣我的真實心情。

「就等你回來揍我，不過你得再長高一點、壯一點，不然我一拳就把你揍倒了。」顏凱再度輕哼一聲。

被看扁的感覺，真令人不爽啊！

不爽歸不爽，我相信顏凱會給小喵幸福溫暖的家。

對不起，再見了。

如果我沒回來，請妳忘掉我吧。

我不再奢望奇蹟，和妳相戀已經是我此生最盛大、最燦爛的奇蹟。

如同浩瀚宇宙中兩顆星的相遇，如此接近卻無法靠近，終究還是要分離，孤獨地朝著自己的軌跡運行。

子茉，答應我，妳要變成一個很棒的人，要幸福地生活著。

我會在另一顆星球默默守護妳。

【後記】寫給又孤獨又美好的青春

《飛鳥》這部作品其實純屬意外。

那年夏天某個無聊下午，聽到魏如萱的〈飛鳥〉，當娃娃用她獨特的氣音唱出「我那麼膽小，他那麼勇敢，那麼別丟下我呀，請背著我飛」，衝動之下立刻開了坑，當時《夏日的檸檬草》甚至還沒寫到一半。

原本只想寫一個單純的小小故事——男主角因爲某些原因不斷離開，女主角一直癡癡傻等的芭樂愛情故事。

寫下這句「關於愛情很短，寂寞很慢，遺忘卻比思念更長」當作書開頭的文案，也暗下決心要挑戰悲劇、虐文，沒想到最悲劇的其實是某人標準的三分鐘熱度，小鳥兒還沒孵出雛形就被我丟到一邊，又一頭栽進《夏日的檸檬草》的甜蜜世界裡。

直到眞正開始全心投入《飛鳥》的時候，已經過了一個寒暑，來到隔年夏天。

寫啊寫，開始發現不妙，原本想虐大家，沒想到先虐了自己。

我知道沈子茉不是一個很討喜的女主角，她聰明、纖細、敏感、驕傲，迫不及待想長大，不斷衝撞成人世界的規則，看似堅強其實脆弱得不堪一擊。

連載的時候，甚至有讀者直言不喜歡這樣的女主角，但我喜歡這樣的不完美，因為更貼近青春期的原型，更貼近當時真實的自己。

不斷傷害別人也不斷傷害自己，付出慘烈代價，最後流下於事無補的晶瑩淚水。

幸好身為作者的小小福利，就是可以把自己少女時代的粉紅色泡泡搬進小說裡。每當被考試逼得喘不過氣，總幻想一個美少年闖進教室帶著我逃離；每當不被人了解，總希望有個溫柔的聲音對自己說：「我相信妳。」

小海（李海澄）跟大叔（顏凱）就是那份救贖。

不管是否真實存在，這樣的形象一定曾經出現在每個少女心底。

如果妳遇到他們，請珍惜他們；如果妳失去他們，也請謝謝他們。

我們都在，或曾經在這樣的青春裡，孤獨卻又美好著。

男孩是飛鳥，他帶你體驗天空的遼闊，終於有一天他會飛走，你留不住他。

男人是海洋，予你無限寬容與體諒，容易讓你沉溺，直到失去自己。

《飛鳥》是我的第二本書，寫作當下有些不成熟之處，而今做了些調整，讓作品更加貼近原先預想的樣子，不知道大家會不會喜歡？我很忐忑，請告訴我好嗎？

另外，在紀念版後記裡想分享兩個關於本書的小祕密：一是「李海澄」這個名字確有其人，屬於一位韓國籍友人的名字，寫成漢字特別有意境，他說他出生的地方有一片海。

另一個祕密是：不少讀者要求讓《飛鳥》有個好結局，無論如何都沒有辦法，如同《最後的再見》一樣，都是爲了紀念現實生活中的死亡，請原諒這個任性的作者。眞實人生裡，有許多事總在無法預料的明天來到，或者在今天就倉促收尾。

曾經走過，就夠了。

如果《夏日的檸檬草》是寫青春的甜，《飛鳥》就是寫青春的傷。

我傾盡全力，只爲完整這段旅程。

謝謝這段旅程中所有幫助我的人，還有不斷支撐我、鞭策我的可愛讀者們，你（妳）們都是我最珍貴的幸運星。

瑪琪朵

國家圖書館出版品預行編目資料

飛鳥／瑪琪朵著. -- 二版. -- 臺北市：POPO原創出版, 城邦原創股份有限公司出版：英屬蓋曼群島商家庭傳媒股份有限公司城邦分公司發行, 2024.01
面；公分. --

ISBN 978-626-98264-1-4（平裝）

863.57　　112022919

飛鳥

作　　者／瑪琪朵
責任編輯／簡尤莉、李曉芳　行銷業務／林政杰　版　　權／李婷雯

內容運營組長／李曉芳
副總經理／陳靜芬
總 經 理／黃淑貞
發 行 人／何飛鵬
法律顧問／元禾法律事務所　王子文律師
出　　版／POPO原創出版
城邦原創股份有限公司
台北市南港區昆陽街 16 號 4 樓
電話：(02) 2509-5506　傳真：(02) 2500-1933
email：service@popo.tw
發　　行／英屬蓋曼群島商家庭傳媒股份有限公司城邦分公司
聯絡地址：台北市南港區昆陽街 16 號 8 樓
書虫客服服務專線：(02) 25007718・(02) 25007719
24小時傳眞服務：(02) 25001990・(02) 25001991
服務時間：週一至週五09:30-12:00・13:30-17:00
郵撥帳號：19863813　戶名：書虫股份有限公司
讀者服務信箱 email：service@readingclub.com.tw
城邦讀書花園網址：www.cite.com.tw
香港發行所／城邦（香港）出版集團有限公司
地址：香港九龍土瓜灣土瓜灣道86號順聯工業大廈6樓A室
email：hkcite@biznetvigator.com
電話：(852) 25086231　傳眞：(852) 25789337
馬新發行所／城邦（馬新）出版集團 Cité(M)Sdn. Bhd.
41, Jalan Radin Anum, Bandar Baru Sri Petaling,
57000 Kuala Lumpur, Malaysia.
電話：(603) 90563833　傳眞：(603) 90576622
email：services@cite.my

封面插畫／林花
封面設計／也津
電腦排版／游淑萍
印　　刷／高典
經 銷 商／聯合發行股份有限公司
電話：(02)2917-8022　傳眞：(02)2911-0053

■ 2024 年1月二版
■ 2024 年6月二版2.6刷
Printed in Taiwan

定價／360元

ISBN　978-626-98264-1-4

POPO原創出版 www.popo.tw　城邦讀書花園 www.cite.com.tw